1권

초판 1쇄 찍은 날 │ 2014년 10월 01일
초판 1쇄 펴낸 날 │ 2014년 10월 10일

지은이 │ 이채영
펴낸이 │ 서경석

편 집 장 │ 권태완
편   집 │ 최고은

펴낸곳 │ 도서출판 청어람
등록번호 │ 제387-1999-000006호
등록일자 │ 1999. 5. 31
어람번호 │ 제5-0387호

주소 │ 경기도 부천시 원미구 부일로 483번길 40 서경B/D 3F (우) 420-822
전화 │ 032-656-4452 팩스 │ 032-656-4453
http://www.chungeoram.com
E-mail │ chungeorambook@daum.net

ISBN 979-11-316-9224-0 04810
ISBN 979-11-316-9223-3 (SET)

1

유일한 적수

이채영 장편 소설

Chungeoram romance novel

도서출판

Contents

1. 강.남. 보디가드 설이준

하교하는 여고생들이 짠 것처럼 걸음을 늦춘 채 교문 쪽을 흘 깃댔다. 그곳엔 정장 차림의 남자가 뒷짐을 진 채 서 있었다. 검은 커트 머리가 햇살에 반사되어 눈부시게 반짝였다. 그 아래에 자리한 이목구비는 반듯하고 깔끔했다. 한눈에 팍 들어오진 않지만 볼수록 묘하게 눈길이 가는 외모였고, 중성적인 매력까지 느껴졌다. 남자라고는 40대 이상 남자밖에 없는 여고에서 저 남자의 등장은 하늘에서 떨어진 혜성과도 같았다.

여학생 중 몇 명은 휴대폰으로 문자를 보내는 척하면서 남자의 사진을 찍고는 도망쳤다. 뒤이어 여기저기서 찰칵거리는 소리가 연신 터져 나왔다. 이준이 흘깃 쳐다보자 여학생들은 얼굴이 발긋해져서는 '꺄악' 소리를 내지르며 교문 밖으로 내달렸다.

"에효."

예전이라면 질색했을 테지만 이젠 비일비재한 일이라 이준은 알면서도 모르는 척했다. 그렇게 한차례 여학생들이 썰물처럼 빠져나갔다. 금세 교문 앞이 텅 비었다. 그제야 이준은 다리에 힘을 풀고 그 자리에 쭈그려 앉았다. 오랜 시간 서 있으니 다리가 아팠다.

"오늘도 자네 인기가 여전하구만."

교문 앞을 쓸던 경비원 김 씨가 껄껄 웃었다. 그러자 이준이 말도 말라는 듯 손을 내저었다.

"여자가 여자한테 인기 많아봐야 어디에 쓰겠어요?"

"허허, 그러게 말이네. 여학생들이 알면 땅을 칠 일이지. 전부다 자네가 남자인 줄 아는데 말이야. 어제는 사랑 고백까지 받았다며?"

경비원 김 씨의 말에 이준은 불쾌한 걸 씹은 것마냥 표정을 굳혔다.

"말도 마세요. 생각하기도 싫으니까요."

이준이 이 학교로 파견된 것은 석 달 전 일이었다. 날로 심각해져 가는 교내 폭력과 더불어 근처에서 벌어지는 불미스러운 일을 차단하고자 학교 측에서 이준이 소속된 '강.남. 보디가드'로 의뢰를 넣었다. 작은 규모인 만큼 책정 금액도 낮았기 때문이다. 강.남. 보디가드는 이번 의뢰가 학부모 측을 안심시키려는 본보기에 불과하다는 것을 알았으나, 거절할 이유가 없었다. 다음날 가장 한가했던 이준이 학교 측으로 파견되었다.

그때부터 일이 꼬이기 시작했다. 근무한 지 얼마 되지 않아 하교하던 여학생들이 흘깃대기 시작하더니 일주일 후부턴 사탕이나 초콜릿을 건네주는 여학생까지 생겼다. 얼떨떨하던 이준이 이유를 알아내는 데는 하루도 걸리지 않았다.

"참 잘생기셨어요. 제 이상형이세요."

긴 머리를 돌돌 말아 올린 여학생이 초콜릿을 건네주며 수줍게 말을 건넸다. 그제야 이준은 여학생들이 자신을 남자로 알고 있다는 것을 깨달았다. 여학생이 멍하게 서 있는 자신과 셀카를 찍고 도망쳐 갈 때까지 황당해서 아무 말도 못 했다. 뒤늦게 텅 빈 교문 앞에 서서 억울하다며 소리치는 이준에게 경비원 김 씨는 껄껄 웃으며 자신의 손거울을 내밀었다.

"남자로 오해받을 소지가 있는 얼굴과 키야. 거기다가 헤어 스타일까지 남자같이 하고 다니니까 더더욱 그렇지."

경비원 김 씨의 말에 이준은 울컥했으나 반박할 수 없었다.

173에 달하는 키에 짧은 커트 머리, 여자치고 선이 짙은 외모 탓에 아주 가끔 남자로 오해받곤 했다. 특히 지금처럼 살짝 큰 정장을 입었을 땐 더 말할 것도 없었다. 이후 이준은 자신이 여자임을 밝히려 했으나, 이 사실을 알게 된 학교 측에서 말렸다.

담당자의 말에 의하면 일차로 여자 보디가드를 학부모가 좋아할 리 없다는 것과 이차로 이준이 학교의 스타로 떠오르면서 학생들의 분위기가 좋아졌다는 것이었다. 계약 기간까진 여자라는 사실을 밝히지 말아달라고 요구했고, 업체 측은 이준의 의사와 상관없이 그 요구를 수용했다. 어쩔 수 없이 이준은 무려석 달이 넘게 머리를 기르지 못한 채 강제로 남장을 하고 있어야 했다. 이젠 제법 이 사실에 적응되긴 했지만, 그렇다고 마냥 좋은 것도 아니었다.

"아저씨, 저는 한 바퀴 돌아보고 올게요."

시름에 잠겨 있던 이준이 자리에서 벌떡 일어났다. 이렇게 죽을상을 하고 있어봐야 소용없는 일이다. 이럴 땐 몸을 움직여서 잡생각을 털어내는 것이 제격이었다.

"씩씩하구만, 역시!"

김 씨가 엄지손가락을 척 내밀었다.

"당연하죠! 제가 누군데요! 한 바퀴 돌고 나서 도와드릴게요!"

이준도 뒤따라 엄지손가락을 척 내보인 후 교문을 빠져나왔다.

유일한적수

동남여고 주변은 재개발 구역으로 선정되었다가 건설회사가 부도를 맞으면서 골목의 주택 절반 이상이 텅 비었다. 그 때문에 엉망진창으로 버려진 집이 많았고, 음습한 곳을 찾아 들어오는 범죄자들도 꽤 많았다. 실제로 범죄자들에게 학생 몇몇이 피해를 입는 일까지 있었다고 했다. 다행히 이준이 주변을 자주 둘러보면서 그런 불상사는 생기지 않았다.

이준은 걸음을 빨리한 채 주변을 매의 눈으로 둘러보았다.

"그래, 나를 남자로 아는 게 나을 수도 있지."

이준은 스스로에게 말하듯 중얼거렸다. 일단 여학생들에게 받는 간식거리가 쏠쏠했고, 그로 인해 학교 분위기까지 좋아졌다고 하니 자신으로선 이득이었다. 어차피 며칠 후면 계약 기간도 끝난다. 물론 학교 측에선 재계약의 의사를 보였지만.

이준은 일단 이렇게 편한 일자리를 갖게 된 것도 행운이라고 생각하며 골목을 걸었다. 학교가 지정한 곳까지 두어 바퀴 둘러본 후, 교내까지 한 바퀴 둘러보면 이준의 하루 일과는 끝이었다. 이준이 숨을 깊게 들이마시며 기분 좋게 골목 이곳저곳을 둘러볼 때였다. 빛이 들어오지 않는 골목 귀퉁이에서 목소리가 새어 나왔다.

"절대로 우리가 갈취하거나, 돈을 빼앗거나, 위협을 가하는 게 아니에요. 말 그대로 사정이 어려워서 구걸하려고 하는 거니까 오해하거나 하면 안 됩니다, 형님."

"그러니까요. 그냥 불우이웃을 도우라는 거죠. 얼마나 좋아요? 형님은 덕을 쌓아서 좋고, 우리는 가난을 구제받아서 좋고."

"그러니까 말입니다. 두루두루 좋은 일이지요."

"캬아! 이런 운명적인 만남이!"

들리는 목소리가 꽤나 시끄러웠다. 이준이 발소리를 죽인 채 골목 안쪽을 훔쳐보았다. 아니나 다를까. 남자 세 명이 남자 한 명을 에워싸고 있었다. 딱 봐도 무슨 상황인지 견적이 나왔다. 이준은 눈을 가늘게 뜬 채 상황을 좀 더 관찰했다.

골목 구석으로 내몰린 피해자의 얼굴은 보이지 않았다. 어두 컴컴한 구석에 서 있는 터라 겨우 소맷자락만 보일 정도였다. 피해자는 겁을 먹은 건지 순순히 지갑을 꺼내 남자 셋에게 던져 주었다.

"역시 이렇게 말귀를 잘 알아듣는 형님이 있어서 대한민국이 번성하는 겁니다."

지갑을 받아 든 남자가 씩 웃으며 지갑을 열더니 '헉' 소리를 냈다.

"뭔데? 얼만데 그래?"

일행의 격한 반응에 두 명의 머리가 한곳에 모였다. 셋은 지 갑에서 돈을 꺼내더니 큰 액수에 놀라 숨을 들이마셨다.

"이야, 형님. 구세주가 보내셨네! 우리의 가난을 구제해 주시 려고 형님 같은 분을 보내주신 거야!"

지갑을 든 남자 하나가 감탄하며 물개박수를 쳤다. 그러더니

'형님, 형님, 아휴, 우리 형님!' 이라고 이죽거리며 지갑 속에 든 돈을 확 꺼냈다.

툭. 남자 하나가 지갑을 뒤로 휙 던졌고, 동시에 이준의 얼굴이 찌푸려졌다.

못 봤으면 모를까, 그냥 지나칠 수 없다.

잠시 짧은 머리를 세게 쓸어 넘긴 이준은 이윽고 마음을 정한 듯 골목 안으로 들어섰다. 골목 귀퉁이에서 나뒹구는 지갑을 들어 탁탁 털었다. 광택 하며 재질이 값비싸 보였다. 슬쩍 지갑에 붙은 로고를 보니 명품 문외한인 자신도 아는 명품이다. 남자 셋이 함박웃음을 지은 이유를 지갑만 봐도 알 만했다.

"야, 넌 뭐야?"

갑자기 들어와 빈지갑을 들여다보고 있는 이준을 향해 짧은 머리 남자가 소리쳐 물었다.

"뭐긴 뭐겠어."

이준이 건성으로 답하며 자리에서 일어났다. 그리고는 남자 앞에 바짝 다가가 지갑을 쫙 벌렸다.

"뭐 하는 거야?"

남자가 얼굴을 찌푸리며 험악하게 물었다.

"다시 넣어."

이준이 무표정한 얼굴로 대답했다.

"하, 뭐?"

"손에 들고 있는 그 돈, 다시 여기 넣으라고."

"넌 뭐야?"

"알 거 없고 넣어. 입 아프게 몇 번을 말하게 만들어?"

딱 봐도 돈을 갈취하는 현장에 겁 없이 뛰어든 이준을, 남자가 한참이나 바라보았다. 뒤를 흘깃 살피며 일행이 있는가를 살핀 남자는 이준이 혼자라는 걸 확인하고는 픽 웃었다. 아주 가끔 정의를 구현하려는 어쭙잖은 녀석들이 있게 마련이었다.

"지금 이게 어디서 수작질이야? 형님 도우러 왔냐? 근데 어쩌냐? 저 형님이 이미 우리한테 돈을 다 주셨는데? 우리가 한 번 받은 돈은 뱉지를 않아요. 그러니까 혼나기 싫으면 꺼져라, 확 그냥 발라 버리기 전에."

남자의 험악한 기세에도 이준은 눈 한 번 깜빡이지 않았다. 오히려 덤덤한 얼굴로 물었다.

"너, 고딩이지?"

"뭐라는 거야? 이 새끼가!"

남자가 버럭 소리 질렀으나, 움찔하며 당황하는 기색을 이준은 이미 파악했다. 이준은 남자의 앞으로 한 걸음 성큼 걸었다.

"외투 안에 동성고 체육복 아냐?"

이준이 남자의 소매를 가리켰다. 남자가 자신의 소매를 흘깃 보더니 기가 차다는 듯 웃었다.

"무슨 소리야! 미쳤냐? 비슷한 옷이 한두 개냐?"

"한두 개는 아니지민 그 옷은 동성고 체육복이 확실해."

"졸업생은 체육복도 못 입냐?"

남자의 말에 이준이 픽 웃었다.

이게 누구 눈을 속이려고.

"동성고 체육복은 작년에 바뀌었어. 고로, 그 체육복 소지자는 재학생이라는 말이지. 그래, 뭐, 동생의 것일 수도 있고 사촌 동생 걸 수도 있지. 그런데 양쪽 어깨의 옷이 꽤 많이 눌렸네?"

이준이 남자의 양쪽 어깨를 가리켰다. 흠칫하는 남자를 똑바로 쳐다보며 이준이 말을 이었다.

"백팩을 메고 다녀서겠지? 거기다가 짧은 머리, 신발에 묻은 모래 자국. 학교를 오가느라 묻은 모래겠지."

"장난치냐? 학생이 이 시각에……."

남자는 자신이 이준의 말에 휘말려 간다는 것도 잊은 채 꼬박꼬박 대답했다. 자신이 한시라도 빨리 고등학생이라는 확증에서 벗어나고 싶어 하듯이.

"동성고 오늘 오전 수업 있는 날이야. 불행히도 내 동생이 동성고라서 알거든."

이준이 싱긋 웃으며 남자의 손을 잡았다.

"아악!"

동시에 남자가 비명을 내질렀다. 고통에 못 이긴 남자가 점점 무릎을 굽혔다. 그 와중에도 자신이 체격 작은 남자에게 당한다는 게 믿기지 않는지 소리를 내질렀다. 그러자 일행들이 위협적인 표정으로 성큼 다가왔다.

"뭐 하는 거야? 비리비리하게 생긴 새끼가!"

"확 그냥!"

두 놈의 입에서 험한 소리가 흘러나왔다.

"친구들 멈추게 해, 더 아프기 전에. 재수 없으면 손가락 골절로 안 끝나. 이 손, 쓰기 싫어? 영원히 바이바이하게 해 줘?"

이준이 남자의 일행을 턱으로 가리키며 말했다. 이전보다 더욱 기이하게 팔이 꺾인 남자가 소리 질렀다.

"저, 저리 꺼져, 이 새끼들아!"

"야! 그래도!"

"꺼지라고, 이 새끼들아!"

남자의 비명에 친구 둘이 주춤하며 멈춰 섰다. 이준은 남자가 자신의 눈높이까지 무릎을 굽히고서야 상냥한 목소리로 물었다.

"혹시, 동성고에 다니는 미친개 아니?"

"으, 으."

남자가 비명을 내지르다 말고 미친개라는 말에 흠칫 반응했다.

"난 좀 잘 알아."

"으, 윽!"

"미친개한테 일러바치기 전에 그냥 가는 게 좋을 거야."

유일한적수

이준이 손을 놓자 남자가 휘청거리다 꼴사납게 바닥에 털썩 주저앉았다. 이준은 손을 뻗어 남자가 근근이 쥐고 있는 지폐를 낚아챘다. 이준은 현금을 지갑에 밀어 넣다가 멈칫했다.

무슨 현금이 이렇게 많아?

다시 보니 전부 오만 원짜리였다. 대체 이 많은 현금을 왜 소지하고 다니는 거지? 일단 다른 사람의 재정에 관심을 오래 둘 필요는 없었다. 현금을 밀어 넣자 지갑이 빵빵해서 터질 지경이었다.

"진짜 이 새끼가!"

남자 일행 중 하나가 손을 치켜들며 성큼 걸어왔다. 그러나 이준은 눈 한 번 깜빡하지 않았다. 오히려 여전히 지갑을 쳐다보며 무심하게 말했다.

"미친개."

그 한마디를 뱉자 다가오던 남자가 걸음을 뚝 멈추었다. 이준은 웃는 얼굴로 고개를 들었다.

"너희 학교 미친개랑 나랑 아는 사이라니까? 목숨을 소중하게 여겨. 너희도 알지? 미친개가 생각 외로 의협심 강한 거. 산 채로 지옥 보기 싫으면 가. 믿기 싫으면 나 한 대 때리고 차후의 상황을 봐도 좋고. 아마 미친개가 너희를 산 채로 물어뜯을걸?"

남자 셋이 서로의 얼굴을 번갈아 보았다. 그러더니 음울한 얼굴로 수군대기 시작했다. 미친개가 누구던가. 성격은 불같고, 그 불같은 성격에 싸움까지 잘해서 여러 사람을 피곤하게 만드는 인간. 대체로 멀쩡한 인간인 척하지만 한 번 미치면 막을 자가 없다는 설이태. 그 손에 걸렸다간 반죽음이다. 서로 눈치를 살피던 셋 중 한 명이 슬그머니 꼬리를 내리며 속삭였다.

"가자."

"저 새끼 말을 어떻게 믿어? 그냥 미친개랑 아는 사이라고 말하는 걸 수도 있잖아."

짧은 머리 남자가 이준을 턱으로 가리켰다.

"그래도, 일단 가. 미친개라잖아. 그리고 미친개는 우리만 쓰는 은어야. 그걸 저 새끼가 알고 있다는 건 사실일 수도 있다는 거잖아."

"아 씨, 지갑은?"

"일단 포기해. 다른 새끼 찾아보면 되지."

"에이 씨."

짧은 머리 남자는 이준의 손에 들린 지갑에서 눈을 떼지 못했다. 저게 다 얼마던가. 아쉬웠으나, 목숨보다 아깝진 않았다.

"에이 씨, 퉤!"

욕을 하던 남자 셋은 주위를 살피다가 얼른 사라졌다. 바람 부는 소리가 크게 들릴 만큼 골목이 고요해졌다. 을씨년스러운 바람이 골목을 스치고 지나갔다.

"이게 다 얼마야."

이준은 한숨을 훅 내쉬었다. 오만 원짜리 지폐가 두둑하게 든 명품 지갑을 보고 있자니 만감이 교차했다. 지폐는 얼추 봐도 자신의 한 달 월급이 훌쩍 넘는다. 이 월급을 지갑에 넣고 다니는 사람이 있다니. 이준은 지갑의 주인을 찾아 고개를 돌렸다.

유난히 햇빛이 들지 않는 어둑한 골목의 끄트머리에 남자가 우두커니 서 있었다. 이런 상황에서 자신의 지갑조차 찾으러 오지 않다니. 굉장한 부자이거나, 굉장히 겁에 질려 있거나 둘 중 하나였다.

"괜찮아요?"

이준은 남자를 자세히 보려고 한 발자국 다가갔다. 남자는 키가 생각보다 컸다. 키가 170이 넘어가는 자신이 한참이나 올려다봐야 할 정도다. 거기다가 가까이서 본 인물은 보기 드물게 수려했다. 그러나 가장 먼저 시선이 가는 것은 서늘한 분위기를 풍기는 무표정한 얼굴이었다. 이준은 그의 초연한 태도를 보고 그가 겁에 질리지 않았음을 알아챘다.

그럼 대체 왜 가만히 서 있었을까. 이준은 그가 어떠한 반항도 하지 않고 순순히 지갑을 내줬던 상황을 떠올렸다. 뭐, 이유야 어쨌든 이렇게 덩치가 큰데 주먹 한 번 휘두르지 않고 가만히 있다니. 덩치가 아깝다.

이준은 지갑을 마저 탁탁 털었다.

"지갑에 기스가 몇 군데 났어요. 뭐, 그래도 현금 안 빼앗긴

게 어디예요. 자! 받아가요."

이준이 지갑을 내밀자, 남자가 그 지갑을 빤히 바라보았다. 지갑을 바라보는 눈길이 다른 사람의 것을 바라보는 듯했다.

"팔 아파요. 받아가요."

이준이 한 번 더 재촉하고 나서야 남자가 손을 뻗어 받아갔다. 마치 더러운 것을 집는 것처럼 엄지손가락과 검지손가락으로만 받아 들었다. 그리고는 더 만지기 싫다는 듯 자신의 뒷주머니에 챙겨 넣었다.

이준은 남자를 빤히 쳐다보았다. 흠 잡을 데 없는 헤어스타일, 깔끔한 옷차림, 반질반질 윤이 나는 신발까지 다 확인한 이준은 남자를 똑바로 응시했다.

"보아하니 이 동네 사람 같지는 않은데 웬만하면 앞으로 여기 오지 마요. 위험한 곳이에요. 보다시피 사람 없는 폐가가 많다 보니 곳곳에서 범죄자가 많이 찾아오거든요. 돈 빼앗기기 싫으면 오지 마세요."

이준은 좀처럼 부리지 않는 오지랖까지 부렸다. 다행히 남자를 위협하고 있던 게 고등학생이라서 일이 빨리 끝났지, 진짜 깡패였다면 피곤한 일이 생길 뻔했다. 아무리 날고 긴다는 자신이지만 깡패 세 명을 이 좁은 곳에서 상대하기란 벅찬 일이었다.

"자, 지갑은 돌려줬겠다, 빨리 말해요."

"무슨 말?"

남자의 목소리가 깊고 낮았다. 그러나 이준은 귀를 감싸는 남자의 목소리보다 다른 것에 신경이 쏠렸다.

"반말?"

이준은 잠시 기가 막혀서 허, 하고 웃었다. 구해줬더니 봇짐 찾아내라는 속담은 들어봤어도, 구해났더니 반말한다는 건 처음 들어봤다.

"그쪽이 해야 할 말은 그게 아닐 텐데?"

이준이 팔짱을 낀 채 딱딱하게 대답했다. 그러자 남자가 뭘 바라냐는 듯 쳐다보았다. 잠시 기가 막힌 이준은 눈을 끔뻑거리며 말했다.

"고맙다고 해야 할 거 아냐. 구해주고, 수수료 한 푼 받지도 않고 지갑까지 돌려줬는데 입을 싹 닦아?"

"어차피 돈만 주면 끝날 일이었는데, 굳이 끼어든 건 너야."

남자가 귀찮다는 말투로 말했다.

"뭐?"

이준이 얼굴을 찌푸리며 물었다. 그러자 남자가 이준을 흘깃 쳐다보더니 냉담한 얼굴로 다시 한 번 말했다.

"네가 굳이 끼어들지 않아도 될 일이었다고."

다시 한 번 남자의 서늘한 목소리가 귀를 감쌌다. 이준의 눈썹이 뾰쪽해졌다.

"아, 그러니까 쓸데없이 끼어들었다는 거야?"

"어."

남자의 냉랭한 말을 들은 이준은 픽 웃었다. 남자의 미간이 살짝 좁아졌다.

"그러게. 내가 쓸데없는 짓을 했네. 하, 진짜 살다 보니 별의별 일을 다 겪는다."

혼잣말처럼 중얼거리던 이준은 주머니에서 낡은 지갑을 꺼냈다. 그리고 명함 한 장을 뽑아 남자에게 내밀었다.

"받아."

남자가 이게 뭐냐는 듯 쳐다보았다.

"내 명함이야."

"이걸 내가 왜?"

더러운 것을 보는 것처럼 남자가 눈을 찌푸렸다. 이준은 그런 남자의 눈을 똑바로 쳐다보며 말했다.

"보아하니 성격 결함이 있어서 여기저기서 노리는 사람들이 많을 것 같은데, 받아놔. 돈은 넘치도록 많아 보이는데, 목숨 귀한 줄 알면 보디가드 고용해. 이 일대에 나만큼 보디가드 잘하는 사람도 없으니까."

남자의 시선이 이준이 내민 명함으로 향했다.

―강.남. 보디가드 설이준.

"보디가드?"

남자가 얼굴을 찌푸리며 묻더니, 다시 명함을 내밀며 말했다.

유일한적수

"필요 없어."

"내가 보기엔 그쪽은 꼭 보디가드 데리고 다녀야 해. 안 그러면 길에서 칼 맞는 건 일도 아니겠어."

이준의 말에도 불구하고 남자는 짐작대로 명함을 받지 않았다. 이준은 성큼 다가가서 남자의 손을 잡았다. 동시에 남자의 표정이 사정없이 구겨졌다. 더러운 거라도 밟은 얼굴이었다. 그 얼굴을 보고서야 이준은 이 남자에게 결벽증이 있다는 것을 알아챘다. 그러거나 말거나, 그건 남자의 사정이었다. 얼른 손을 뒤로 빼려는 남자의 손바닥 위에 재빠르게 자신의 명함을 올렸다.

"목숨은 귀한 겁니다."

이준이 그 말을 한 후 손을 떼어냈다. 동시에 남자가 손을 뒤집었다. 명함이 팔랑거리며 바닥으로 떨어져 내렸다.

"이런."

기분이 상할 만도 하건만, 이준은 마치 남의 일처럼 혀를 끌끌 차더니 명함을 다시 주웠다.

"떨어뜨리면 주우면 되고, 버릴 것 같으면 넣어주면 되고."

이준이 노래를 부르듯 흥얼거리며 보란 듯이 남자의 바지 주머니에 명함을 쏙 집어넣었다. 그리고는 남자의 얼굴 가까이로 자신의 얼굴을 들이밀었다. 남자의 얼굴을 찬찬히 살피며 읽듯이 이준이 말했다.

"결벽증 있지?"

"……."

"대인 관계도 별로고."

"……."

"거기에다가 길치."

"……."

이준이 말을 이을수록 남자의 얼굴이 점점 기묘하게 일그러졌다.

"너, 누구야?"

남자가 음산한 목소리로 물었다.

"누구냐고 묻는 게 아니라 어떻게 알았는지 물어야지. 궁금하면 찾아오세요. 다시 또 뵙겠습니다, 돈 많은 고객님."

이준이 웃으며 골목을 빠져나갔다. 골목을 모두 빠져나온 이준은 힐긋 뒤를 보았다. 언제 웃었냐는 듯 이준의 얼굴은 한순간에 싸늘해졌다. 남자는 뒤따라 나오지 않았다.

"싸가지 없는 새끼."

이준은 골목을 노려보며 혀를 끌끌 찬 후에 돌아섰다.

집으로 돌아온 공현은 곧장 재킷을 벗어 옷걸이에 걸었다. 주름 하나 허용하지 않겠다는 듯 꼼꼼하게 살핀 후에도 불만스러운지 옷걸이의 각도를 조금 기울였다. 그제야 만족스러운 듯 공현이 돌아섰다. 공현은 침실 옆에 자리한 협탁 위로 주머니 속 물건을 꺼냈다. 귀가 후 공현이 하는 습관이었다.

늘상 소지하고 다니는 휴대폰, 열쇠와 함께 낯선 명함이 놓였다. 공현은 손을 뻗어 명함을 집어 들었다.

오늘 오후에 새로운 게임 프로모션 자리에 참석하러 가던 길이었다. 자동차가 고장 나서 콜택시를 불렀다. 공현이 원한 목적지는 동남센터였는데, 공현의 말을 잘못 이해한 택시기사는 동남여고 앞에 내려주었다. 그 사실을 알게 된 것은 택시에서 내린 지 3분이 지나서였다. 공현 또한 초행길이었기에 택시기사만 믿고 있던 게 실수였다.

콜택시를 부르기 위해 휴대폰을 뒤적거리며 큰 길가를 찾아 걸어가던 중에 불량배 셋에게 끌려갔다. 사실 끌려갔다기보다 불량배들의 손이 몸에 닿는 것이 싫어 제 발로 갔다고 하는 것이 맞았다.

공현은 거의 일주일가량 밤을 새다시피 해서 머리가 멍한 상태였다. 그들이 원하는 게 돈이라면 던져 주고 자리를 파하고 싶었다. 지갑에서 현금을 꺼내는 불량배 셋을 보다가 벽에 기댔고, 공현은 그 상태에서 잠깐 졸았다. 그러다 들리는 낯선 목소리에 눈을 떴을 땐 자그마한 남자 하나가 불량배 셋을 내쫓고 있었다.

짜증스러웠다. 일이 다 끝나가는 와중에 갑자기 정의의 영웅 행세를 하며 나타나는 사람이 반가울 리 없었다. 꼭 아빠 옷을 입은 것처럼 헐렁한 정장 차림의 자그마한 남자는 지갑을 보고 다양한 표정을 지었다. 놀랐다가, 한숨을 내쉬었다가, 감탄하기를 반복하고 있었다.

잠을 못 잔 데다가 약속 장소까지 못 찾는 상황에 처하다 보니 짜증이 이만저만이 아니었다. 그러던 중 자그마한 남자가 지갑을 내밀었다. 불량배 셋과 모르는 남자의 손을 거친 지갑이 더러워 보여서 잡기 싫었다. 그러나 지갑 안에 들어 있는 수많은 카드 때문에 어쩔 수 없이 받아 들었다. 더럽다고 안 챙겼다간 뒤에 더 피곤한 일이 벌어질 테니까. 볼일이 다 끝났음에도 자그마한 남자는 팔짱을 떡하니 낀 채 자신을 쳐다보았다.

"고맙다고 해야 할 거 아냐. 구해주고, 수수료 한 푼 받지도 않고 지갑까지 돌려줬는데 입을 싹 닦아?"

불량배보다 더 귀찮은 인간이었다. 고맙다는 한마디만 하면 될 일이었으나, 하고 싶지 않았다. 실제로 고맙지도 않았다. 일을 더 피곤하게 만든 사람이 고마울 리 없었고, 오히려 시간만 더 축내고 있어서 짜증스러웠다. 그런 마음으로 고맙다는 말을 안 했더니 남자가 명함을 억지로 바지 안에 밀어 넣었다. 그러고는 마치 꿰뚫어 볼 것처럼 빤히 쳐다보며 말했다.

유일한 적수

"결벽증 있지?"

"……"

"대인 관계도 별로고."

"……"

"거기에다가 길치."

마치 자신을 아는 것처럼 말했다. 그 말에 놀라는 바람에 자신의 바지주머니 안에 명함이 있다는 사실조차 잊고 있었다. 그러다 보니 집까지 딸려왔다. 불결하게.

그나저나 누굴까. 우연일까, 아니면 누군가가 보낸 걸까. 처음엔 '누군가' 가 보낸 사람일 거라 생각했다. 그런데 지갑을 되찾아주고 고맙다는 인사나 받으려고 '누군가' 가 보내진 않았을 거라는 판단이 섰다. 더군다나 '누군가' 가 보낸 스타일 같지가 않다.

뭘까.

공현이 명함의 끄트머리를 톡톡 두들기며 눈을 갸름하게 뜰 때였다.

딩동.

벨 울리는 소리와 동시에 휴대폰이 함께 울렸다. 공현은 협탁 위에 명함을 내려놓은 후 휴대폰을 들었다.

―윤소환.

역시나였다. 공현은 귀찮은 마음에 수신음을 제거한 후 휴대폰을 협탁 위에 올렸다. 그러자 거짓말처럼 벨소리가 뚝 끊어지더니 얼마 후 문자가 전송되었다.

—집 안에 있는 거 다 안다. 문 열어라. 집 앞에 텐트 치기 전에.

공현의 미끈한 얼굴이 짜증으로 구겨졌다. 이름부터 법정 냄새가 풀풀 나는 윤소환은 한다면 하는 남자였다. 고로 이대로 내버려 뒀다간 자신이 나올 때까지 집 앞에 있을 거라는 말이었다. 정말 운 없으면 텐트를 칠지도 모른다. 사실 문밖에서 고생하는 건 소환의 몫이지만, 문전박대했다는 이유로 잔소리를 수배는 더 늘어놓을 것이 뻔해서 공현은 어쩔 수 없이 현관문을 열었다.

"뭐야."

"일찍도 연다."

진회색 정장 차림의 소환이 노려보며 말했다.

"뭔데."

그러거나 말거나 공현이 문고리를 잡은 채 건조하게 물었다.

"오늘 외출했다며?"

"그런데?"

"내가 집에 가만히 있으랬지?"

"프로모션 참가해야 한다고 말했잖아."

"미쳤냐? 머리에 총 맞았어? 위협당한 지 며칠이나 지났다고 외출을 해?"

소환이 버럭 화를 내며 문고리를 잡아당겼다. 그러나 문은 꼼짝도 하지 않았다.

"문 열어."

소환이 씩씩거리며 문고리를 잡고 있는 공현을 노려보며 말했다.

"시끄러워. 머리 울려."

"문 열라고 했어."

"잘 거야."

그 말을 함과 동시에 졸음이 확 몰려들었다. 공현이 잠시 눈을 감고 비틀대는 찰나에 소환이 문고리를 확 잡아당겼다. 소환은 순식간에 공현의 집 안으로 들이닥쳤다. 공현은 그런 소환의 등을 노려보았다.

"주거침입죄로 신고당하고 싶어?"

공현이가 눈을 치켜떴다. 공현의 살벌한 기세에 잠시 움찔한 소환이 진정하라는 듯 손을 들곤 말했다.

"그러지 마라, 사촌끼리."

소환이 마음 풀라는 듯 너그러운 미소를 지어 보였다.

"나가."

그러나 공현은 씨알도 먹히지 않을 짓 하지 말라는 듯 턱으로 문을 가리켰다.

"너만 힘든 거 아냐. 나도 오늘 고단한 하루를 보내고 왔어. 여기서 조금만 쉬다가 가게 해줘. 방해 안 할게. 네가 게임을 하든, 씻든, 잠을 자든 안 괴롭힐 테니까 가서 볼일 봐."

"윤소환."

"그래, 내가 윤소환이지. 너의 사촌 형이고. 내 이름 찍찍 부르는 사촌 동생을 봐줄 만큼 너그러운 마음의 소유자이기도 하지. 방해 안 한다잖아. 네 물건에 손 안 댈게. 1도도 틀어지게 안 할게. 게임도 안 하고, 콘솔도 손 안 댈게. 그냥 여기서 숨만 쉬다가 부엌에서 밥만 먹고 갈게."

쉴 틈 없이 다다다 쏘아대는 소환을 보던 공현이 질린다는 듯 몸을 돌려세웠다. 이미 거실 소파를 점령하고 앉은 소환을 밀어낼 방법도, 그럴 힘도 없었다. 특히 오늘처럼 피곤한 날은 더더욱 그러했다.

한숨을 내쉰 공현은 소환을 투명인간 취급하며 욕실로 들어갔다. 쿵 하고 문이 닫히자마자 소환이 스윽 자리에서 일어났다. 그는 찬찬히 집을 둘러보았다. 누가 윤공현의 집 아니랄까 봐 모델하우스처럼 완벽했다. 먼지 하나, 물건 하나 틀어지는 것을 못 볼 만큼 공현은 결벽증이 심했다. 그러나 이 결벽증이 왜 시작됐는지 아는 소환은 그를 탓하지 못했다.

잠시 집을 둘러본 소환은 곧장 거실 귀퉁이에 자리한 박스로 향했다. 박스 뚜껑을 열자 가사도우미가 챙겨놓은 우편물이 보였다. 차근차근 우편물을 확인하던 소환은 마지막 것까지 다 확인한 후에야 안도의 한숨을 내쉬었다.

"다행히 이번에는 없네."

그러나 마냥 마음 편하게 있을 수만은 없었다. 언제 또 살해하겠다는 메시지를 담은 우편물이 올지 모를 일이었다.

"그러니까 보디가드 한 명 고용하자니까……."

마뜩잖은 눈으로 욕실을 노려보던 소환이 꿍얼거리며 조용히 침실로 들어섰다. 공현이가 안다면 질색팔색할 일이지만 확인해야했다. 혹시나 이전처럼 누군가가 침대 위에 살해 메시지를 담은 박스를 가져다 놨을지도 모른다는 생각에서였다. 다행히 침실도 안전했다. 가슴을 쓸어내린 소환이 무심코 돌아설 때였다. 협탁 위가 평소와 달랐다.

공현이 소지하는 물품은 딱 세 개였다. 열쇠, 지갑, 휴대폰. 그런데 오늘은 네 개다. 소환은 손을 뻗어 낯선 명함을 집어 들었다.

─강.남. 보디가드 설이준.

"이게 왜……."

공현은 자신의 명함조차 갖고 다니지 않았다. 하물며 타인에 대한 관심이 제로에 달한 공현이 남의 명함을 받을 리 없었다. 그런데 명함을 갖고 있다는 말은, 굉장히 중요하다는 뜻이었다.

"이런 깜찍한 자식."

잠시 고민하던 소환의 얼굴에 웃음이 번졌다.

"내가 하라고 애걸복걸할 땐 들은 척도 안 하더니. 자기 스타일에 맞는 보디가드를 고용하려고 그랬던 거구만? 좋았어. 이 형이 나서주지."

소환은 만족스럽게 웃으며 명함을 품에 챙겨 넣었다.

그날도 여느 때와 다를 것 없는 하루였다. 이준은 학교 내부와 외부를 몇 바퀴 순찰하며 폭력 사건이 일어나지 않도록 매의 눈으로 감시했다. 늦은 밤이 되어 모두가 하교하자 학교가 텅 빈 듯했다.

"내일 드디어 쉬네요. 손꼽아 기다리던 토요일이라니. 만세!"

이준이 쓰레기를 분리수거하며 신이 난 목소리로 말했다. 실제로 이준은 두 팔을 번쩍 들고서 기쁜 표정을 숨기지 못 했다. 그 모습을 지켜보던 경비원 김 씨가 끌끌 웃었다.

"그러게. 시간 한 번 빨리 가네. 내일 발 뻗고 늦게까지 푹 자."

"당연히 그래야지요."

"이제 분리수거하던 거 내버려 둬. 남은 건 내가 하면 되니까."

경비원 김 씨가 이준을 만류했다.

"어차피 다 했어요."

"에잉, 손 버리게. 여자 손은 더러운 거 만지고 그러면 못 써. 좋은 거, 예쁜 거만 만져야 팔자가 고와져."

"저만 팔자 좋아지면 뭐 하나요. 제가 더러운 거 만지고, 안 좋은 거 만져도 주변 사람들 팔자가 좋아져야 진짜 행복이죠."

"말이나 못하면!"

"그러게요. 여기서 말까지 못하면 얼마나 미워 보일까요? 말이라도 잘해서 다행이에요. 그렇죠?"

이준의 말에 기어코 김 씨가 웃음을 터뜨렸다. 그사이 이준은 분리수거를 마친 후 깔끔하게 매듭까지 지어놓았다. 손 솜씨가 좋은 이준을 김 씨가 물끄러미 바라보았다.

처음 이 학교에 보디가드로 왔다고 했을 때만 해도 곱게 보지 않았다. 보디가드라고 해봐야 멀대같이 서 있다가 퇴근하기밖에 더 하겠나, 싶었다. 그런데 생각 외로 곰살맞게 굴 줄도 알고 책임감도 강해서 하루에 몇 번이나 학교 내부와 외부를 살폈다. 그 덕에 한 달 만에 이준은 학교 근처에서 동급생을 괴롭히는 불량학생을 열 명이나 잡았고, 다른 학교 학생들도 이 동네에서 범죄를 저지르는 횟수가 확연히 줄어들었다.

그러나 김 씨가 이준을 눈여겨보는 것은 다양한 재주 때문이었다. 그중 가장 뛰어난 재주는 눈썰미와 추리력이었다.

"혼자 사시죠?"

깔끔한 성격 탓에 김 씨를 본 그 누구도 홀아비라고 생각하지 않았다. 하물며 3년 넘게 봐온 학교 선생님들도 모르는 사실이었다. 그런데 이준은 함께 지낸 지 일주일 만에 그 사실을 알아냈다. 어떻게 알았냐고 묻자, 이준은 씩 웃으며 '제가 눈썰미가 좋아요'라고 답했다. 들어보니 다른 사람과 연락을 하지 않는 데다가, 철저하게 혼자 사는 사람의 습관이 온몸에 베어 있어서 알아봤다고 했다. 이후 이준은 꽤 여러 방면에서 사람을 놀라게 했다. 보디가드만 하고 있기엔 아까운 재주였다.

"아! 다 됐다!"

이준이 두 손을 들어 올리며 만세를 불렀다. 김 씨는 이준이 해놓은 것들을 보며 혀를 내둘렀다. 손끝도 야무졌다. 보면 볼수록 아까운 인재였다.

"자네는 왜 보디가드가 된 거야?"

김 씨가 불쑥 이준에게 물었다.

"그야 천직이니까요."

"탐정이 더 어울릴 것 같은데?"

"음, 한 번 해보긴 했어요."

"그래?"

이준의 말에 김 씨가 의외라는 듯 물었다.

"네. 그런데 들어오는 일들이 죄다 불륜 사실 확인에다가 남의 뒤를 캐는 일이잖아요. 밤낮 비낀 채로 다른 사람 뒤꽁무니나 쫓아다녀야 하는데…… 저한테 맞는 일도 아니고, 굳이 할 필요를 못 느꼈어요. 또 다른 사람들이 인정해 주지도 않고요."

사설탐정이 조직적으로 존재하긴 했지만 아직까지 합법이 아니었다. 그 때문에 사람들은 불법적인 직업이라 생각해 바라보는 시선이 곱지 않았다. 실제로 하는 일 또한 누군가에게 당당히 말할 수 있는 것도 아니었다. 탐정이라는 직업을 들으면 대부분의 사람들은 경계하곤 했다.

"그래? 그럼 보디가드는 맞고?"

"일단은 만족해요. 안 좋은 소리 들을 일도 없고, 더러운 꼴 안 봐도 되고, 그리고 누군가에게 도움이 되는 일이잖아요. 이런 일을 할 수 있다는 게 어디예요. 저는 만족해요."

이준이 입술을 부드럽게 벌리며 웃었다. 초여름의 나뭇잎처럼 청량한 웃음이었다. 그 웃음에 김 씨는 더 이상 아무 말도 하지 못했다.

본인이 만족하는 일을 제3자가 왈가왈부할 게 아니라고 생각하면서.

모처럼 늦잠을 잘 수 있는 일요일이었다. 웨딩홀 뷔페 아르바

이트 시간을 감안해 열 시에 알람을 맞췄으나, 알람이 울린 것
은 그보다 이른 시각이었다. 베개에 얼굴을 파묻고 있던 이준이
손을 더듬어 휴대폰을 집어 들었다. 억지로 눈을 치켜뜨며 액정을
확인했다.

—강. 남. 스타일.

이준이 몸담고 있는 보디가드 업체의 소장이자, 이준에겐 삼
촌과도 같은 존재였다. 아주 어렸을 적부터 자신을 조카처럼 대
해준 분이었다. 무시할 수 없는 전화라 이준이 휴대폰을 귀에
가져다 댔다.

"네."

목소리가 쩍 갈라졌다.

[어디냐?]

"집입니다."

[아직 자냐? 해가 중천이다. 이렇게 심신이 허약해서야.]

"일주일에 딱 하루 늦잠 자는 거 알면서 그러십니까? 왜 그러
세요?"

[회사로 나와라.]

"예?"

[비상사태다. 10분 내로 와라.]

비상사태라고 하면서 소장의 목소리엔 웃음기가 가득했다.

이순은 거불늅 손님이 나타났음을 알아챘다.

"10분은 너무 짧⋯⋯."

[그렇게 알고 끊는다.]

"아, 진짜!"

끊어진 휴대폰을 노려보던 이준이 자리에서 벌떡 일어나 화장실로 달려갔다.

"내 늦잠!"

뒤늦은 이준의 절규가 이어졌다.

강.남. 보디가드라는 회사명과 달리 회사는 낡은 건물에 자리하고 있었다. 여기저기 페인트가 벗겨진 계단이 익숙한 듯 뛰어올라간 이준은 낡고 오래된 문을 벌컥 열어젖혔다.

"조용히 다녀야지요, 설이준 팀원."

평소라면 소파에 늘어져 '왔냐?' 라고 인사를 건네야 할 소장이 허리를 곧게 편 채 말했다. 거기다가 안 하던 넥타이핀까지 했다. 소름 끼치게 단정한 소장의 모습이 낯설어서 이준은 눈만 깜빡였다.

왜 저래.

이준은 속으로 중얼거리며 사무실을 둘러보았다. 소장은 낯선 남자와 마주 앉아 있었다. 이준은 저 남자가 소장을 긴장시키는 거물급이라는 것을 알아챘다.

"일단 이리 오시죠, 설이준 팀원."

소장이 가리키는 대로 옆자리에 앉았다. 그제야 남자의 얼굴이 제대로 보였다. 뛰어오는 동안 거물급 남자가 혹시나 일전에 만났던 무례한 그 녀석이 아닐까 생각했었다. 그러나 보란 듯이 예상을 비켜갔다. 거물급 손님은 난생처음 보는 남자였다. 이준은 습관처럼 남자를 아래위로 스윽 훑었다.

허름한 외투 차림, 굽이 낮은 운동화, 장갑을 낀 손, 깔끔한 외모에 반비례하는 부스스한 헤어스타일. 어딘가 이질적인 모습을 하고 있었다. 이준의 눈이 갸름해지던 찰나, 소장이 이준의 어깨를 툭 치며 말했다.

"이분은 건설업체 사장님이셔. 지인으로부터 자네를 소개받았다고 하시더군. 꼭 자네에게 맡겼으면 하는 일이 있다고 직접 찾아오셨어."

"설이준 씨?"

남자가 싱긋 웃으며 자연스럽게 이준의 이름을 불렀다. 그제야 정신을 차린 이준이 남자를 마주 보았다.

"네, 제가 설이준입니다."

이준을 바라보던 남자의 눈빛이 부드럽게 휘었다.

"죄송합니다. 건설업이 불황이라고는 해도 제가 몸담고 있는 곳은 바빠서요. 오늘도 건설 현장을 다녀오느라 제대로 옷도 못 갈아입고 왔네요. 양해 부탁드립니다."

남자가 씩 웃었다. 이준의 시선은 자연스럽게 남자가 입고 있는 유니폼에 닿았다. 대한민국에서 내로라하는 건설업체의 마크가 선명하게 찍혀 있었다. 소장은 이준에게 보라며 명함까지 내밀었다. 이준은 명함과 남자를 번갈아 보았다. 명함, 유니폼, 낡은 신발까지 모든 것이 다 맞아떨어지는데도 불구하고 이준의 얼굴은 좀처럼 펴지지 않았다.

"저한테 맡기고 싶은 일이 있으시다고요?"

이준이 단도직입적으로 묻자, 마주 앉은 남자가 고개를 끄덕였다.

"네. 보수는 두둑이 드리겠습니다."

"다른 사람 찾아보세요."

이준은 손에 들고 있던 명함을 테이블 위에 탁 소리 나게 내려놓으며 말했다.

"네? 왜 그러시는지……."

남자의 얼굴이 미미하게 굳었다.

"설이준!"

동시에 소장이 소리쳤다. 이준은 테이블에 놓인 명함을 남자 쪽으로 스윽 내밀었다.

"저는 신분을 속이는 사람과 일하지 않습니다."

"무슨 말씀이신지……."

남자의 입꼬리가 비틀어졌다. 동시에 이준의 얼굴이 딱딱하게 굳었다.

"건설업에 종사하시는 분치곤 손이 참 깨끗하시네요."

이준의 지적에 남자의 미간이 살짝 찌푸려졌다.

"저는 현장 지휘만 합니다만, 그게 문제가 되나요?"

"상의 유니폼엔 흙이 묻었네요."

"현장을 다녀왔으니까요."

"그런데 왜 바지엔 모래가 묻지 않았을까요? 신발도 앞에만 모래가 묻었군요. 뒤는 낡았을 뿐 말끔하죠. 마치 작정하고 모래를 바른 것 같군요. 그리고 어깨, 목이 다 굽었어요. 딱 책상에 오래 앉아 있을 때 나타나는 전형적인 자세죠."

"제 걸음걸이 자세가 좋지 않아서 그렇습니다."

"그래요. 그럼 그렇다고 쳐요. 그런데……."

"그런데요?"

"유니폼 치수도 본인의 체구보다 크네요. 그것도 꽤 많이요. 파견직도 아니고 무려 건설업체 사장님이라는 분이 유니폼 치수를 이렇게 크게 입는다라……. 속이려면 제대로 된 성의라도 보이셨어야죠. 저는 저를 속이는 사람과 일 못 합니다. 무섭잖아요? 무슨 일을 당할 줄 알고 제가 제 목숨 바쳐 가며 일합니까? 수고하세요."

이준이 자리에서 벌떡 일어났다. 그러고는 어버버거리는 소장과 입을 꾹 다물고 있는 남자에게 번갈아 인사하고 돌아설 때였다.

"안녕히 계세요."

"역시 대충 했더니 안 속으시네요, 설이순 씨."

남자의 웃는 목소리가 이준을 붙들었다. 고개를 돌린 이준은 어느새 자리에서 일어나 있는 남자를 보았다. 잔뜩 경계하는 표정을 짓는 이준에게 남자가 웃으며 말했다.

"절 좀 꼭 도와주셔야겠습니다."

2. 귀엽고, 사랑스러운 사촌 동생

"이게 제 진짜 명함입니다."

남자가 유니폼이 아닌 바지주머니에서 명함을 꺼내 이준에게 내밀었다. 이준은 남자를 흘깃 본 후 경계하는 표정으로 명함을 받아 들었다.

"검사셨네요."

이준은 무심하게 말하며 남자의 이름을 보았다. 윤소환. 검사 아니랄까 봐 이름도 소환이다. 그러나 이준은 표정을 풀지 않은 채 소환을 바라보았다. 한 번 속인 사람은 두 번도 속일 수 있다.

"미심쩍으시면 확인해 보셔도 됩니다. 바로 옆에 심부름센터가 있던걸요?"

소환이 창문 너머로 보이는 무너지기 직전의 건물을 가리키며 말했다.

"아뇨. 일단은 믿을게요. 그런데 무슨 일이세요?"

"표정 푸세요. 무서워서 말을 할 수가 없잖아요."

소환이 싱긋 웃었다. 매일매일 각종 범죄자와 마주하는 검사가 고작 자신의 무표정에 겁을 먹을 리가 없다. 그저 언 분위기를 깨고자 던진 농담이라는 것을 안 이준이 얼굴을 풀었다. 일단 남자가 검사라는 건 확실한 듯했다. 다시 자리에 앉은 이준이 의자를 가리켰다.

"앉으세요."

"감사합니다. 상대 안 해주시면 어쩌나 걱정했거든요."

소환은 참 잘 웃었다. 천성이 경쾌하고 밝은 사람 같았다. 이준은 소환이 건네준 명함을 만지작거리며 쳐다보았다.

"굳이 절 속이면서까지 뭘 확인하고 싶으셨어요?"

"다른 건 아닙니다. 그저 웬만한 탐정 버금갈 만큼 눈썰미가 좋다고 하셔서 확인해 보고 싶었습니다. 보통 명성은 과대포장되어 있는 법이니까요."

"그런데요?"

"나름 준비한다고 했는데 이렇게 한 번에 들킬 줄 몰랐네요. 하여튼 설이준 씨의 능력은 잘 알겠습니다. 그래서 말인데, 부탁 좀 드릴게요."

소환이 상체를 앞으로 숙이며 두 손을 깍지 꼈다. 동시에 눈빛이 예리하게 빛났다. 이준은 자신도 모르게 마른침을 삼켰다. 심상찮은 조짐이 느껴졌다.

"저에겐 사촌 동생이 한 명 있습니다. 그런데 그 사촌 동생이 살해 위협에 시달리고 있습니다."

"사, 살해 위협이요?"

이준이 놀라서 되물었다. 살해 위협을 당하는 일은 흔하지 않다. 꽤 놀라는 이준을 보며 소환은 침통한 얼굴로 고개를 끄덕였다.

"네. 주기적으로 우편물만 보내서 장난인 줄 알았습니다만, 몇 달 전엔 사촌 동생의 자동차를 부쉈더군요. 범퍼가 날아간 모양을 봐선 차로 뒤를 들이박은 걸로 보였다고 합니다."

"범행에 사용된 자동차는요?"

"주차장 CCTV를 확인한 결과 범죄에 쓰인 자동차를 찾았는데, 차 주인이 외국인이더군요. 그것도 3년 전에 자신의 나라로 돌아간 외국인이요. 조금씩 살해 위협이 과해지고 있습니다. 처음엔 저를 겨냥한 범죄자들의 공격인 줄 알았는데, 1년간 지속된 걸로 봐선 아닌 듯하더군요."

"1년씩이나……"

"제가 알게 된 것이 1년 전입니다. 어쩌면 훨씬 그전부터 시작되었을지도 모르죠."

"동생분은 가만히 있던가요?"

"무슨 이유에서인지 가만히 있더군요."

"동생이 용의자를 안다고 하던가요?"

"아뇨, 모르는 것 같았습니다. 알았다면 벌써 경찰에 신고하고도 남았을 테니까요. 동생은 굳이 신경 쓸 거 없다고 하는데 형이 돼서 마냥 손을 놓고 있을 수 없더군요. 그러다 우연히 설이준 씨의 명함을 보게 되었습니다. 어떤 분인지 간단히 조사를 했습니다. 물론 개인정보가 아니라, 설이준 씨의 이력을 찾아본 거니 기분 나쁘게 생각하지 않으셨으면 좋겠습니다."

소환은 이준이 기분 나쁘게 받아들일까 봐 손을 들어 진정하라는 듯이 말했다.

"네."

이준은 괜찮다는 듯 가볍게 고개를 끄덕였다. 어차피 개인 이력 정도는 상관없었다. 지금은 이 수상한 일이 더욱 궁금했다.

"개인 이력을 찾던 중 굉장히 신기한 부분을 발견했습니다. 1년 정도 탐정 일을 하셨더군요. 근방에선 눈썰미가 좋고 추리력도 좋은 편이라고 하시더군요. 그래서 확인해 보려고 이 꼴로 나타난 겁니다. 다시 한 번 사과드리죠."

"아닙니다."

소환이 꾸벅 고개를 숙이자, 이준이 뒤따라 마주 고개를 숙였다. 이준의 표정이 한결 누그러졌다. 검사라는 직업 탓에 고압적이고 단호할 것 같았는데, 소환은 생각보다 정중하고 젠틀했다.

"그럼 정확히 저에게 어떤 일을 맡기려고 오신 거죠?"

"사촌 동생의 신변 보호와 범인 물색입니다."

"범인을 찾아달라는 말씀이신 거죠?"

"네."

"지나치게 포괄적인데요. 범인이 주변에 있는 것도 아닐 테고……."

"이런 말씀드리긴 뭣하지만, 주변에 있는 것 같습니다."

"네?"

"확실한 건 아니지만 제 감이 그렇습니다. 설이준 씨의 감을 따라갈 순 없겠지만, 제 직업도 감이 절반인 검사라서요. 그래서 제가 부탁드리는 겁니다. 범인을 아시게 되면 저에게 알려주세요. 제가 은밀히 제거하겠습니다."

검사라며. 은밀히 제거라니?

이준이 은근히 살벌한 기색을 띠는 소환의 눈을 바라보다 멈칫했다. 이준은 손바닥을 마주 비비며 생각하다가 진지한 표정으로 소환에게 물었다.

"경찰에 신고해 보셨나요?"

"경찰은…… 아시잖아요."

새삼스럽게 뭘 묻냐는 말투였다.

"하긴, 그렇네요. 경찰은 범죄가 일어나기 전엔 나서지 않죠."

"네. 그래서 사람들이 보디가드를 고용하는 거고요."

소환의 말에 이준은 가볍게 고개를 끄덕였다. 범죄가 일어나기 전까지 경찰이 해줄 수 있는 일에는 한계가 있다.

이준이 진지하게 고민하는 사이, 소장이 그녀의 옆구리를 쿡 찔렀다. 이준이 고개를 들자 소장이 진지한 얼굴로 고개를 가로저었다. 하지 말라는 말이었다. 이준이 왜 그러냐는 듯 눈썹을 들어 올리자 소장이 아랫입술을 깨물며 혼내는 시늉을 했다. 위험하게 왜 그런 일을 하느냐는 표정이었다. 이준이 상관있냐는 듯 반항하는 표정을 짓자, 소장이 눈을 부라렸다.

위험하다, 살해 위협이라니. 자칫 잘못하다간 크게 변을 당할 수도 있는 일이었기에 소장은 결사반대하는 표정을 지었다.

"죄송합니다만……."

소장이 입을 열 때였다.

"백만 원이면 되겠습니까?"

소환의 말에 소장은 기가 막히다는 표정을 지었다. 검사라더니, 돈 개념이 없는 건가.

"자칫하다간 살인 사건에 휘말릴 판인데 월 백만 원으로……."

"주급입니다."

"……."

"한 주에 백만 원 드리죠."

소장의 손이 가늘게 떨리는 것을 이준은 보았다. 소환은 상체를 숙인 채 두 사람만 들을 수 있도록 입을 열었다.

"범인을 찾아주신다면 사례금으로 오천만 원을 지불하겠습니다."

"오, 오, 오천만 원!"

소장이 결국 포장하고 있던 근엄함을 내던지고 방정맞게 소리를 질렀다. 옆에 있던 이준도 깜짝 놀란 얼굴로 소환을 쳐다보았다. 주급 백만 원도 기함할 노릇인데, 무려 오천만 원을 사례금으로 지불한단다.

"그 돈이 아깝지 않을 만큼 중요한 일입니다. 하나뿐인 사촌 동생입니다. 어린 시절부터 불쌍한 일을 많이 겪고 자라서 아픈 손가락 같은 아이를 잃고 싶지 않습니다. 도와주세요."

소환의 얼굴이 진지했다. 진심으로 사촌 동생을 잃고 싶지 않아 하는 절절한 마음이 느껴졌다.

누군가를 잃고 싶지 않은 마음. 그 간절함을 이준은 잘 알고 있었다. 갑자기 가슴이 시큰거리면서 떠올리고 싶지 않은 기억이 떠올랐다.

"가지 마! 가지 말라고!"

이준도 식어버린 몸을 붙들고서 그렇게 소리 지르던 때가 있었다. 그때의 통증이 되살아나 마음을 할퀴었다.

"그래도 지나치게 위험합니다. 큰 업체를 찾으세요. 그곳에서 여러 명을 고용하시는 게 여러모로 이득이 되실 겁니다."

가까스로 이성을 차린 소장이 거절 의사를 밝혔다.

"범인을 찾아주시면 칠천만 원을 일시불로 드리죠."

"……."

그새 이천만 원이 올랐다. 소장의 입이 떡 벌어졌다.

"일단 계약은 육 개월로 하죠. 계약 기간보다 빨리 범인을 찾아주신다고 하셔도 육 개월 주급은 모두 지불하겠습니다."

어마어마한 조건이었다. 주급 백만 원도 파격적인데, 성공 수당에, 무조건 육 개월 주급은 보장받을 수 있는 일이었다. 조건만 보면 화려하지만, 동시에 소장은 걱정스러웠다. 조건이 좋을수록 일은 위험하게 마련이다. 소장이 다시 말리려고 할 때였다.

"할게요."

"야! 설이준!"

소장이 버럭 소리 지르며, 이준을 붙잡았다.

"할 거예요. 저, 하겠습니다."

"제정신이야?"

"범인만 빨리 찾아내면 되잖아요! 삼촌은, 아니. 소장님은 저 못 믿어요?"

"믿지! 믿는데 너무 위험하잖아!"

"그럼 보디가드가 안전한 일만 해요? 그럴 거면 보디가드를 왜 해요? 집에서 보디가드 영화나 보고 있죠."

"그래도, 야, 인마!"

소장이 가슴을 내려치며 한숨을 내쉬었다.

"할게요. 저, 하겠습니다."

이준은 단호한 표정으로 소환에게 말했다. 두 사람을 조마조마하게 쳐다보고 있던 소환은 이준의 허락에 웃으며 유니폼 안 주머니에서 얼른 계약서를 꺼내 내밀었다. 소장은 포기한 듯 소파에 널브러져 앉아 있었다. 설이준의 고집은 아무도 못 말린다는 걸 몇 번의 경험 끝에 잘 알고 있었다.

"읽어보시고 서명하시죠."

이준은 계약서를 보았다.

24시간 함께 있을 것. 계약 기간은 육 개월. 이후에 필요하다면 협의하에 연장 가능하다. 범인 색출을 성공할 시 성과급 보장.

"성과급에 칠천만 원은 지금 기재하겠습니다."

소환은 성과급 뒤에 칠천만 원을 적어 넣었다. 그 어디에도 파기할 시 계약금의 몇 배를 지불해야 한다는 조항은 없었다. 자신에게 철저하게 유리한 조건이었다.

"계약서가 검사님한테 불리한 거 아닌가요?"

이준이 물었다. 그러자 소환이 씩 웃었다.

"제게 불리한 조항을 넣을 만큼, 절박합니다."

"……."

"또 잃고 싶지 않습니다."

소환은 가볍게 말했으나, 말속에 담긴 무게는 묵직했다. 펜을 든 채 머뭇거리던 이준은 '잃고 싶지 않다'라는 말을 중얼거리다가 계약서에 서명했다. 계약서를 한 장씩 나눠 가진 후, 이준은 소환에게 물었다.

"그나저나 그 사촌 동생은 어떤 분이죠?"

계약서를 돌돌 말던 소환이 잠시 움찔했다. 이준은 그것을 보았으나 그저 살해 위협에 시달리고 있는 사촌 동생을 생각하자 마음이 아픈 것이라 생각했다. 소환은 계약서를 유니폼 안주머니 깊숙한 곳에 밀어 넣은 후 싱긋 웃으며 말했다.

"아까 말했다시피 아주 귀엽고, 사랑스럽고, 깜찍한 녀석입니다."

"제정신이야?"

소환의 차가 멀어지는 걸 창문으로 확인한 소장은 이준에게 버럭 소리쳤다.

"제정신이죠."

이준은 덤덤하게 대답했다.

"야, 인마! 살해 위협이라잖아! 딱 까놓고, 저 사람 직업이 검사라는데 양심 품은 조폭이면 어쩌려고 그래?"

"조폭이 1년에 걸쳐서 우편물로 협박할 만큼 인내력이 있겠어요? 그전에 다 때려 엎었거나 이미 끝장을 봤겠죠."

"그래도 그렇지."

"그럼 사무실 문 닫게 내버려 둘 거예요? 이번 의뢰 거절하면 우리 손가락 빨아먹고 살아야 해요."

이준의 말에 소장은 입을 꾹 다물었다. 호기롭게 보디가드 사무실을 오픈했으나 생각보다 운영이 되질 않았고, 이준의 학교 정찰 업무도 몇 달 만에 겨우 따낸 일이었다. 이준은 어깨를 축 늘어뜨린 소장을 흘깃 보며 한풀 꺾인 목소리로 말했다.

"이대로 가다간 우리 굶어 죽어요. 뭐라도 해야죠. 그리고 거물급 의뢰인이라고 신나서 달려오라고 할 땐 언제고."

"그거야 나는 건설업 회장 보디가드 역할 하라는 건 줄 알았지."

"회장 보디가드 할 사람을 소규모 영세업자인 우리를 찾을 리 있어요? 이번 일 성공하면 우리 업체가 유명해질 거고, 자연스럽게 성공할 수 있을 거예요. 좋게 생각해요."

"에효."

소장은 할 말 없다는 얼굴로 우물쭈물거렸다. 그러다 슬쩍 고개를 들어 이준을 보았다.

"저기, 근데 말이다."

"네."

"사실…… 그게……."

소장이 우물쭈물거리며 이준의 눈치를 살폈다. 여태껏 소파에 앉아 신문을 보던 이준은 안 좋은 낌새를 느끼고 눈만

들있다.

"이실직고는 즉각 하여 광명 찾도록 합시다, 소장님."

이준의 목소리가 단번에 낮아졌다. 그러자 소장이 눈을 질끈 감고는 소리쳤다.

"에이 씨! 사실은! 내가 검사 양반한테 너 남자라고 그랬다!"

"……."

"검사 양반이 설이준 씨가 남자냐고 묻더라고. 남자 보디가드가 필요하다잖아. 그래서 그냥 그렇다고 대답했지. 나는 건설업 주요 인사 보디가드 며칠 하다가 말 줄 알고."

서둘러 변명을 갖다 붙이는 소장을 이준이 멍하게 쳐다보았다.

"지금 그게 말이 돼요? 나를 봐요. 딱 봐도 여자잖아요. 이런 나를 보고 그런 오해를 한단 말이에요?"

"……."

"왜 대답을 못 해요!"

"솔직히…… 네가 여자로 보이진 않지."

"아! 진짜! 앞으로 어쩔 거예요?"

이준이 읽던 신문지를 와락 구겨 테이블에 던지다시피 내려놓으며 소리쳤다. 그러자 소장이 뺨을 긁적거렸다.

"어쩌긴 어째, 내가 말할 틈도 없이 니가 싸인해 버린걸."

"……."

지금 그걸 말이라고 하는 거야?

이준이 그런 표정으로 소장을 쳐다보았다. 그러자 소장은 이준을 어르고 달래기 시작했다.

"이왕 남장한 거 육 개월만 더 한다고 생각해. 어차피 그 남자 집에 들어가서 거주해야 한다며. 의뢰인이 널 남자로 생각하는 게 너도 안전하고 좋지! 남자는 다 짐승이야! 짐승으로 돌변하는 걸 막기 위해 세운 대비책이라고 생각해!"

"하, 진짜. 기가 막혀서……."

"이미 엎질러진 물이야. 엎질러진 물은 어쩔 수 없잖아."

이준은 한숨을 푹 내쉬었다. 소장의 말대로였다. 당연히 자신을 여자라고 생각하고 의뢰한 줄 알았다. 탐정 출신의 보디가드는 찾기 힘들기 때문에 여자라는 점을 감안해서 계약한 건 줄 알았는데.

"하, 진짜."

기가 찬 얼굴로 이준이 한숨을 내쉬었다. 황당하긴 하지만 소장의 말이 완전히 틀리진 않았다. 소장의 말대로 자신을 남자라고 알고 있는 쪽이 일하기 편했다.

"후, 어쩔 수 없죠. 천 명이나 되는 여학생도 속였는데 귀엽고 앙증맞은 사촌 동생 하나쯤은 가뿐히 속일 수 있겠죠."

단순한 성격의 이준은 생각 외로 금세 상황을 받아들였다.

"그래, 잘 생각했어!"

소장이 물개박수를 치며 소리쳤다.

"그럼 압박붕대를 사러 가야겠네요."

"압박붕대? 왜?"

"남장 여자들 그렇게 하던데요? 압박 붕대로 가슴을 두르더라고요. 이왕 하는 거 제대로 해야죠. 소장님 말대로 몸조심해서 나쁠 건 없으니까요."

자리에서 벌떡 일어난 이준은 자신의 상체를 내려다보며 '답답하겠네'라며 중얼거렸다.

"소장님, 저는 이만 가보겠습니다! 압박붕대 사러 가야겠어요! 수고하세요!"

손을 휘휘 내저은 후 돌아서는 이준의 뒤통수를 쳐다보던 소장이 아련한 얼굴로 중얼거렸다.

"아니, 뭐…… 압박할 게 있어야 압박도 하고 그러는 거지. 왜 굳이 돈 낭비를……."

"……그런 이유로 제가 더는 이 학교에서 근무할 수 없게 되었습니다. 여태껏 챙겨주셔서 감사합니다."

예의 바르게 두 손을 앞에 모은 이준이 허리를 굽히며 인사를 했다.

"그래? 거참, 아쉽구만. 선생님들께는 말한 거야?"

"네. 말씀드리고 나오는 길입니다."

"그렇구만."

경비원 김 씨는 아쉽다는 듯 입맛을 다셨다. 이준은 요즘에 보기 드문 바른 젊은이였다. 생활력도 강하고, 정신력도 강하고, 거기다가 예의까지 발랐다. 이런 낡은 학교를 지키고 있기엔 아까운 인재라는 생각을 하고는 있었으나, 막상 간다고 하니 아쉬운 마음까진 어쩔 수가 없었다.

"자네는 어디 가서도 성공할 거야. 내가 다른 재주는 없어도 눈썰미 하나는 확실하거든. 내가 말한 거니까 확실해."

"덕담 감사합니다."

"덕담이 아니라 진심이야. 그럼 당장 내일부터 새로운 곳에 근무하러 가는 건가?"

"네. 계약은 그렇게 되어 있는데 오늘 가보려고요."

"그렇구만. 어서 가봐."

"여태껏 여러모로 챙겨주셔서 감사합니다."

"챙겨주기는. 그나저나 자네 가고 나면 여학생들이 또 서러워하겠구만."

김 씨가 끌끌 낮게 웃었다. 몇몇 여학생들은 땅을 치고 울 거다. 이준은 씩 웃으며 다시 한 번 김 씨에게 인사를 건넨 후 교문을 나섰다. 몇 발 못 가 돌아서니 김 씨가 손을 휘휘 내젓고 있었다. 이준은 김 씨에게 꾸벅 인사를 한 후 좁은 골목길을 따라 올라갔다. 막상 가려니 아쉽다. 몇 개월 사이에 김 씨에게 정이 든 모양이었다. 아쉬움을 억지로 털어내며 부랴부랴 걸음을 옮길 때였다. 폐가가 줄지어져 있는 길을 올라가던 이준의 시선이 문득 골목의 끄트머리로 향했다.

"그 싸가지 없는 인간은 안 죽고 살아 있으려나."

구해줘도 고맙다는 말 할 줄 모르는 입 삐뚤어진 녀석을 떠올리며 이준이 중얼거렸다. 반반한 얼굴의 절반만큼만 예의가 있었더라면 세상 편히 살았을 녀석이었다. 그 성격 때문에 어디서 칼 맞지.

"쯧, 알게 뭐야."

이준은 고개를 절레절레 흔들며 잡생각을 털어냈다. 그리고는 곧 만날 '귀엽고 앙증맞은 사촌 동생'을 떠올리며 길을 따라 내려갔다.

이준은 휴대폰과 눈앞의 빌라를 번갈아 보았다. 문자에 찍힌 주소는 확실히 고급 빌라를 가리키고 있었다. 사설 경비원이 출입자의 신분을 따로 확인할 만큼 삼엄한 경비를 자랑하고 있었다. 이런 경비를 뚫고 협박을 하는 협박범도 대단하다 싶었다.

주변을 둘러보니 꽤 높은 담장 너머로 삐져나온 나무들이 보였다. 아마도 따로 정원이 조성되어 있는 듯했다.

"잘사는구나."

단칸방을 전전하며 살아온 이준으로선 낯선 환경이었다. 일단 들어가야겠다는 생각에 한 걸음 옮기는데, 옆에서 클랙슨 소리가 시끄럽게 터져 나왔다. 한쪽 귀를 틀어막은 이준이 자동차를 노려보았다. 이준이 한 걸음 물러서자 자동차가 빠른 속도로 건물 주차장으로 들어갔다. 이준은 자동차가 이미 사라진 자리를 노려보았다.

"사람 나고 차 났지, 차 나고 사람 났냐?"

요즘 들어 부쩍 싸가지를 덜어낸 인간을 자주 만난다고 생각하며 빌라 앞에서 기다릴 때였다.

"설이준 씨!"

골목 끄트머리에서 모습을 드러낸 소환이 손을 흔들며 뛰어왔다.

"늦어서 죄송해요."

"아닙니다. 저도 막 도착했어요."

"짐은 그게 다예요?"

소환은 이준이 들고 있는 짐가방을 가리키며 물었다.

"네."

"하긴 남자는 짐이 얼마 없죠. 들어가죠."

씩 웃으며 건네는 소환의 말에 이준은 뜨끔했으나 아무 말 하지 않았다. 경비원에게 간단한 절차를 밟은 후 빌라 안으로 입성해 엘리베이터에서 내린 이준은 입을 떡 벌렸다. 웬만한 호텔 버금가게 화려한 복도가 길게 이어져 있었다. 그러나 가장 놀라운 것은 긴 복도를 사이에 둔 현관문은 고작 두 개밖에 없다는 것이었다. 고로 긴 건물의 절반이 집이라는 소리였다.

"짐시만요."

소환은 싱긋 웃으며 501호 앞에 섰다. 벨을 눌렀으나 묵묵부답이었다. 소환은 한두 번 당한 문전박대가 아니라는 듯 자연스럽게 전화를 하면서 쉴 틈 없이 벨을 눌렀다. 벨소리가 1분 넘게 이어진 후에야 현관문이 신경질적으로 벌컥 열렸다.

"귀 안 먹었어."

"그래, 안 먹었지. 느릴 뿐이지."

이준은 살벌한 목소리의 주인공을 보려고 목을 쭉 뺐다. 그러나 문에 가려서 사람의 얼굴이 보이지 않았다. 분명 귀엽고, 사랑스러우며, 깜찍한 사촌 동생이라고 했는데? 그러기엔 들리는 목소리가 깊고 낮은 저음이었다. 목소리만 변성기가 온 걸까.

"무슨 일이야?"

"너에게 줄 선물이 있어서."

소환은 손을 뻗어 이준을 끌어당겼다. 엉겁결에 딸려간 이준은 자신의 코앞에 자리한 가슴을 보았다. 173에 달하는 자신이 남자의 가슴을 마주하는 건 난생처음 있는 일이었다.

분명 사랑스럽고, 귀여우며, 깜찍한 사촌 동생이라고 그랬는데, 자이언트가 따로 없다. 얼추 눈짐작으로 185가 훌쩍 넘을 것 같은 남자의 얼굴을 보기 위해 이준은 고개를 뒤로 젖혔다가 얼굴을 와락 구겼다.

날카로운 눈매에, 서늘한 눈동자, 짙은 눈썹과 전체적으로 선이 굵은 잘생긴 남자가 서 있었다.

남자의 훌륭한 외모보다 더 놀라운 것은 아는 얼굴이라는 것이었다. 이준의 입술이 한 박자 늦게 떡 벌어졌다. 남자도 알아본 건지 얼굴을 찌푸리며 쳐다보았다.

"너 뭐야?"

"그건 제가 하고 싶은 말입니다."

이준이 당황한 와중에도 꼬박꼬박 대답했다.

"눈 치워."

남자가 여자 입술 못지않게 붉은 입술로 까칠하게 말했다. 기가 막히게 놀라운 상황에 처한 이준은 다급하게 소환을 붙들었다.

"설마, 사랑스럽고 귀엽다는 동생분이……."

"네. 윤공현이라고, 제 사촌 동생이에요."

소환이 환하게 웃으며 대답했다. 이준은 다시 고개를 돌려 눈앞의 남자를 보았다.

자이언트도 한 손으로 후려잡을 것 같은 이 남자가 사랑스러워? 싸가지와 예의범절을 도려낸 것 같은 이 남자가 귀여워?

이준은 심각한 얼굴로 소환을 쳐다보았다.

"안구질환이 의심됩니다. 혹은 뇌의 정보 처리 기관의 치명적인 오류가……."

"사랑스럽잖아요."

"대체 어디가……."

도저히 눈 씻고 찾아봐도 모르겠으니 설명해 달라는 얼굴로 처다보았다.

"제 눈엔 사랑스러운 동생이에요."

걱정 말라는 듯 소환이 웃으며 말했다.

"하……."

이준은 기가 막히다는 듯 한숨을 내쉬었다. 확실하다. 이 검사양반, 눈 혹은 뇌쪽에 큰 문제가 있다. 이런 사람을 우리나라 법조계에 둬도 되나 의심스럽다. 법원에 신고라도 해야 하나.

두 사람의 이야기를 가만히 듣고 있던 공현은 얼굴을 찌푸리다가 턱짓으로 이준을 가리켰다.

"이건 뭔데?"

"네 보디가드."

소환이 뭘 굳이 묻느냐는 듯 싱긋 웃으며 대답했다.

"뭐?"

"너의 안전을 염려한 형의 선물이야. 육 개월간 너의 안전을 지켜주실 분이야. 24시간 너와 함께 동고동락하면서……."

쾅!

소환의 말이 끝나기가 무섭게 칼바람이 불면서 문이 닫혔다. 소환은 어색하게 웃으며 이준에게 말했다.

"요즘 사춘기가 왔는지 좀 까칠해요."

이준은 장난치냐는 표정으로 처다보았다.

"저분의 행동으로 봐선 살아온 일생이 사춘기일 것 같은데요."

"오, 어떻게 알았어요? 쟨 한시도 빠짐없이 까칠해요. 죽을 때까지 사춘기일 것 같아요."

"왠지 범인이 측근일 가능성이 높다는 생각이 드네요."

"왜요?"

"저분의 성격을 보건대, 충분해요."

충분한 게 아니라 넘친다. 저런 성격으로 아직까지 무사히 살아 있다는 것이 신기했다.

"오늘은 사정상 인사는 여기까지 해야겠네요."

소환은 공현의 박대가 무척 익숙한 듯 대수롭지 않은 얼굴이었다.

"저분은 제가 보디가드로 오는 걸 이제야 안 것 같은데요?"

"맞아요. 미리 말 안 했어요. 말해두면 절대로 문을 열지 않을 것 같아서요. 그러니 파이팅!"

소환은 투명하게 웃으며 주먹을 불끈 쥐었다.

뭘 파이팅하란 말인가.

"설마 저 집에 입성하는 것부터 제가 해야 할 일인가요?"

저 집에 입성해서, 저 까칠한 사춘기 청년을 어르고 달래며 보호해야 하는 것이 이 일의 임무냐고 이준은 압축해서 물었다. 물으면서도 이준은 설마 하는 심정이었다.

"파이팅!"

그러나 소환은 뇌가 없는 것 같은 투명한 미소로 이준의 기대를 부술 뿐이었다.

❖　　❖　　❖

　다음 날, 짐가방을 문 앞에 내려놓은 이준은 501호 문을 삐딱하게 바라보았다. 전쟁터에 나가는 장군처럼 천천히 소맷자락을 걷는데 휴대폰에 문자가 연달아 들어왔다.

　—파이팅! 윤 검사.
　—발미인 파이팅! 삼촌.

　"장난치나."
　이준은 기가 막히다는 듯이 휴대폰을 보다가 주머니에 밀어넣었다. 소매를 걷어 올린 이준은 벨을 눌렀다. 천천히 누르던 속도가 점점 빨라져 나중엔 벨소리가 벨 누르는 속도를 따라가지 못할 지경에 달할 때였다.
　[돌아가.]
　인터폰 너머로 귀찮은 기색이 역력한 남자의 목소리가 들렸다.
　"문 여세요."
　이준은 일부러 인터폰에 정색한 얼굴을 들이밀었다.
　[……돌아가라고 했어.]
　"방금 놀랐죠?"

[경찰에 신고하기 전에 돌아가.]

"신고하세요. 제가 주거침입을 했나요? 그쪽 집에 해를 가했나요? 경찰에 신고하면 그 집에서 나오셔야 하는 거 알죠? 얼굴이라도 단란하게 보죠, 뭐."

[얼마 받았어?]

"왜요? 더 주시고 내쫓으시려고요?"

[어.]

"전 이중계약 안 합니다. 이 일은 신뢰가 최우선이거든요. 여보세요. 여보세요?"

이준이 인터폰을 탁탁 두들겼다. 이어 벨을 눌렀으나 더 이상 벨소리가 들리지 않았다. 인터폰과 벨을 차단한 모양이었다.

"하, 진짜. 참 징그럽게도 귀엽네."

이준은 계단에 걸터앉아 문을 노려보았다.

어떻게 해야 할까. 오랜만에 머리를 쓸 일이 생겼다.

"혹시나 했는데 역시나 출입에 실패했네요."

이준은 빌라 앞에 쭈그려 앉아 있다가 고개를 들었다. 소환이 바지주머니에 손을 찔러 넣은 채 서 있었다.

"출입에 실패한 게 아니라, 쫓겨났어요."

이준은 지친 목소리로 대답했다. 계단에 앉아 어떻게 하면 집으로 입성할까를 고민하던 차에 들이닥친 경비원에게 쫓겨났다. 그 이후 몇 번이나 출입을 시도했으나 번번이 막혔다. 몸싸움을 한다면 지진 않을 것 같았으나, 그래 봤자 이득 될 것이 없었다. 경비원을 따돌린다고 해도 잠긴 현관문을 열 방도가 없으니 말이다.

"이런."

소환은 어느 정도 예상한 듯 짤막한 소리를 냈다. 그러더니 고개를 들어 공현의 집을 보았다. 방 하나에 불이 켜져 있었다. 공현이 잠들었다는 증거였다. 잠시 혀를 끌끌 차며 고민하던 소환이 말했다.

"일어나요. 지금쯤이면 될 것 같아요."

소환의 말에 이준은 반신반의한 얼굴로 일어났다. 소환은 경비원에게 다가가 무언가를 이야기하더니 이준에게 오라는 손짓을 해 보였다. 쪼르르 달려간 이준이 소환에게 물었다.

"어떻게 들어오는 거예요? 여기 함부로 못 들어가는 곳이던데."

이준도 한 번 쫓겨나고 나니 재입성하기 힘들었다.

"공현이랑 몇 번 오가는 걸 경비원이 봤거든요. 일전에 이 부근에서 벌어진 사건 때문에 경비원들이 내 직업이 검사라는 것도 알고요. 그리고 또 하나 더 이유를 대자면 로비력? 경비원도 사람이라서 구워삶으면 돼요."

소환이 눈을 찡긋거렸다. 결국은 로비했다는 거다. 생각보다

별거 없었다. 소환은 이준을 데리고 다시 501호 앞에 섰다.

"혹시나 해서 말씀드리는데, 인터폰 차단했어요."

"엄청나게 눌렀나 보네요. 웬만하면 차단 잘 안 하는데."

"지문이 닳을 때까지 할 생각이었어요."

"역시 예사롭지 않은 인물이네요."

소환은 씩 웃었다. 그러더니 도어락 앞에 섰다. 자연스럽게 비밀번호를 눌렀다. 삐리릭 소리와 함께 문의 잠금이 해제되었다. 이준은 깜짝 놀란 얼굴로 소환을 쳐다보다가 소리쳤다.

"비밀번호를 알고 있었으면서 여태껏 이 개고생을 시킨 거였어요?"

"공현이는 내가 비밀번호를 알고 있는 걸 몰라요. 지금 자고 있어요. 내가 해줄 수 있는 건 여기까지예요. 수고해요."

소환은 문을 열어주었다. 이준은 반쯤 열린 문과 소환을 번갈아 보았다.

"감동받을 필요 없어요."

인자한 얼굴로 소환이 말했다.

"아뇨. 지금껏 한 개고생이 주마등처럼 스쳐 지나가서 그래요."

"아하, 이런. 그 점에 대해선 미안하게 생각해요. 비밀번호를 알려줄 순 없잖아요. 이제 들어가요."

소환이 문 쪽을 가리켰다. 이준은 꾸벅 인사한 후 집 안으로 들어섰다. 쿵 하고 문을 닫은 소환은 낮은 한숨을 내쉬었다. 자신이 억지로 공현의 옆으로 이준을 밀어두긴 했지만, 아직까지 잘한 것인지 판단이 서질 않았다.

"일단은 내 감을 믿어야지."

소환은 엘리베이터 앞에 서서 중얼거렸다.

이준을 처음 본 순간 첫인상이 묘했다. 일단 우락부락할 거라는 예상과 달리 호리호리한 체형의 미소년이라는 데 놀랐다. 이어 놀란 것은 자신을 쳐다보는 시선이었다. 투명한 눈빛에 예리한 빛이 고여 있었다. 단 한 번 훑어보는 것으로 자신의 거짓말을 알아챈 듯한 얼굴이었다. 그때 소환은 '이 사람이면 되겠다!'라는 감이 왔다.

"부디 잘해야 할 텐데⋯⋯."

소환은 낮은 한숨을 내쉬었다.

아침부터 묘하게 시끄러웠다. 유난히 방음에 신경 써서 리모델링한 집이니 밖에서 새어 들어온 소리는 아니었다. 그 생각에 잇닿자 눈이 저절로 떠졌다. 방에서 나온 공현은 자신의 집을 헤집고 다니는 낯익은, 그러나 절대로 익숙해지고 싶지 않은 인물과 마주했다. 그 인물은 햇살이 길게 치고 들어오는 베란다 창틀을 뚫어져라 쳐다보고 있었다.

저 인간이 왜 저기 있어.

공현은 눈을 감았다 떴다.

"너, 뭐야?"

눈앞에 보이는 풍경이 실제라는 것을 확인한 공현은 살벌하게 물었다.

"너가 아니라, 그쪽 보디가드입니다."

보통 공현의 살벌한 기세에 흠칫하게 마련이건만, 이준은 눈한 번 깜빡하지 않고 집 안을 훑어보았다. 여기저기를 훑던 이준은 '다행히 도청장치나 몰래카메라 같은 건 없네요.' 라며 행동을 멈췄다. 공현은 팔짱을 낀 채 이준을 노려보았다. 가로로 길게 찢어진 눈매가 한층 더 날카롭게 빛났다.

"어떻게 들어온 거야?"

"밤 되면 몸이 투명인간으로 변해요."

"죽고 싶어?"

장난치냐는 듯 공현이 다그치듯 물었다. 그러자 이준은 씩 웃었다.

"안 속으시네. 제가 원래 다양한 재주를 갖고 있어요. 이 문 여는 건 일도 아니죠."

"나가, 신고하기 전에."

"그럴 순 없죠."

"뭐?"

공현의 얼굴이 날카롭게 구겨졌다.

"저한테 갑처럼 굴고 싶은 모양인데, 불행히도 저와 계약한

갑은 '윤소환' 씨고, ㄱ분이 기필코 ㄱ쪽 옆에 잘싹 붙어 있으라고 했거든요. 제가 책임감이 강해서 갑이 시키는 짓은 잘합니다."

공현이 성큼성큼 걸어왔다. 잡으려고 손을 뻗었으나, 이준은 재빠르게 빠져나갔다.

"어이쿠. 이러면 곤란하죠. 몸 쓰는 일은 제가 더 유리한데, 그래도 해보시려고요?"

"꺼지라고."

어금니를 꽉 깨문 채 공현이 잇새로 낮은 목소리를 냈다. 큰 키에 건장한 체격을 자랑하는 남자가, 그것도 유난히 쫙 뻗은 눈매를 가늘게 뜨자 위협적으로 느껴졌다. 그러나 불행히도 이준은 공현이 이렇게 나올수록 쓸데없이 도전 정신에 발동이 걸렸다.

이준은 상황에 맞지 않게 씩 웃었다.

"제 별명이 뭔지 아세요?"

"듣고 싶지 않아."

공현이 싸늘하게 대꾸했다.

"발미인이에요."

그러거나 말거나 이준은 제 할 말을 했다.

"왜 발미인이냐면, 발동 걸리면 미친 인간이라는 말을 줄여서 발미인이에요. 불행히도 여기서 발동이 걸렸네요. 고로, 전 여기서 안 나가요. '맡은 일은 끝까지 해내자'가 제 주의니까요."

이준의 말을 가만히 듣고 있던 공현은 눈을 질끈 감았다.

자신이 가장 취약한 인간의 종류는, 단연 말이 안 통하는 인간이었다. 그 인간 중 최상급은 윤소환이었다. 무슨 말을 해도 자신의 식대로 이해하고 해석하며 반응하는 인간. 생일선물을 미리 준다고 할 때부터 대책을 세웠어야 했는데, 이런 식으로 허를 찌를 줄 몰랐다. 더군다나 생일선물이라는 게 딱 자기 아바타 같았다. 말이 안 통하고, 제 할 말만 하고, 이상하게 고집이 센 성격. 귀찮은 것을 질색하고 길게 말하는 것을 싫어하는 자신과는 정반대의 인간이었다.

공현은 피곤하다는 듯 미간에 손을 가져다 댔다.

"정확히 맡은 일이 뭐야?"

공현이 솟구치는 짜증을 억누르며 물었다.

"그쪽 보호요. 언제 어떻게 미친놈이 들이닥칠지 모른다고 심혈을 기울여 보호하라는 지시 사항이 있었어요."

"윤소환, 그 새끼가……."

그나마 얼굴 보는 사촌이라는 게 도움을 안 준다. 입을 달싹이던 공현은 이내 입을 다물었다. 더 이상 입 아프게 실랑이할 힘도 없었다. 저 인간을 내쫓는다고 해도 언제 어떻게 자신의 집에 침범할지 모른다. 설령 지금 이 보디가드를 성공적으로 내쫓는다고 해도 윤소환은 또 어떻게 자신을 괴롭힐지 모른다. 일단 대책을 강구할 때까지 무턱대고 내쫓을 수 없었다.

그리고 지금 공현은 무척 피로했다. 일주일 내내 밤샌 피로가 눅신하게 온몸을 누르고 있어서 누군가와 실랑이하고 싶지 않았다. 이 피로를 털기 위해선 며칠간의 길고 긴 휴식이 필요했다.

"후우."

한숨을 내쉰 공현은 날카롭게 이준의 위아래를 살폈다. 자신의 집에 타인이 들어왔다는 사실이 끔찍하게 싫었다. 그래도 지금은 어쩔 도리가 없다. 억지로 내쫓으려면 저 인간과 스킨십을 해야 한다는 건데 상상만으로도 끔찍했다. 공현은 턱으로 현관과 가장 가까운 쪽방을 가리켰다.

"저쪽 방을 써. 어지럽히지 말고, 시끄럽게 하지 말고, 숨도 내쉬지 마."

생각보다 쉽게 떨어진 승낙에 이준은 있는 힘껏 고개를 끄덕였다.

"네, 알겠어요. 그리고 감사합니다. 저를 받아들여 주셔서요."

"아니."

"네?"

"난 널 내쫓을 거야, 기필코."

"윤소환 씨 성의를 봐서라도 받아들이시는 게 어때요? 나쁜 짓 하겠다는 것도 아니고, 그쪽의 신변을 보호하겠다는 건데요."

도저히 이해 못 하겠다는 듯 말하는 이준을 공현이 비웃었다.

"내 몸은 내가 지켜. 내가 널 어떻게 믿지? 어떤 놈의 이중 사주를 받고 여기 들어온 건지, 새로 맡은 게임 프로젝트를 갈취하러 들어온 인간인지."

실제로 그런 인간들이 꽤 됐다. 갑작스럽게 친한 척 다가온 사람들은 이후 자신을 위협했거나, 게임 프로그램에 관한 정보를 얻어내기 위한 스파이였다. 그나마 그 정도의 인간이라면 양호했다. 그 이하의 인간들도 만났다. 인간이라면 지긋지긋하고 신물이 났다. 눈앞의 인간도 결국은 자신을 신물나게 만들 거다.

공현의 표정이 싸늘해졌다.

"들어가."

공현이 다시 한 번 작은 방을 가리킨 후 돌아섰다.

"저기요."

이준이 공현을 불렀다. 공현은 대답 대신 고개를 비스듬히 기울였다.

"저는 아까도 말했지만 계약 기간 꼭 다 채울 겁니다. 그리고 그쪽 괴롭힌다는 사람도 잡을 겁니다. 대충 일하는 건 성격상 못 할 짓이고, 일을 성공해서 수당도 받아야……. 저기, 말은 다 듣고 가죠?"

진심을 다해 구구절절 말하는 와중에 공현은 쌩하니 방으로 들어갔다. 사람이 진심을 다해 말해도 개소리로 들리는 모양이었다.

쾅. 이내 방문까지 거칠게 닫혔다. 거실에 홀로 남겨진 이준은 치밀어 오르는 성격을 한숨으로 내쉬며 어금니를 꽉 깨물었다.

"육 개월 동안 어디 한번 해보자, 이 싸가지 결여된 인간아."

"하아."

콩나물을 다듬던 이준은 한숨을 내쉬며 고개를 떨구었다.

"웬 한숨이야?"

어느새 친하게 지내게 된 가사도우미 임 씨가 이준을 흘긋 쳐다보며 물었다.

"다이나믹한 사건이 벌어질 줄 알았는데, 다이나믹하기는커녕 아무 일도 안 일어나는 게 심심해서요."

이 집에 온 지 일주일째였다. 당장에라도 살해 위협이 담긴 소포가 날아오고, 집으로 폭탄이 날아올 거라는 예상과 달리 고요했다. 고요해도 지나치게 고요했다.

더군다나 공현은 자신의 방에서 좀처럼 꼼짝도 하지 않았다. 일주일이라는 시간 동안 얻은 것은 가사도우미 임 씨와의 친목이었다.

"그래? 원래 여기 집주인은 외출을 잘 안 해."

임 씨가 익숙한 듯 덤덤하게 말했다.

"그래요? 혹시 게임 관련 쪽으로 일해요?"

"어떻게 알았어? 집주인이 말해? 그런 거 말할 사람이 아닌데?"

임 씨가 놀란 얼굴로 쳐다보았다.

"짐작한 거에요. 거실에 늘어놓은 게임 CD, 콘솔, P2P, 닌텐도 보고 알았어요. 취미로 수집하는 건 아닌 것처럼 보였거든요."

"응, 그랬구만. 나도 자세히는 몰라. 게임 프로그래머라는 사실 말고는. 재택근무를 하나 봐."

임 씨의 말을 듣던 이준의 시선이 다시금 거실로 향했다. 평야처럼 드넓은 거실은 눈이 시릴 만큼 화이트와 아이보리 계열로 꾸며져 있었다. 놓인 가구는 일인용 소파 하나, 벽걸이 TV, 컴퓨터가 놓여 있었다. 그 옆으로 게임 CD를 비롯한 각종 게임 도구들이 즐비하게 늘어져 있었다. 게임광 아니면 게임 쪽 종사자라는 소리인데, 특별히 거실에 나와 게임을 하지 않는 걸로 봐선 게임광처럼 느껴지지 않았다.

"여기 집주인은 방에서 뭐 해요?"

"그걸 왜 궁금해하는데?"

등 뒤에서 들리는 목소리에 이준의 고개가 홱 돌아갔다. 하얀 니트와 검은색 트레이닝복을 입은 공현이 얼굴을 찌푸린 채 서 있었다. 한집에 살면서 무려 삼 일 만에 보는 집주인이었다. 이준은 자신도 모르게 환하게 웃었다. 만나는 사람이라곤 임 씨밖에 없던 터라 재수 없더라노 공현을 보니 반가웠나.

"오랜만입니다. 죽은 줄 알았는데 살아 계셨네요."

"내가 작은 방에서 나오지 말라고 했을 텐데?"

이준의 얼굴에 피어오른 미소를 더욱 못마땅하게 바라보며 공현이 삐딱하게 말했다.

"밥은 먹어야죠."

"그럼 입 다물고 밥만 먹어, 소음 만들어내지 말고."

공현은 차갑게 이준을 스쳐 지나가 정수기 앞에 섰다. 필요한 게 있냐는 임 씨의 질문에 공현은 '없습니다.' 라고 무뚝뚝하게 답한 후 물을 마셨다. 임 씨가 다듬은 콩나물을 챙겨 들고 싱크대로 향했다. 식탁에 남은 이준은 물을 마시는 공현을 물끄러미 쳐다보았다.

"게임 프로그래머라면서요?"

"……."

공현에게선 답이 돌아오지 않았다.

이젠 아예 무시하기로 했나 보다.

그러나 이준은 굴하지 않았다. 공현의 등을 보며 꿋꿋하게 말을 건넸다.

"무슨 게임 만들어요? 내가 한번 해볼까요?"

"……."

"이래 봬도 게임 잘하거든요. 그러니까……."

쾅! 공현이 방금 전까지 들고 있던 컵이 싱크대 위를 내리찍었다. 싱크대에 서 있던 임 씨가 자지러지는 소리를 냈고, 이준은 몸을 뒤로 젖혀 공현을 쳐다보았다. 공현은 상체를 앞으로 숙인 채 이준을 똑바로 응시했다. 차가운 시선이었다. 눈동자에 비치는 모든 것들이 다 얼음처럼 보일 만큼.

"그 입 좀 다물어."

"……."

"나한테 말 걸지도 말고, 관심 갖지도 말고."

"……."

"네가 할 일은 잠자코 있다가 조용히 꺼지는 거야."

공현은 낮은 목소리로 새겨들으라는 듯 말한 후 방으로 들어갔다. 쿵, 문이 닫히는 소리가 들리고서야 이준은 얼음땡에서 풀린 사람처럼 스르륵 움직였다.

"저 버릇 없는……."

이준은 닫힌 공현의 방문을 노려보며 기가 차다는 듯이 중얼거렸다.

삼 일째 이준의 생활은 똑같았다.

작은 박스에 갇힌 햄스터의 생활이 이러할까.

임 씨가 차려놓은 반찬으로 밥을 먹고, 심심해서 미칠 것 같을 땐 집안일을 하고, 하루에 한 번씩 미심쩍은 우편물이 없는지 확인하고, 나머지 시간엔 할 일이 없었다. 집주인은 방에서 잘 나오지 않았다. 아주 가끔 부엌에서 식사하는 모습을 보이는

유일한적수

것이 전부였다. 주변 상황에 대해 전해 들으려고 몇 번이나 말을 걸었으나 무참히 무시당했다.

오늘도 식사하고 있는 공현에게 '주변에 앙심 품은 사람에 대해서 말해주세요.' 라고 말했는데, 공현은 '밥 먹는 중이잖아.' 라고 차갑게 말했다. 그래서 공현이 식사를 마칠 때를 기다렸다가 득달같이 달려들어 조사하려는데, 공현이 냉랭하게 응시하며 말했다.

"비켜."

"밥 먹고 말해준다면서요!"

"내가 언제? 난 밥 먹는다고만 말했어. 귀찮게 하지 말고 비켜."

쌩하니 방으로 들어가는 공현을 뒤따라 방에 쳐들어가려고 했으나, 방문이 잠긴 지 오래였다. 무슨 일을 하는지 공현은 안방 문을 꼭 잠가두었다.

'복수하고야 말 테다!'

이준은 공현의 닫힌 방문을 무섭게 노려보며 다짐했다. 이준은 오늘 오후에 있었던 일을 곱씹다가 다시 화가 치밀어올랐다.

"망할 자식."

삐리릭. 욕을 하며 침대를 내려치는데 전화가 울렸다. '동성고의 미친개'이자 유일한 가족인 '이태'의 전화였다. 침대에서 일어난 이준은 휴대폰을 귀에 가져다 댔다.

"어."

[출장 갔다는 거 진짜야?]

열흘 만에 남매의 생사를 확인하는 동생의 연락에 이준의 미간이 좁아졌다.

"그걸 이제 물어?"

[어. 진짜야? 출장 가서 뭐 하는데? 이번에도 계집애들 고등학교 가서 남자인 척하면서 선물 받고 있는 거 아니지? 그거 정신병이다?]

"아니야."

이준이 심드렁하게 대답했다. 물론 남장은 했지만, 고의가 아니었다.

[그럼 요새 무슨 일 하는데? 어디야?]

"의뢰받은 일은 비밀로 하는 게 룰이다. 그러니까 묻지 마."

[웃기고 있네.]

이태가 단박에 콧방귀를 뀌었다. 이준은 입을 다물었다. 설령 의뢰받은 일을 말할 수 있다고 하더라도, '심심해서 오늘은 로봇청소기를 쫓아다녔어. 그 녀석을 보며 대한민국 전자 산업이 얼마나 비약적으로 발전했는지 깨달았다니까.' 따위의 말을 할 순 없지 않은가.

[그래서 언제 돌아오는데?]

"육 개월 후."

유일한적수

[미친.]

"입단속해라. 지금 전화상이니까 말을 막 하지? 실제로 보면 찍소리도 못 할 게."

이준이 낮게 으름장을 놓았다. 그러자 전화기 너머가 조용했다. 이태도 자신이 말을 지나치게 했다는 걸 깨달은 듯했다.

[중간엔 집에 오는 거지?]

한결 누그러진 목소리로 이태가 물었다.

"당연하지. 이모한테 잘하고."

[잘하고 있어. 그럼 집에 오기 이틀 전엔 전화해.]

"알았⋯⋯."

대답이 끝나기도 전에 전화가 끊겼다.

"와, 요즘 내 말 먹는 놈들이 왜 이렇게 많아?"

이준은 휴대폰 액정을 힘껏 노려보았다. 요즘 사춘기인 것 같아서 내버려 뒀더니 버릇이 없어졌다. 언젠가 돌아가서 정신교육을 바짝 시켜야겠다고 생각하며 이준은 이불 위에 벌러덩 누웠다.

현관과 가장 가까운 이준의 방은, 방이라기보다 창고에 가까웠다. 간이 행거 하나, 임 씨가 챙겨준 이부자리 한 채, 자그마한 책상이 전부였다. 그나마 다행인 것은 창문이 커서 답답하지 않다는 거였다.

"잘 지내고 있으려나."

통화를 끝내고 나니 가족 생각이 더 절실하게 났다. 이태는 올해 고2로, 하숙을 하는 이모네 집에서 살았다. 출장이 잦고 출퇴근 시간이 일정하지 않아서 이준이 이모에게 부탁했다.

그러고 보니 일이 바빠서 매달 돈만 보내고 인사를 드리러 가지 않은 지 꽤 되었다. 이준은 조만간 휴가가 생기는 대로 이모에게 인사를 드려야겠다고 생각하며 몸을 뒤척거렸다. 사위가 고요해졌다. 이준은 눈을 감은 채 양을 세었다.

양 하나, 양 둘, 양 셋……

이준은 자리에서 벌떡 일어났다. 역시 심심하다.

언제 어떤 일이 생길지 몰라 일단 집에서 한 발자국도 움직이지 않고 있는데 좀이 쑤셔서 견딜 수가 없었다. 휴대폰게임 하는 것도 하루 이틀이고, 책을 읽는 것도 한두 권이었다. 그러다 문득 거실에 즐비하게 늘어져 있는 게임 CD가 떠올랐다. 게임이라면 어디 가서 지지 않는다.

잠시 고민하던 이준은 결국 몸을 일으켰다. 발뒤꿈치를 든 채 살금살금 거실로 나간 이준은 게임 CD가 담긴 수납장 앞에 섰다.

어떤 게임이 좋을까.

게임 CD의 종류는 다양했다. 단순한 퍼즐게임부터, 복잡한 움직임을 요구하는 게임, 대형 전투게임 등이 있었다. 그러다 이준은 '두근두근'이라는 낯선 제목의 게임 CD를 보곤 조심스럽게 꺼냈다.

"어휴, 이런 취향이셨어요?"

게임 CD 하나를 뽑자 늘씬한 언니가 유연한 자세로 앉아 있는 표지가 보였다.

"도도한 척, 차가운 척은 혼자 다 하더니 이런 게임도 한다 이거지? 남자다 이거네?"

콧방귀를 뀐 이준은 게임 CD를 본래 자리에 돌려놓았다. 이준은 한참 살피다가 구석에 박힌 CD를 발견했다. 공케이스 위엔 '추리'라는 두 글자만 적혀 있었다.

"추리? 추리게임?"

이준의 눈빛이 단박에 반짝였다.

눈꺼풀을 들어 올린 공현은 고개를 돌려 협탁 위 전자시계를 보았다.

6시 30분.

공현은 억지로 몸을 일으켜 앉았다. 겨우 네 시간 남짓 잤다. 집에 불청객이 들어오면서 신경이 예민해져 평소보다 잠을 오래 잘 수가 없었다.

공현은 안방에 딸린 욕실로 들어가 간단히 샤워한 후 로봇청소기를 가동시킨 후, 문을 밀고 나갔다. 방문 밖으로 발을 내딛던 공현은 멈칫했다. 분명 고요한데, 거실의 공기가 평소와 달랐다. 거실에 누군가가 있다는 것이 피부에 와 닿았다. 공현의 고개가 돌아갔다. 벽에 푸른 빛이 맺혀 있었다.

거실로 나가자, 불청객이 이어폰을 꽂은 채 컴퓨터 앞에 앉아 자판을 두드리고 있었다. 공현의 얼굴이 단박에 일그러졌다. 성큼성큼 다가간 공현은 이준의 귀에 꽂혀 있는 이어폰을 확 잡아 뽑았다.

"지금 뭐 하는 짓이야."

이준이 깜짝 놀란 얼굴로 공현을 쳐다보았다. 그러다 서둘러 빛이 새어 들어오는 창가로 시선을 옮겼다. 아주 잠깐만 할 생각이었는데 날을 샌 모양이었다.

"벌써 동 텄네요. 조금만 하다가 말 생각이었는데. 어휴. 근데 깜짝 놀랐잖아요."

갑작스런 공현의 등장으로 심장이 바닥까지 떨어진 이준은 겨우 정신을 차린 후 시계를 보았다.

"지금 몇 시예요? 벌써 시각이 이렇게 됐어요?"

난처한 얼굴로 뺨을 긁적였다. 공현은 아무 말도 하지 않았고, 이준은 미적거리며 자리에서 일어나더니 시계를 흘깃 보며 말했다.

"게임이 재미있어서 저도 모르게 밤을 샜네요. 일에 지장 가지 않도록 하겠습니다. 그리고 함부로 개인 물건에 손댄 것도 죄송합니다. 이렇게 오래 쓸 생각은 아니었거든요."

자리에서 일어난 이준은 고개를 숙이며 사과의 말을 건넸으나, 공현의 표정은 좀처럼 풀리지 않았다.

"누구 사주를 받은 거야?"

"네?"

"누가 데이터 빼돌리라고 지시했어? 그래서 밤마다 거실 컴퓨터를 뒤적거린 건가?"

"아뇨. 뭔가 오해를 하신 것 같은데."

"오해를 한 건지 아닌 건지는 확인해 보면 알겠지."

공현은 이준의 어깨를 밀치며 컴퓨터 앞에 섰다. 컴퓨터 데이터를 복사한 건지, 옮긴 건지, 혹은 해킹한 건지 알아내야 했다. 그러나 모니터 앞에 선 공현의 표정은 복잡미묘해졌다. 모니터에는 생각 외의 게임 화면이 떠 있었다.

"너…… 무슨 게임 한 거야?"

"케이스에 추리라고 적혀 있던데요."

이준은 컴퓨터 본체 옆에 둔 케이스를 들어 보였다. 동시에 공현의 얼굴이 형편없이 구겨졌다. 이준이 온 이후 혹시나 하는 생각에 중요한 게임 CD와 자료들은 안방의 컴퓨터로 옮겨두었다. 그러나 이 게임 CD가 빠진 줄은 미처 알지 못했다. 아주 오래전에 개발하다가 만 게임이라서 잊고 있었다.

"언제부터야?"

공현의 목소리가 한층 더 낮아졌다.

"네?"

"며칠 전부터 나 모르게 이런 짓거리를 한 거냐고 묻잖아!"

공현은 화면이 중지되어 있는 모니터를 탕 치며 물었다.

"어젯밤이요."

"뭐? 이틀 만에?"

"아뇨, 하루 만에요."

"⋯⋯거짓말하지 마."

공현이 낮게 으름장을 놓았다.

"속고만 사셨나. 그런 걸로 거짓말을 왜 해요? 저 정도 게임이면 솔직히 몇 시간 만에 깨는 게 이상한 일은 아니잖아요."

"뭐라고?"

공현의 반응이 단박에 날카로워졌고, 이준은 무표정하게 그런 그를 응시했다. 자신이 말실수를 한 건가 걱정스러웠지만, 틀린 말을 한 건 아니었다.

추리게임은 분명 흥미로웠으나 생각보다 단순했다. 사건 사진 몇 장, 힌트 몇 개, 열람해 볼 수 있는 문서 몇 건이 정해져 있었다. 범인을 포함한 관련자는 총 여섯 명. 난이도가 낮을수록 사건 사진과 힌트, 문서를 열람할 수 있는 횟수가 많았다. 반대로 난이도가 점점 높아질수록 열람할 수 있는 사건 사진, 힌트, 문서가 줄어들었다. 사건도 점차 어렵게 변했다. 증인들의 말에서 근거를 획득해야 할 때도 있었다. 게임 CD에 들어 있는 추리게임 수는 총 서른 판. 제한 시간은 없었다.

"처음에 열다섯 판 정도는 쉬웠어요. 그 이후부턴 어렵긴 해도 패턴이 같아서인지 범인을 알아내는 데 그리 어렵지 않았어요."

"니, 그림 별징 사건도……."

공현이가 얼굴을 찌푸린 채 물었다.

게임 속 별장 사건은 별장 주인을 살해한 범인을 찾는 내용이었다. 범인을 포함해 별장에 있던 사람은 총 일곱 명으로, 각자 알리바이가 확실했다. 힌트는 바닥에 떨어진 칼과 책이 전부였고, 30판 중 가장 난이도가 높은 게임이었다.

"범인은 그의 아들이었잖아요."

이준이 어깨를 으쓱거리며 말했다. 잠시 굳어 있던 공현은 억지로 입술을 비틀며 말했다.

"생각보다 찍기 실력이 좋은가 봐."

"찍다니요. 한눈에 보니 정답이 나오던걸요."

이준의 말에 공현의 표정이 딱딱하게 굳었다. 집 안이 고요해졌다. 잠시 입을 다문 채 침묵을 지키고 있던 공현은 한참 만에 입을 열었다.

"……설명해."

"뭘요?"

"어떻게 안 건지."

공현은 팔짱을 낀 채 이준에게 건조하게 말했다.

"설명하면 지금 있었던 일 덮어주실래요?"

"뭐?"

"저도 얻는 게 있어야 성심성의껏 대답을 하죠. 안 그래요?"

이준이 씩 웃었다. 무슨 이유에서인지 공현이 난생처음으로 자신에게 관심을 가졌다. 타인이 자신을 필요로 할 때 미리 거래를 해두는 것이 신상에 좋다는 걸, 이준은 숱한 사회 경험으로 잘 알고 있었다.

공현의 눈이 가늘어졌다. 그가 고민 중이라는 걸 확인함과 동시에 이준의 입술이 길게 늘어났다. 자신이 실수한 바를 덮기 위해 천진난만한 미소를 짓는 이준이 보기 싫어 공현이 시선을 돌렸다. 그리고는 어쩔 수 없다는 듯 어금니를 깨문 채 말했다.

"좋아. 단, 이번뿐이야. 설명해."

"그럼 허락 없이 게임 CD 및 컴퓨터에 손댄 건 없던 일로 해주는 겁니다. 약속하신 겁니다?"

"알았으니까 설명이나 해."

공현은 뻑뻑한 눈가를 꾹 누르며 귀찮다는 듯 대답했다. 이준은 공현과 마주 섰다. 단번에 이준의 눈빛이 진지해졌다.

"피해자의 성격이 도입부에 나와요. 과묵하고, 엄격하며, 타인을 믿지 않는 성격. 그런 그가 죽은 곳은 무려 책장 앞. 그가 등을 보였다는 거죠. 타인을 믿지 않는 그가 등을 보인다는 건, 피의자가 그만큼 믿을 만한 사람이거나 잘 아는 사람이라는 거죠. 피해자와 깊은 관련이 있는 사람은 증인 일곱 명 중 세 명. 그 셋 중 둘은 피해자의 형 내외죠."

"세 사람 다 알리바이는 확실했을 텐데?"

"확실했죠. 지나치게 확실했죠. 그러나 아들은 범행이 일어난 시각에 1층 부엌에 있다고 했고, 피해자의 형 내외는 3층 방에 있다고 했죠. 둘 다 CCTV에 찍힌 화면과 증인을 증거로 제시했죠. 거기서 범인이 갈렸어요. 피해자의 서재가 1층이었잖아요."

"부엌과 서재는 1층의 끝과 끝이야. 범인이 출입하는 사진이 찍혔고, 나오는 시각 또한 범죄가 벌어진 이후였어."

"그러니까요. 1층에서 창문으로 나가 복도 창문으로 들어갈 수 있잖아요."

"그건 피해자의 형 내외도 마찬가지야. 미리 사다리를 설치해 둔 후 3층 창문으로 나가면 될 일이야."

"아시잖아요. 그 시각은 야외 파티 중이었어요. 피해자와 관련이 깊은 네 명은 그 파티에 참석 중이었죠. 그런데 3층에서 사다리를 타고 내려올 수 있었을까요?"

"……."

"그래서 제가 아들이라고 판단을 내렸어요. 칼 또한 며칠 전에 부엌에서 사라진 칼이었죠. 며칠 전에 칼을 빼돌릴 수 있는 사람은 누굴까요? 쉽게 부엌에 접근할 수 있고, 며칠 전까지 별장에 있던 사람……. 함께 사는 아들이겠죠. 몇 가지 이야기를 더 하자면 게임은 분명히 잘 만들었어요. 그런데 여기저기 구멍이 많아요. 허점도 많고요. 열두 번째 판에선 판사가 범인이었지만, 사실 여러 근거를 대보면 그 자리에 있던 비서도 범인일 수 있었어요."

이준의 말에 공현은 입을 꽉 다물었다. 대신 공현은 팔짱을 낀 채 손끝으로 자신의 팔을 일정한 박자로 두들겼다. 생각에 빠진 얼굴 같기도 했고, 어딘가 충격을 먹은 표정 같기도 했다.

"너, 정체가 뭐야?"

공현이 질린 표정으로 물었다.

"뭐긴 뭡니까, 그쪽의 보디가드죠."

"니가 풀었다던 그 판, 스무 명 중에 스무 명이 못 푼 문제야. 그걸 어떻게 단숨에 풀었냐는 거야."

"전직이 탐정입니다. 물론 합법적인 직업은 아니지만, 일단 탐정이긴 했어요."

"뭐?"

"저의 '갑'이 이야기 안 하던가요?"

"하."

공현은 기가 막히다는 듯 웃었다. 윤소환이 보낸 인간이라 심상치 않을 거라 생각했지만 전직이 탐정인 현직 보디가드를 보냈을 줄이야.

추리게임은 공현이 가장 공들여 만들어놓고 세상에 내놓지 못한 작품이었다. 10%가 부족했다. 1년이 넘는 기간 동안 수정하고, 프로그램을 다시 짜고 손을 봐도 만족할 수 없었고, 결국 직원들의 반대에도 불구하고 사장시켰다. 그것이 벌써 3년 전의 일이었고, 공현도 잊고 살았다.

"근데 이 게임은 왜 판매하지 않은 거예요? 조금만 수정하면 재미있을 것 같은데요."

이준이 투명한 얼굴로 속 뒤집는 소리를 뱉었다. 공현은 이준의 손에 들려 있는 케이스를 낚아챘다. 그러고는 눈썹을 치켜올리며 이준을 바라보았다.

"알 거 없어. 다시는 게임 CD, 컴퓨터, 콘솔, P2P에 손대지 마. 여기에 네가 손댈 만한 물건 없으니까."

공현은 찬바람을 일으키며 다시 방으로 들어갔다. 이준은 허전한 손을 쥐었다가 펴길 반복하며 얼굴을 찌푸렸다.

"와, 딱 한 대만 때리면 소원이 없겠다."

이준은 이를 아드득 갈았다.

방에서 나온 공현은 관자놀이를 꾹 눌렀다. 역시나 오늘도 숙면에 실패했다. 이 모든 사태가 불청객 때문이었다. 보디가드랍시고 와서 음식을 축내고, 자신의 공간에 흔적을 남기고 다니는 것이 제법 신경 쓰였다. 그런데 추리게임을 지적당한 후론 꿈에까지 나타나 사람을 괴롭혔다.

"이 게임, 잘 만들었는데 허점이 너무 많아요."

누가 누굴 지적하는 거야!

공현은 아침 일찍부터 떠오르는 말에 얼굴을 찌푸리며 부엌으로 들어서다 말고 멈칫했다. 임 씨가 부산하게 아침상을 준비해야 할 시각, 티셔츠에 면바지를 입은 불청객이 바삐 움직이고 있었다. 거기다가 어울리지 않게 붉은색 앞치마까지 매고 있었다. 공현은 부엌에 들어서길 포기한 채 비스듬히 문 쪽에 기대섰다.

"이번엔 또 무슨 짓거리야?"

"아, 깜짝이야. 혹시 발이 없어요? 귀신이에요?"

"무슨 소리야?"

"인기척 좀 내고 다니라고요."

이준은 심장 터질 뻔했다며 가슴 위에 손을 가져다 올렸다.

"여기서 뭐 하는 거야? 내가 말했을 텐데? 방에서 꼼짝도 하지 말라고."

"임 씨 아줌마가 아프셔서 결근하신대요. 전화 안 받으신다고 전해달라고 하시더라고요. 그래서 제가 밥하는 중이에요."

공현은 주머니에 들어 있던 휴대폰을 꺼냈다. 중간 버튼을 눌러도 까만 액정은 변함없었다. 방전된 모양이었다. 이틀 전에 눌렀을 때 배터리가 10% 남아 있었던 것이 생각났다. 공현이 하는 양을 흘깃 쳐다보고 있던 이준이 말했다.

"연락 오는 곳이 어지간히 없으신가 봅니다, 휴대폰이 꺼져도 모르실 정도라니."

"나한테 말 걸지 말라고 했을 텐데."

공현의 싸늘한 목소리에 이준은 불만스러운 표정을 지었다. 자신도 말을 걸고 싶어서 거는 게 아니었다. 아무 말도 안 하고 있자니 산 입에 거미줄 칠까 봐 아무 소리나 지껄이는 거였다. 그저껜 벽 보고 대화를 했고, 어제는 소장에게 전화를 걸어서 '아무래도 학대를 당하는 것 같다!' 라고 하소연을 했다. 그러나 소장은 '네가 선택한 일이니 학대를 당해도 네 몫이다.' 라는 차가운 답변만 할 뿐이었다.

"아까 말했다시피 임 씨 아줌마의 결근으로 제가 밥을 하게 되었습니다. 이래봬도 부엌살림을 도맡은 지 십 년 차, 믿고 드셔도 될 겁니다."

"말 걸지 말라고."

"혼잣말입니다."

"……."

"아! 혼잣말이니까 반말을 해야겠네. 임 씨 아줌마의 집안 사정으로 하루 결근을 하게 되었고, 내가 밥을 하게 되었지. 난 무려 자취 생활을 십 년째 하고 있지."

"입 다물어."

공현의 목소리가 한층 더 낮아진 걸 깨닫곤 입을 다물었다. 공현이 싫긴 하지만, 군이 그의 성격을 긁고 싶진 않았다.

공현은 키가 굉장히 컸다. 눈대중으로 대충 185에 달했고, 어깨가 넓고 손이 커서 맞으면 굉장히 아플 것 같았다. 싸운다면 이길 승산이 있긴 하지만, 보디가드가 보호 중인 사람을 때릴 순 없는 노릇이었다.

그래서 어쩔 수 없이 이준은 입을 다물었다. 육 개월 후, 보디가드 일이 끝나면 이별의 선물로 엎어치기를 해주겠노라 다짐하고서.

간단히 몇 가지 밑반찬을 한 이준은 흘깃 뒤를 돌아보았다. 밥을 먹을 생각은 있는지 공현은 어느새 식탁에 앉아 있었다. 손가락 하나 까딱하지 않는 공현을 노려보며 이준은 식탁 위로 반찬을 가져다 날랐다. 간단히 식사 준비를 마친 이준은 공현의 맞은편에 앉았다.

"일어나."

공현은 국그릇에 숟가락을 넣으며 말했다.

"네?"

"난 다른 사람이랑 같이 밥 못 먹어. 그러니까 일어나라고."

"하……."

"한 시간 후에 와. 그때 식사해."

"한 시간요? 소예요? 되새김질해요? 저도 배고파요!"

장난치냐는 듯 반문하는 이준을 공현이 물끄러미 바라보았다.

"보디가드의 임무는 의뢰인을 지키는 것 아닌가."

"그거랑 지금 밥 먹는 거랑 무슨 상관이에요? 밥상 다 차려놨는데 쫓아내는 게 어딨어요?"

"의뢰인의 취향과 특성을 존중하고 배려하라는 거야. 내가 다른 사람과 밥 먹는 걸 싫어한다잖아."

공현은 무심한 얼굴로 말한 후 눈을 내리깔았다. 더는 말하기

유일한적수

싫으니 알아서 물러나라는 무언의 뜻이 담겨 있었다. 공현의 길게 드리우는 긴 속눈썹과 매끈한 얼굴을 바라보던 이준은 기가 찬 웃음을 지었다. 그러다 무언가가 생각난 듯 빙긋 웃었다.

"그럼 지금 저를 보디가드로 인정하시는 거네요?"

"뭐?"

"맞잖아요. 지금 의뢰인으로서 대해달라는 거잖아요. 드디어 절 인정하셨네요."

"그래. 네가 내 보디가드로 왔으니 보디가드겠지. 하는 것 없이 무능해서 그렇지."

공현의 말에 이준의 표정이 삽시간에 굳었다.

외모와 성격이 정확히 반비례하는구나, 너란 인간.

이준은 어금니를 꽉 깨문 채 물었다.

"계약 기간 연장하실래요?"

"뭐?"

그 무슨 말 같지도 않은 소리를 하냐는 듯 쳐다보는 공현을 향해 이준은 씩 웃으며 말했다.

"안전을 보장받고 싶으시면 저를 죽을 때까지 보디가드로 고용하셔야 할 거예요. 안 그러면 제가 솔선수범해서 그쪽의 척추를 반으로 딱 부숴 버릴 것 같으니까요. 아! 참고로 이건 혼잣말입니다."

이준이 돌아설 때였다. 기가 찬 표정으로 공현은 이준의 등을 쳐다보았다.

"멈춰."

공현의 말에 이준이 멈춰 섰다. 고개를 돌리자, 공현은 무표 정한 얼굴로 자신을 쳐다보고 있었다.

"왜 그러십니까?"

"뭘 믿고 이렇게 까불어?"

공현은 살다가 이런 사람은 처음 보았다. 큰 키와 날카로운 외모 탓에 자신에게 쉽사리 말을 붙이는 사람이 없었다. 몇 년 간 얼굴을 본 직원들조차도 자신에게 말을 걸 땐 숨을 깊게 들이마시곤 했다. 그런데 눈앞의 이 조그마한 남자애는 자신에게 시비 거는 것을 주저하지 않았다. 이젠 그 대책 없는 포부의 근 원이 궁금해졌다.

"궁금하십니까?"

이준의 눈빛이 반짝거렸다. 이준은 주먹을 불끈 쥐며 말했다.

"전 제 고용주를 믿고 까붑니다. 그쪽이 절 쫓아내도, 제 고용 주가 그쪽한테 붙어 있으라고 시키면 전 귀신같이 붙어 있을 겁 니다."

"그게 전부야?"

"그럼요? 무슨 대답을 원하시는지 모르겠지만 배고파서 대답 할 힘도 없어요. 그리고 저녁은 직접 차려 드세요. 의뢰인의 취 향과 특성을 존중하고 배려해 드릴 테니."

말을 마친 이준이 돌아섰다. 쿵, 쿵. 일부러 발소리를 내며 이 준이 걸어갔다. 이준이 부엌을 가로질러 나가는 걸 지켜보던 공현은 눈썹을 추켜올렸다.

"역시 이상해."

공현은 고개를 절레절레 흔들며 숟가락으로 미역국을 떠먹었다. 단박에 얼굴이 찌푸려졌다.

"달다."

단맛에 취약한 공현의 인상은 펴질 줄 몰랐다. 입맛이 뚝 떨어져 수저를 내려놓았다. 역시 이상한 인간임이 틀림없었다. 이런 국을 먹다니. 아니다. 어쩌면 일부러 그랬을지도 모른다. 저 성격으로 보건대 충분히 가능한 일이었다.

"하아."

피곤함이 몰려든다. 투명인간 취급하며 육 개월을 버텨보려고 했으나, 아무래도 무리였다. 더군다나 이준의 게임 지적이 머릿속에서 뱅뱅 돌았다.

뒷일이야 어찌 되든 간에 아무래도 내쫓아야겠어.

공현은 무표정하게 생각하며 단맛의 미역국을 내려다보았다.

간단히 아침을 먹던 이준은 기겁했다. 미역국이 달았다. 마지막에 소금인 줄 알고 살짝 넣었던 게 설탕인 모양이었다. 그 덕에 계란말이도 치명적으로 달았다. 어쩐지 공현이 자신을 외계인 보듯 쳐다보았다. 이 상황에 대해 해명을 하려고 했으나, 공현은 그 후로 방에서 나오지 않았다.

할 일이 없어진 이준은 청소를 하고, 설거지를 마친 후 거실을 배회했다. 심심해서 바닥에 쭈그려 앉은 이준은 바쁘게 움직이는 로봇청소기를 물끄러미 바라보았다.

"하아, 부럽구나. 넌 뭐라도 할 일이 있으니까."

이준은 다시 한 번 한숨을 내쉬었다. 살해 위협에 대해 조사하고 싶어도 소환은 아는 것이 없었다. 이전 협박 우편물이라도 확인하고 싶었으나, 임 씨가 전부 처분했다고 했다. 임 씨 또한 버리긴 했으나 안의 내용물이 뭔지는 모른다고 했다. 고로, 이 사건을 아는 사람은 공현뿐이라는 소리였다. 그런데 그 공현이 입을 열 생각을 하지 않았다. 친해지거나, 혹은 강제로 입을 열게 만들어야 한다는 말인데……

이준의 눈이 가늘어지며 이런저런 생각을 할 때였다. 발치에 무언가가 툭 부딪혀서 쳐다보니 로봇청소기였다. 이준은 애완견을 만지듯 로봇청소기를 만질 때였다.

"우쭈쭈."

그때였다. 로봇청소기를 쓰다듬는 팔을 웬 발이 들어 올렸다. 긴 다리를 따라 고개를 든 이준은 자신을 한없이 내려다보는 집주인과 마주쳤다. 그는 여유롭게 커피잔을 들고 있었다.

"지금 이게 뭐 하는 짓이세요? 사람 팔을 발로 막은 거예요?"

"내가 묻고 싶은 말이야. 내 로봇청소기한테 무슨 짓이야."

"……"

기가 막혀서 말문이 막힌다는 게 이런 거로구나.

공현은 자신의 로봇청소기가 손상된 곳이 없는지 흘깃 본 후, 이준을 쳐다보았다.

"내 물건에 손대지 마. 누누이 말했지만 넌 투명인간처럼 있다가 사라지는 거야."

"예, 예, 어련하시겠습니까."

"할 짓 없으면 1층에 다녀와."

"저는 여기 집사가 아닙니다."

이준의 거절에도 공현은 눈 하나 깜빡하지 않았다.

"오늘 우편물 오는 날이야. 보통 가사도우미가 가지고 오는데, 오늘은 네가 해야 하지 않겠어? 혹시 알아? 내가 나갔다가 납치라도 당할지?"

이준은 자리에서 벌떡 일어났다.

"그럼 안 되죠!"

얼굴이 하얗게 질려서 소리치는 이준의 말에 공현은 의외라는 표정을 지었다.

입맛은 이상하긴 해도 사명감은 있나 보군.

"그쪽이 죽으면 내가 돈을 못 버는걸요. 포상금 받아야 해요! 다녀올게요. 여기서 꼼짝하지 말고 있어요!"

이후 잡을세라 달려 나가는 이준의 뒷모습을 공현은 구겨진 얼굴로 바라보았다.

우편물을 가지러 1층으로 내려갔다가, 빈 우편함을 확인하곤 어깨가 축 늘어졌다. 협박범은 직무유기 중이었다. 무려 열흘이 넘는 기간 동안 협박 편지 한 통을 보내지 않았다.

이준은 한숨을 내쉬며 집으로 돌아왔다가 문 옆에 내던져진 자신의 가방을 발견했다. 그 순간 이준은 '당했다!' 고 생각했다. 벨을 눌렀으나, 문 너머에선 어떤 기척도 들리지 않았다. 인터폰을 끈 게 틀림없었다. 임 씨가 없는 틈에 우편물을 핑계로 자신을 쫓아낸 게 분명했다.

"하, 진짜."

이준은 주먹을 불끈 쥐고서 문을 쾅쾅 두드렸다.

"문 여십시오, 윤공현 씨! 문 여십시오!"

점잖게 말하고 있었으나, 이준은 중간중간 작은 목소리로 '문 열어. 이 싸가지 적출해 낸 자식아.' 라는 말을 잊지 않고 끼워 넣었다. 한참 동안 문을 두드렸으나, 어떤 대답도 돌아오지 않았다. 현관문에서 공현이 지내는 안방까지의 거리는 생각 외로 멀었다. 거기다가 공현이 이어폰까지 꽂고 있다면 여기서 난리 법석을 피워도 모를 거다.

"하, 진짜."

기가 막힌 듯이 웃던 이준은 휴대폰을 꺼냈다. 윤소환의 휴대폰 번호를 찾은 후, 이준은 고민했다. 자신의 꼴이 한심해서 견딜 수가 없었다. 쫓겨나서 의뢰인에게 전화하는 보디가드라니. 그러나 이준은 구겨지는 자존심을 참고서라도 소환에게 전화를 걸 수밖에 없었다. 만에 하나 자신이 없는 틈에 공현의 집에 다른 누군가가 쳐들어갔을 가능성도 배제할 수 없기 때문이었다.

"안녕하세요. 오랜만에 연락드립니다."

이준은 공손하게 소환에게 말을 건넸다.

[네, 오랜만이네요. 좋은 소식이라도 있나요?]

"아, 그게…… 좋은 소식이라기보다는 현관문 비밀번호 좀 알려주셨으면 해서요."

[왜요? 또 쫓겨나셨어요?]

"네. 사정상 그렇게 되었네요."

[으흠, 피곤하시겠네요. 공현이랑 친해지기 어렵죠? 그래도 보다 보면 귀여운 구석도 있고 사랑스러운 면도 있어요. 힘내세요.]

"죽기 전에 그 감정을 느낄 날이 왔으면 좋겠네요."

[하하. 농담도 참!]

농담으로 들리니? 살면서 가장 진심을 담은 말이었는데?

이준은 차마 뱉지 못할 말을 삼키며 휴대폰을 힐끗 보았다.

"비밀번호 알려주실 수 있겠어요?"

[그건 좀 곤란한데…….]

"번호판을 보고 유추하고 싶어도 이상해서 그래요."

[뭐가요?]

"번호판을 아무리 봐도 숫자 9만 닳아 있고 다른 곳은 깨끗해요. 9가 잔뜩 들어간 비밀번호라는 건 알겠는데……."

[아, 비밀번호가 999999라서 그래요. 엇! 말해 버렸다!]

"……."

비밀번호의 기능을 전혀 못 하는 비밀번호잖아!

이준의 뜨악한 감정을 읽은 소환이 웃으면서 말했다.

[공현이가 생각보다 단순해요.]

"그러게요. 생긴 건 복잡하게 생겼던데요."

이준의 말에 소환이 웃음을 터뜨렸다. 이준은 도어락에 999999를 입력했다.

「비밀번호가 틀렸습니다. 다시 입력하십시오.」

"이 비밀번호 아니라는데요."

[네? 그럼 000000을 눌러보시겠어요?]

이준은 다시 한 번 000000을 눌렀다. 그러나 도어락에서 비밀번호가 틀렸으니 다시 입력하라는 음성이 흘러나왔다.

"아니래요."

[하, 그럼 공현이가 비밀번호를 바꿨단 말인데……. 와, 진짜 내쫓고 싶었나 봐요. 귀찮은 걸 싫어해서 좀처럼 뭘 바꾸지 않는 녀석인데.]

소환은 진심으로 놀란 듯 '공현이가 비밀번호를 바꾸다니.'라는 말을 무한 반복했다. 소환도 아는 비밀번호가 더는 없는 듯했다. 이준은 난처한 얼굴로 뺨을 긁적거렸다. 휴대폰 너머에서 '검사님' 이라며 소환을 찾는 목소리가 들렸다.

"바쁘신데 시간 빼앗아서 죄송합니다. 일단 제가 알아서 해결하도록 하겠습니다."

[도움이 못 되어서 미안합니다. 오늘 밤까지 해결되지 않으면 연락 주세요. 제가 찾아가도록 하겠습니다.]

"말씀만으로도 감사합니다. 최대한 제 선에서 해결하도록 하겠습니다."

이준은 소환과의 통화를 마친 후 팔을 걷어붙였다. 일단 비밀번호는 유한하다. 000000부터 999999까지다. 노력한다면 오늘 하루 중에 해결 날 게 확실하다. 그러다 이준은 무언가가 생각난 듯 고개를 들었다.

"잠시만. 여기는……."

이준은 고개를 들어 문 옆에 설치되어 있는 사설 경비업체의 안전장치를 보았다. 안전장치는 도어락과 연결되어 있었다. 그렇다면 최소 몇 회 이상 강제로 문을 열려고 하면 알람이 울리게 되어 있을 터. 사설 경비업체가 들이닥치면 어쩔 수 없이 윤공현도 문을 열어야 할 거다. 생각을 마친 이준이 도어락의 비밀번호를 아무렇게나 입력할 때였다.

벌컥.

비밀번호를 입력하려는 찰나, 문이 벌컥 열렸다. 기민하게 한 발자국 물러선 이준은 문을 밀고 나온 공현을 보았다. 공현은 아직도 여기 있냐는 얼굴로 이준을 바라보았다.

"다행히 실내에서 살해당하진 않았군요."

이준은 무사한 공현의 위아래를 살피며 말했다.

"목소리에 아쉬움이 가득하다?"

공현의 얼굴이 찌푸려졌다.

"그럴 리가요. 그쪽이 살아 있어야 제가 먹고사는걸요."

"비켜."

공현은 이준을 지나쳐 엘리베이터 앞에 섰다. 이준은 문이 닫히려는 찰나 발을 끼워 넣었다. 현관문을 열어 자신의 가방을 저만치 안에 던져 놓은 후 공현의 옆자리에 섰다.

"따라올 생각 하지 마."

공현이 낮게 으름장을 놓았다.

"따라가는 게 제 일입니다."

이준은 그 소리를 할 줄 알았다는 듯 덤덤하게 대꾸했다. 딩동, 소리와 함께 도착한 엘리베이터에 올라탄 공현은 뒤따라 타려는 이준을 막았다.

"난 엘리베이터를 타인과 함께 못 타."

"폐쇄공포증은 들어봤어도 그런 병은 처음 듣는데요."

이준이 콧방귀를 뀌며 말 같지 않은 소리 말라는 듯 대꾸했다.

"있어. 싫어하는 사람과 밀폐된 공간에 있는 걸 꺼려하는 병."

"그러니까 이것도 배려하라는 말이에요?"

"잘 아네."

공현은 이준을 밀어낸 후 엘리베이터 문을 닫았다. 그는 일말의 죄책감도 없다는 듯 무표정한 얼굴로 앞을 바라보았다.

"저, 개……. 후우."

입 밖으로 튀어나오려는 욕을 꾹 참으며 이준은 비상구 쪽으로 뛰었다.

"으아아악! 진짜 망할 자식!"

이준의 비명 같은 외침이 비상구를 따라 길게 이어졌다.

엘리베이터는 세 번 멈춰 섰고, 이웃 주민이 몇 명 탔다. 이웃 주민 중 한 명은 이제 막 걸음마를 시작한 아이와 동행하는 중이라 중간에서 미적대긴 했다. 그걸 감안하더라도 이건 있을 수 없는 일이었다.

"헉, 헉, 헉."

공현은 주차장 엘리베이터 앞에 서서 숨을 몰아쉬고 있는 이준을 귀신 보듯 쳐다보았다.

"헉, 헉, 이제 배려할 거, 헉, 헉, 없죠?"

이준은 셔츠의 단추를 풀면서 헐떡거렸다. 거의 날다시피 뛰었다. 계단을 세 칸씩 뛰어내렸다. 그 덕에 무릎이 시큰거릴 지경이었다.

숨넘어가기 일보 직전의 이준을 보는 공현의 표정이 복잡미묘해졌다. 바쁘다는 사실조차 잊은 채 이준을 바라보았다.

대체 이 인간은 뭘까.

처음으로 이준이라는 사람에 대해 궁금증이 생겼다. 폐가 터지도록 자신을 따라오려고 하는 끈기와 이준의 능력을 확인해 보고 싶은 마음도 생겼다.

"탐정이랬지?"

공현은 삐딱하게 서서 팔짱을 낀 채 물었다.

"네. 헉, 헉. 그런데요?"

"따라올 생각하지 말고 찾아와."

"어디를요?"

"버스 노선 38번. 내가 주는 힌트는 이게 다야."

"뭐라고요?"

장난치냐는 듯 이준이 발끈해 소리쳤다.

"수고해."

공현은 이준을 지나쳐 자신의 자동차로 걸어갔다. 잠시 넋을 놓고 있던 이준은 뒤따라 공현의 자동차로 달려갔으나, 이미 공현은 문을 잠근 후였다.

"아! 진짜! 나한테 왜 이래요?"

기어코 폭발한 이준은 발을 구르며 공현에게 소리쳤다. 지잉소리와 함께 운전석 창문이 5㎝가량 열렸다. 그의 날카로운 눈이 보였다.

"제한 시간은 20분."

"……."

"수고해."

자동차 창문이 닫혔다. 공현은 자동차를 움직여 저만치 달아 났다. 홀로 지하주차장에 선 이준의 표정이 딱딱해졌다. 이준은 휴대폰을 꺼내며 비장하게 혼잣말을 했다.

"죽었어. 이제 안 봐준다, 윤공현."

공현은 이준을 지하주차장에 내버려 둔 채 회사로 향했다. 곧 장 사장실로 들어선 공현은 컴퓨터를 켰다. 이어 직원들이 서류 들을 착착 내밀었다. 그 서류를 받으며 공현답지 않게 다른 생 각에 잠겼다.

이곳을 찾아올 수 있을까.

유난히 반짝거리는 눈동자에 담긴 오기를 보건대 해낼 것 같 았다. 그럼 어떻게 할까. 좀 더 어려운 질문으로 알아서 떨어져 나가게 하는 수밖에 없다.

이런저런 생각을 하느라 공현의 눈이 갸름해질 때였다.

"사장님!"

직원의 외침에 공현은 눈만 움직여 쳐다보았다. 아까 전부터 서 있던 직원은 딴생각에 잠긴 공현을 원망하는 표정으로 쳐다보았다.

"지금 다른 생각 하실 때가 아니에요! 무려 표절이라니까요? 표절! 비슷한 게 아니라 완벽한 표절이요! 우리 어떻게 해요?"

공현과 함께 일한 지 4년이 되어가는 직원의 얼굴은 하얗게 질려 있었다. 공현은 작게 한숨을 내쉬며 서류를 펼쳤다.

급한 사안이긴 했다. 새로운 게임 출시를 한 달 앞두고, 타사에서 똑같은 게임을 출시했다. 공현은 몸을 앞으로 기울여 직원이 내민 휴대폰을 쳐다보았다. 어느새 휴대폰에 타사의 게임이 설치되었다. 사극 분위기가 풍기는 오프닝부터 같았다. 자세히 볼 것도 없었다. 버튼의 배열, 게임의 룰까지도 같은 걸로 봐선 작정하고 베낀 거였다. 문제는 베타 출시도 하지 않은 게임을 어떻게 타사에서 알고 미리 출시했냐는 것이었다.

공현이 심각한 얼굴로 테이블을 두드리며 휴대폰을 들여다볼 때였다.

"누구세요? 누구신데 여기까지! 악!"

문밖에서 여직원의 비명 소리가 들렸다. 문을 벌컥 열고 들어온 사람을 확인한 공현의 눈썹이 삐딱해졌다.

"엘리베이터도 따라잡는 내가, 여길 못 찾아내겠어요?"

이준의 눈빛이 오기로 번들거렸다. 공현은 타임워치를 보았다. 15분 걸렸다. 이준을 내쫓으려고 다가오는 직원들을 공현이 손을 들어 저지했다.

"어떻게 안 거야?"

공현은 손가락을 깍지 낀 채 이준에게 물었다. 그러자 이준이 콧방귀를 뀌었다.

"지금 그걸 문제라고 냈어요? 제 '갑'에게 전화해서 그쪽이 집 말고 자주 가는 곳 알려달라니까 두어 군데 가르쳐 주더군요. 가장 먼저 인터넷에 회사명을 쳐봤더니 가림동에 있더군요. 38번 노선 보니까 아니나 다를까, 가림동으로 가잖아요."

이준의 대답을 듣고서야 공현은 자신의 질문이 쉬웠음을 알았다. 생각해 보니 자신이 갈 곳은 집과 회사뿐이었다.

너무 얕잡아 봤네.

공현이 미미하게 웃을 때였다.

"사장님, 지금 이게……. 이분은 대체 누구시죠?"

직원이 어버버거리며 이준을 가리켰다. 살면서 공현에게 이렇게 막말하는 사람은 처음 봤다. 더군다나 공현의 잔뜩 날 선 눈빛에 기가 죽기는커녕 더 오기가 샘솟는다는 표정으로 주먹까지 불끈 쥐고 있었다.

드디어 사장이 조폭에게 원한을 샀나? 그럴 성격이긴 했다. 보통 인간과 전혀 다른 사고 체계와 감정 체계를 갖고 있는 인간이니까.

직원이 이런저런 복잡한 생각을 하며 이준과 공현을 번갈아 볼 때였다.

"나가 봐."

사장이 갑작스럽게 축객령을 내렸다. 직원은 괜찮겠냐는 얼굴로 공현을 쳐다보았다.

"나가 보라고."

그러나 공현은 신경 쓰지 말라는 듯 무심했다. 직원은 불만스러운 얼굴로 사장실 밖으로 나섰다. 쿵 하고 문이 닫혔다. 이준은 성큼성큼 다가가 사장실 한가운데 놓인 1인용 소파에 털썩 소리 나게 앉았다.

"후, 안전하게 살고 싶으시면 절 쫓아내는 건 포기하시죠?"

"난 하루를 살더라도 안전하게 사는 게 아니라 조용히 살고 싶은 사람이라서."

"죽음에 임박하면 그 생각도 달라질 거예요."

이준은 꼬박꼬박 대답했다. 공현은 그런 이준을 쳐다보며 입을 열었다.

"문제를 낼게. 맞혀봐."

두 손을 깍지 낀 이준은 무표정하게 공현을 쏘아보았다.

"아뇨."

듣지도 않고 이준이 거절했다. 공현이 의아하다는 듯 쳐다보자 이준이 말을 이었다.

"제가 가만히 있었더니 가마니로 보이시는 모양인데, 풀 생각 없습니다. 제가 할 일은 그쪽이 무사하게 살아 있는 거지, 심심풀이로 놀아주는 건 아니니까요. 그쪽 일은 이제 그쪽이 알아서 하시죠."

"누가 놀재? 내기를 하자는 거야."

"내기요?"

심드렁하던 이준의 표정이 묘하게 달라졌다. 공현은 그런 이준을 바라보며 말을 시작했다.

"곧 서비스를 시작할 게임이 유출됐어. 타사로 넘어가게 된 경위를 찾고 있어. 일단 전 직원의 컴퓨터와 휴대폰을 확인했는데, 게임의 프로그램이 복사된 기록이 없어. 개인 휴대용 휴대폰도 마찬가지고. CCTV를 확인해도 외부 사람의 출입 기록이 없어. 아무리 생각해도 유출될 경로가 없다는 거지. 그런데도 불구하고 유출됐어. 어떻게 된 건지 해답을 찾으면 돼."

"찾아주면 대가가 뭔데요?"

"육 개월간 집에서 내쫓진 않도록 하지."

"못 찾으면요?"

"내 집에서 나가."

"장난쳐요? 이 중요한 사안을 해결하라고 하면서 고작 내미는 조건이 그거예요?"

이준은 책상을 탕 내려치며 소리쳤다. 그러자 공현의 얼굴에 비웃음이 걸렸다.

"뭔가 착각하는 모양인데, 아쉬운 쪽은 내가 아니라 너야."

"……."

"이 내기를 받아들이지 않으면 난 너를 무조건 우리 집에서 내쫓을 거거든."

"그냥 사이좋게 대화를 하면서 오순도순 육 개월간 지내볼 생각은 없어요?"

"없어."

공현의 칼 같은 대답에 이준은 입술을 깨물었다. 그런 이준을 쳐다보며 공현은 말을 이었다.

"그러니까 쫓아내기 전에 기회를 주는 거잖아. 범인을 찾아내."

공현은 자신이 보고 있던 서류를 이준의 앞으로 스윽 내밀며 말했다. 이준은 터져 나오는 한숨을 참으며 공현을 쏘아보았다.

"설마 이 정도 추리도 못 하면서 날 살해하려는 사람을 찾으려는 건 아니겠지?"

"······."

"못 하겠어? 능력 부족인가?"

사람 기분을 건드리는 말만 골라서 하는 공현을 이준이 뾰쪽하게 뜬 눈으로 노려보았다.

"진짜 이런 말씀 하기 미안하지만, 사장님이 왜 살해 위협을 당하는지 알겠네요."

"그래서 하겠다고, 안 하겠다고?"

쓸데없는 소리 하지 말고 대답이나 하라는 듯 공현이 대꾸했다. 이준은 입술을 씹었다. 단박에 사장실 분위기가 냉랭하게 얼어붙었다.

이준은 공현의 속셈을 단박에 읽어냈다. 아무리 내쫓으려고 해도 자신이 비킬 생각을 하지 않으니 이런 수를 쓴 것이었다.

자신이 범인을 찾아내지 못하면 실력을 운운히면서 지진해서 나가게 하려고.

그러나 실수한 거다.

이준의 입술이 비스듬히 휘었다.

"해볼게요. 대신 삼 일의 시간을 주세요."

"이틀."

저 인간이……

"왜? 안 되겠어? 그럼 나가던지."

공현은 나른하게 미소를 지은 채 빈정거렸다. 이준은 뾰쪽하게 뜬 눈으로 공현을 노려보았다. 기필코 계약된 육 개월이 끝나면 엎어치기로 저 인간을 끝장내 버리겠다고 마음먹으면서.

"알겠어요. 할게요."

이준은 공현을 똑바로 노려보며 테이블 위에 놓인 서류를 집어 들었다. 그런 이준을 공현은 묘한 눈으로 쳐다보았다.

이준은 오랜만에 공현에 관한 객관적인 자료를 얻을 수 있었다. 공현은 자그마한 게임 회사 사장이자 프로게이머였다. 1인으로 모바일 게임을 만들어 판매하던 것이 줄지어 성공을 했고, 2년 전에 회사를 차렸다고 했다. 그러나 회사를 차린 것이 무색하게도 그는 출근을 거의 하지 않는다고 했다. 체면상 나가야

할 때도 그는 직원을 보낼 뿐, 대부분의 시간을 집에서 꼼짝도 하지 않는다고 했다.

직원 수는 공현을 포함해 네 사람이었다. 소형 게임 회사치곤 매출이 높은 편이라 직원들의 개인 업무량이 많다고 했다. 직원들과 대화를 나누다 들은 바로는 대형 게임 회사에서 이 회사를 인수하려고 몇 번이나 시도했으나 번번이 실패했다고 했다. 직원들은 그 회사들의 수작으로 추측된다고 말했다. 그런데 문제는 CCTV를 아무리 돌려봐도 외부 사람이 출입한 기록이 없다는 것이 직원의 말이었다.

이준은 첫날 아무것도 하지 않았다. 사장의 명령에 따라 뒤숭숭한 분위기 속에 일하는 직원들을 구경하며 사무실 내부를 찬찬히 살폈다. 직원 중 공현을 포함한 세 명은 게임 개발자였고, 한 명은 경리 업무와 기타 사소한 비품 처리를 도맡아 했다.

이준은 일하고 있는 직원의 뒤통수를 뚫어져라 바라보았다. 이준은 가장 처음 회사 내부 사람의 소행일 거라 생각했다. 세 사람 중 한 사람이 내부의 기밀을 팔아넘기는 것이 가장 흔한 레퍼토리이기에. 문제는 누군지 알 수 없다는 거였다.

그리고 내부 사람이 아닐 확률도 무시할 수 없었다. 세 사람은 게임의 매출에 따라 공평하게 성과급을 받는다고 했다. 그래서 세 사람 다 게임 서비스 시작만 기다리는 상황이라고 했다. 게임이 성공하면 받을 성과급이 어마어마한 상황이라는 말까지 들었다. 영영 게임 회사에 발을 붙이지 않을 생각이면 모를까,

굳이 돈 때문에 지금 이 회사를 배신힐 필요가 없었다.

"그럼 원한에 의한 복수인가?"

쭈그리고 앉아 골머리를 썩이고 있던 이준은 손톱을 깨물었다. 지금으로선 그 부분이 가장 정답에 가까웠다. 이준은 종이를 펼친 채 그 위를 적어 내려갔다.

―도난당한 물품 없음.

해킹 흔적도 없음.

프로그래밍이 복사된 흔적도 없음.

USB 유출 흔적도 없음.

다른 기계로 촬영되었다는 말.

여기까지 적어 내려가던 이준의 눈이 가늘어졌다. 보안상의 이유로 출근과 동시에 휴대폰을 모두 내부 사물함에 넣어둔다고 했다. 외부와의 연락은 사무실에서 지급한 내부 휴대폰으로 한다고 했다. 컴퓨터도 마찬가지였다. 프로그래밍하는 컴퓨터는 어떤 메신저로도 접속할 수 없게 차단해 놓았다고 했다. 인터넷 및 개인적인 용도로 인터넷을 사용해야 할 땐 다른 자리에 마련된 PC를 이용해야 할 만큼 보안이 철저했다. 그렇다면 개인 휴대폰을 사용하기 위해서는 퇴근한 후에 모두가 보지 않을 때 다시 출입해야 한다는 말이었다.

"역시 CCTV를 확인해 봐야 하나."

한참 고민하고 있는데 사장실 문이 벌컥 열렸다. 이준은 공현을 힐끗 보았다. 공현은 자신의 손목시계를 흘깃 보며 읊었다.

"17시간 3분 남았군."

그 한마디를 남긴 후 공현은 사장실로 들어갔다. 이준은 어금니를 꽉 깨물었다. 오늘만 해도 벌써 네 번째였다.

"저 뻐꾸기시계 같은 인간을 봤나……."

음산하게 중얼거리는 이준의 목소리에 일하고 있던 세 사람이 동시에 흠칫했다. 자리에서 일어난 이준은 한창 일하고 있는 수은에게 다가갔다.

"수은 씨."

"네?"

"여기 출입구에 CCTV 있다고 했죠?"

"네."

"그 영상은 어디서 볼 수 있어요?"

"이미 제가 봤어요. 아무리 봐도 외부 사람 출입 흔적이 없더군요. 후우."

"그래요? 흠, 그래도 한 번 볼까 하는데, 괜찮으시겠어요?"

"저야 상관없죠. 그런데 열쇠는 이 대리님이 갖고 계세요."

"그렇군요. 감사합니다."

이준은 이 대리에게 다가갔다. 이 대리는 게임 유출 사건으로 의지를 잃은 듯했다. 일을 하긴 했으나 고객 관리 관련 업무만 맡을 뿐, 좀처럼 프로그램에 손을 못 대고 있었다. 말을 걸까 말까 고민하던 이준은 이 대리에게 조심스럽게 말을 붙였다.

"이 대리님, 창고 열쇠 좀 주시겠어요? CCTV 영상을 확인하고 싶어서요."

"그건 갑자기 왜요?"

"범인이 외부 사람인 것 같아서요."

얼굴을 와락 찌푸린 이 대리는 이준을 흘깃 보더니 책상 위에 놓인 창고 열쇠를 내밀었다.

"감사합니다."

이준은 곧장 창고로 향했다.

"이거, 어디 갔어?"

사장실에서 나온 공현은 이준이 앉아 있던 캐비닛 위를 가리키며 물었다.

"창고에 가신다고 하셨는데, 그 이후로는 모르겠네요."

수은이 난처하다는 얼굴로 말을 건넸다.

"알았어."

"저기, 사장님."

다시금 자신을 부르는 목소리에 공현이 돌아섰다. 공현과 마주한 수은의 얼굴이 불그스름해졌다.

"다른 게 아니고 그분한테 이 일을 맡겨도 되나 해서요. 차라리 경찰에 신고하는 쪽이 낫지 않을까요?"

"어차피 일은 벌어졌어. 이틀 정도 늦게 신고해도 돼."

공현의 무뚝뚝한 말에 수은은 붉어진 얼굴을 손으로 가렸다. 공현을 2년 전부터 짝사랑하고 있던 수은은 눈을 내리깔며 조심스럽게 말했다.

"아, 그렇군요. 그리고 이준 씨가 잘 찾아주시겠죠? 괜한 걱정을 했네요."

"아니."

"네?"

수은은 그게 무슨 소리냐는 듯 되물었다.

"못 찾을 거야. 아니, 못 찾아야 해. 그래야 내가 편하니까."

직원들에게 이준을 탐정이라고 소개한 공현이었다. 공현이 탐정을 섭외할 정도로 이번 일을 심각하게 받아들인 줄 알았다. 그런데 아니라니?

"수고해."

그러나 공현은 친절하게 이유에 대해 설명해 주지 않았다. 수은은 어느새 닫힌 사장실 문만 멍하게 바라보았다.

CCTV의 양은 방대했다. 그러나 모두 볼 필요는 없었다.

타사로 게임이 유출되었다고 보는 시점은 대략 한 달 전이었다. 타사의 게임과 현재의 게임을 비교했을 때 일추 나오는 시간의 계산이 그러했다. 모두가 퇴근한 시각인 9시부터 출근하기 직전 오전 6시까지의 CCTV 영상을 확인했다.

미처 다 확인하지 못한 영상은 집에서 보면 될 일이었다. 그래도 생각보다 꽤 양이 많았다. 일단 직원들의 동의를 받아 USB에 따로 영상을 챙겨 나오던 이준은 때마침 자동차에 탑승하기 직전의 공현을 보았다. 날렵하게 뛰어간 이준은 운전석 문을 잡아챘다.

"같이 가죠."

자동차에 탄 공현은 그 무슨 말 같지도 않은 소리냐는 표정으로 쳐다보았다.

"몇 번을 말해야 알아듣지? 나를 배려해 달라고?"

"또 혼자 가겠다는 건가요? 혼자 다니는 거 위험하잖아요."

"너랑 가면 안전한가?"

"당연하죠. 일단 저는 이 차에 도청장치, 폭발물, 기타 등등 유해물질이 없는지 확인할 거니까요."

"네가 내 차를 만진다는 것 자체가 불쾌해. 그러니까 내 자동차에서 손 떼."

공현이 손을 뻗어 이준의 손을 쳐냈다. 그러나 이준은 얼른 자동차 문의 다른 곳을 잡았다.

"전 사장님한테서 한시도 떨어질 수가 없어요. 내가 잠시 한눈판 틈에 큰일이라도 나면 어떻게 해요? 이를테면 자동차가 뻥

터져서 죽으면 제가 너무 난처해지잖아요?"

"죽어도 혼자 죽는 게 나아. 죽어서까지 너와 엮이고 싶진 않으니까. 황천길 가는 내내 시끄러워서 살겠어?"

"그럼 이것만 대답해 주세요. 그러면 버스 타고 퇴근할 테니까."

이준의 말에 공현이 눈만 들어 쳐다보았다. 이준은 심각한 얼굴로 물었다.

"절 왜 이렇게 싫어하세요?"

이준은 도저히 이해 못 하겠다는 얼굴로 공현을 내려다보았다. 이준은 여태껏 공현이 세상 모든 사람을 다 싫어한다고 생각했다. 실제로 그의 사촌 형인 윤소환에게 거침없이 '새끼'라는 말을 하기도 했으니까.

그런데 회사에 출근하게 되면서 생각이 달라졌다. 공현은 다른 사람과 부대끼는 걸 싫어해서 사장실에 머물곤 했지만, 직원들을 막 대하진 않았다. 묻는 말에 곧잘 대답해 주었고, 직원들의 요청을 대부분 들어주려고 했다. 그런 그의 모습을 보면서 공현이 자신을 싫어한다고 확신했다.

"대답할 이유 없잖아. 비켜."

"대답해 주세요."

"비키라고 했어."

공현은 작정한 듯 이준의 손을 벌레 내치듯 쳐냈다. 이준은 황망한 얼굴로 공현을 바라보다가 소리쳤다.

"이유를 알아야 개선을 할 거 아니에요?"

"개선할 수 없는 문제야."

공현이 딱딱한 목소리로 대답했다. 이준은 아예 자동차 문에 몸을 끼워 넣고 선 채로 말했다.

"왜요? 제 얼굴이 마음에 안 들어요? 아니면 패션? 화이트 좋아하시던데 온몸을 화이트로 도배할까요? 아니면 좀 더 남성스러운 얼굴 좋아하세요? 눈썹을 진하게 그리기라도 할까요? 왜 싫어하는지 이유를 알아야 개선을 하고, 그래야 일을 진행하죠! 말만 하세요! 다 개선할 테니까!"

이준은 여태껏 참아왔던 분노를 터뜨리며 소리쳤다. 동시에 공현의 눈빛이 서늘하게 변했다.

"니가 윤소환에게 고용된 인간이니까."

"……."

"이건 니가 개선할 수 있는 문제가 아니잖아."

"……그게 이유의 전부예요?"

"어. 그러니까 개선하려고 하지 마."

공현은 이준을 밀어낸 후 문을 탕 소리 나게 닫았다. 공현의 자동차가 지상주차장을 벗어났고, 이준은 한숨을 내쉬었다.

"변명할 게 없어서 그딴 변명을……."

이준은 혀를 끌끌 찬 후 버스정류장으로 달려갔다.

직업의 특성상 수면 시간이 짧은 이준이지만, 날을 새는 것은 쥐약이었다. 더군다나 보고 있는 영상은 빨리감기한 게 맞는지 의심스러울 만큼 고요했다. 다만 다른 것이 있다면 CCTV 끄트머리에 보이는 창문 밖의 모습뿐이었다. 그마저도 늦은 시각이라 별 변동이 없었다. 간간이 자동차만 지나갈 뿐이었다.

"잠 와. 안 돼. 자면 안 돼."

이준은 홀로 중얼거리며 이쑤시개로 눈 아래를 콕콕 찌르며 눈살을 찌푸렸다. 아프다. 퉁퉁 부은 눈 아래를 문지르며 이준은 낮게 한숨을 내쉬었다.

혹시나 해서 봤는데 역시나인가.

이준은 영상을 멈춘 후 뒷머리를 긁적거렸다. 슬그머니 후회가 밀려들었다. 공현의 도발에 말려드는 게 아니었는데…… . 탐정 일을 잠깐 하긴 했지만, 전적으로 감에 의존해서 일했던 터라 이런 복잡한 일엔 취약했다. 작정하고 숨긴 일을 어떻게 찾아낸단 말인가.

"후우."

이준은 한숨을 내쉬었다. 자리에서 일어난 이준은 화장실로 향했다. 찬물에 얼굴을 두어 번 씻은 후 다시 자리에 앉았다. 이렇게 고민하고 후회할 시간에 영상을 보는 편이 더 이득이었다. 한 손엔 잠이 올 때마다 눈 아래를 찌를 이쑤시개 하나를 비장하게 든 채 영상에 집중했다. 또다시 한 시간이 흘렀다. 이쑤시개에 찔리다가 이젠 눈 아래에서 피가 날 즈음이었다.

"어?"

영상을 보고 있던 이준의 눈이 가늘어졌다. 리모컨을 집어 든 이준이 영상을 뒤로 돌렸다. 영상을 여러 번 반복해서 보던 이준이 두 팔을 번쩍 들었다.

"찾았다! 역시 신은 내 편이야."

이준의 입술이 길게 늘어났다.

다음 날 아침, 타인과의 동승을 불편하게 생각하는 공현이 먼저 출근했다. 그는 '미리 짐 싸놓는 건 어때?' 라는 싸가지 없는 말까지 잊지 않았다. 이준은 넋 놓은 채 그의 차가 멀어지는 것을 바라보고 있다가 두 손을 가지런히 모았다.

"신이시여, 윤공현을 딱 한 대만 때릴 수 있는 기회를 주소서."

윤공현 때문에 없던 종교까지 믿을 판이다. 한숨을 훅 내쉰 이준은 버스정류장을 향해 뛰었다.

"무슨 버스정류장이 이렇게 멀어!"

길을 따라 한참 내려온 이준은 숨을 헐떡거리다 허공에 대고 화를 버럭 냈다. 주변 사람들이 찔끔하는 것을 느끼고서야 이준은 화를 갈무리하며 때마침 도착한 버스에 올라탔다.

사무실에 도착하자마자 수은이 이준에게 다가왔다.

"오셨어요?"

상냥하게 웃는 수은에게 이준은 싱긋 웃으며 고개를 끄덕였다.

"드세요."

"뭐예요?"

이준은 수은이 내민 종이컵을 받아 들며 물었다.

"오미자차예요. 새콤달콤해서 맛있을 거예요."

"감사합니다. CEO는 악마인데, 직원은 천사 같네요."

"하하! 이준 씨 농담은!"

"진심입니다. 하하."

이준은 자신은 그런 농담을 하지 않는다는 말까지 덧붙였다.

"차가 맛있네요. 거의 주스인데요?"

"엑기스에 물 탄 거예요."

수은이 내민 오미자차는 달작지근하고 차가워서 맛있었다. 입안에 상큼하게 퍼지는 오미자차를 음미하고 있는데, 수은이 슬쩍 물었다.

"범인은 찾으셨어요?"

"아뇨."

"어머, 역시 경찰에 신고해야겠죠?"

"일단은 보류해 두세요. 사실 이건 비밀인데 저희 친척이 ACE사 게임개발부에서 일하거든요."

"ACE사라면, 우리 게임 유출해 간 그 게임회사요?"

"네. 지금 신규 오픈한 게임의 책임자가 누군지 알아봐 달라고 했어요. 그 사람만 알면 뒷조사를 시키면 되잖아요? 누굴 만났는지, 왜 만났는지. 금방 알아낼 테니까 걱정하지 마세요."

이준은 수은에게 싱긋 웃어주었다. 그러자 동시에 수은의 얼굴이 붉어졌다. 이준은 손을 뻗어 수은의 이마에 가져다 댔다.

"어디 아파요? 갑자기 이마에 열나는데요?"

"네? 아, 아, 아뇨. 괘, 괜찮아요."

수은이 다급하게 말을 더듬더니 자리로 돌아갔다. 그러고는 갑자기 서류를 거꾸로 잡고서 '난 남자가 있는데. 이러면 안 되는데.'라는 다소 노래 가사 같은 말을 중얼대기 시작했다. 이준은 그런 수은을 보며 뺨을 긁적거렸다.

멀쩡한 줄 알았는데 이상한 사람이었나.

"잠시만요."

이준은 자신의 앞을 휙 스쳐 지나가는 이 대리를 피해 한 걸음 물러섰다. 문을 닫고 나가는 이 대리를 흘깃 본 이준은 시선을 남은 직원에게로 돌렸다.

얼마 후, 사무실을 막 나서던 이준은 때마침 들어오던 이 대리와 맞닥뜨렸다. 하마터면 부딪칠 뻔한 것이 불쾌한지 그는 얼굴을 구긴 채 이준을 내려보았다. 며칠 전부터 이 대리는 까칠했다.

"실례했습니다."

이준이 씩 웃으며 한 걸음 물러서자, 이 대리는 마지못해 고개를 까딱였다. 이 대리는 잠시 머뭇거리더니 이준에게 물었다.

"범인은 찾으셨습니까?"

"아뇨. 아까 말했다시피 ACE 개발부에 있는 친척에게 물어보려고요."

"그런 방식으로 찾을 수 없을 겁니다. ACE 개발부가 미치지 않고서야 그런 걸 불 리가 없지 않습니까."

이 대리가 그 정도 상식도 없냐는 듯 물었다.

"아! 그런가요? 그럼 제 친척에게 사정을 해봐야겠네요. 친척이 저한테 신세 진 게 있어서 언젠가 꼭 갚겠다고 했거든요. 저한테 조금 기다려 보라고 했으니 결과를 알려주지 않을까요? 그래도 일단 전화를 해봐야겠네요, 휴대폰이⋯⋯. 엇. 휴대폰이 어디 갔지? 죄송한데 휴대폰 좀 빌려주시겠어요?"

"나도 없습니다."

이 대리가 딱 잘라 거절했다.

"왼쪽 주머니에 있잖아요. 담배 안 피우시는 분이 왼쪽 주머니에 네모난 빈 박스를 넣어 다닐 리는 없으실 테고."

"⋯⋯."

이준의 말에 이 대리가 흠칫하더니 눈을 가늘게 떴다.

"어떻게 안 겁니까?"

"우연히 눈이 닿았을 뿐이에요."

"일부러 속인 건 아닙니다. 다른 사람한테 휴대폰 빌려주는 거 싫이해시 그럽니디.”

“그래요? 저도 다른 사람한테 좀체 휴대폰을 빌리지 않는데 급해서 그래요. 얼른 친척한테 전화를 해야 해서요. 부탁드릴게요.”

이준의 말에 이 대리가 눈을 가늘게 뜨더니 주머니에서 휴대폰을 꺼냈다. 비밀번호 잠금을 해제한 후 마지못해 내미는 이 대리를 향해 이준이 씩 웃었다.

“감사합니다. 딱 1분이면 됩니다.”

이준은 휴대폰을 받아 들고는 전화를 걸었다. 50초를 기다렸으나, 받지 않았다.

“죄송한데 안 받네요. 회의 중인가 봐요. 딱 한 번만 더 해볼게요.”

이준은 다시 한 번 전화를 걸었으나 받지 않았다. 이준은 안타깝다는 얼굴로 이 대리에게 휴대폰을 내밀었다.

“나중에 따로 전화를 해야겠네요. 휴대폰 빌려주셔서 감사합니다.”

이 대리는 휴대폰을 받은 후 쌩하니 사무실 안으로 들어갔다. 이준은 흥얼거리며 뒷주머니에서 자신의 휴대폰을 꺼냈다. 무음으로 설정해 놓은 휴대폰에 낯선 번호 두 개를 입력했다.

“비켜.”

등 뒤에서 들리는 목소리에 이준은 한숨을 내쉬며 고개를 들었다.

"제 이름을 혹시 '비켜'로 알고 있어요? 그리고 외출을 하면 저한테 말을 해야죠! 혼자 외출하면 위험하잖아요!"

"시끄러워. 그만 짱알거려."

"짱알거리는 게 아니라 사장님의 안위를 걱정하는 겁니다. 길 가다가 돌 맞지는 않았어요? 겪어보니 여기저기서 돌 맞아도 충분할 성격 같던데."

이준은 돌아서서 공현을 마주 보며 물었다. 걱정을 가장한 성격 지적이다. 여러모로 자신을 지적하는 이준을 공현은 팔짱을 낀 채 내려보았다.

"너랑 말장난하고 싶은 생각 없으니까 비켜."

"예, 예, 어련하시겠습니까."

이준은 장난스럽게 대답하며 내시처럼 두 걸음 물러섰다. 공현은 그런 이준을 흘깃 보았다.

"이제 몇 시간 안 남았어. 일찍 퇴근시켜 줄 테니까 집에 가서 짐 가져가는 건 어때?"

딱딱하게 말하는 공현을 향해 이준은 싱그러운 미소를 지어 보였다.

"육 개월간 잘 부탁해요, 사장님."

이준의 말에 공현은 얼굴을 찌푸리며 사무실 문을 벌컥 열었다.

"저, 외근 갑니다! 그러니까 꼼짝하지 말고 사무실에 계시라고요!"

이준은 공현의 등 뒤에 대고 소리쳤다. 공현은 깔끔하게 무시한 채 사무실 문을 닫았다. 그러거나 말거나 이준은 입 주변에 손을 모은 채 소리쳤다.

"나쁜 사람이 사탕 준다고 해도 따라가지 말고, 외출할 땐 꼭 나한테 연락하고요!"

닫힌 문 너머로 이준의 쩌렁쩌렁한 목소리가 들어왔다. 깜짝 놀란 직원들이 모두 공현을 쳐다보았다.

"아! 초콜릿 준다고 해도 넘어가면 안 됩니다! 아! 그리고 더 중요한 건 두근두근 같은 가상 연애 시뮬레이션 게임 CD 준다고 해도 넘어가면 안 돼요! 그런 게임 하지 말고 진짜 연애를 하라고요! 물론 그 비글 같은 성격을 고쳐야겠지만요!"

문고리를 잡고 있던 공현의 손에 힘이 불끈 실렸다. 지나치게 놀란 직원들은 붕어처럼 입만 뻥긋댔으나, 그들이 무슨 소리를 하는지 입 모양으로 읽어냈다.

'두…… 근…… 두…… 근?'

'비…… 글?'

그들은 입 모아 그렇게 중얼대고 있었다. 공현의 눈썹이 한곳에 모였다. 사무실 문을 신경질적으로 벌컥 열어젖혔으나, 이준은 사라진 지 오래였다.

"그만 쳐다보고 다들 일해."

공현의 말에 직원들은 서둘러 휴대폰으로 시선을 돌렸다. 공현은 관자놀이를 꾹 누르며 사장실로 들어갔다.

윤소환을 먼저 죽여야 하나, 저걸 먼저 죽여야 하나, 진지하
게 고민하면서.

일을 하던 공현의 시선이 시계로 향했다.

12시 55분.

이제 5분 남았다. 5분 내로 이준이 오지 않으면 게임은 끝이
다. 요 근래 벌어진 일 중 가장 즐거운 일이었다. 점심을 먹지
않아도 배가 고프지 않았다. 공현이 평소보다 누그러진 표정으
로 창문 너머로 불어 들어오는 바람을 쐴 때였다.

벌컥. 노크 없이 무례하게 문이 열렸다. 이렇게 들어올 사람
은 한 사람 뿐이었다. 그래도 초반에는 노크를 몇 번 하는가 싶
더니 오늘 아침부터는 노크도 생략하고 있었다. 공현은 눈동자
만 움직여 문고리를 잡은 채 헉헉거리고 있는 이준을 보았다.
이준의 양쪽 볼은 불룩했다.

눈코 뜰 새 없이 바빠야 할 주제에 밥을 먹어?

자신조차 거른 식사를 이준이 챙겨 먹었다는 사실에 공현의
눈썹이 구겨졌다. 그러다가 이준이 자포자기했을 수도 있다는
생각에 한결 표정이 누그러졌다.

"인사할 거 없어. 집에 가봐."

"인사하러 온 거 아니에요."

그 많던 걸 언제 삼킨 거야?

공현은 금세 홀쭉해진 이준의 뺨을 심각한 표정으로 쳐다보았다. 이준이 어깨를 펴더니 당당한 얼굴로 말했다.

"찾았습니다."

"……뭐?"

공현은 제 귀를 의심했다.

"내부 사람이에요."

이준은 사장실을 가로질러 걸어왔다. 그리고는 탁 소리 나게 USB를 올렸다.

"누구야?"

"이 대리님이요."

공현의 미간이 좁아졌다. 이 대리라니.

"증거는?"

"거기 놓아둔 USB를 보세요."

공현은 미심쩍은 눈으로 USB를 보다가 마지못해 들었다. 컴퓨터에 연결하자 창이 떴다. 그 속에 든 파일은 두 개였다. 공현은 영상 파일을 클릭했다. 약 한 달 전에 찍힌 영상이었다.

고요했다. 문을 억지로 열려고 하는 사람도, 잠금을 해제하는 사람도, 하다못해 창문 너머에서 보이는 것도 자동차뿐이었다. 두 번째 영상도 마찬가지였다.

"이게 뭐 어쨌다는 거야."

공현이 장난치냐는 듯 이준을 쳐다보며 물었다.

"모르시겠어요?"

"뭘."

"그 영상, 이상하잖아요."

"그러니까 대체 뭐가."

이준은 컴퓨터 책상을 빙 돌아 공현의 옆자리에 섰다. 공현이 노골적으로 싫어하는 표정을 지었으나 이준은 아랑곳없이 모니터의 한곳을 가리켰다.

"이 자동차요. 잘 보세요."

자동차를 보던 공현의 눈이 가늘어졌다. 두 파일의 영상이 똑같았다. 붉은색 자동차가 지나가는 것과 나뭇잎이 떨어지는 모습, 아주 자그맣게 사람이 지나가는 모습까지 모두 일치했다.

"1번 영상과 2번 영상의 10분 정도가 같아요. 그러니까 한쪽 영상에 다른 영상의 10분을 덮어썼어요. 고의적으로요."

공현의 미간이 좁아졌다. 그는 잠시 눈을 감았다가 느릿하게 뜨며 물었다.

"확실해?"

"네. 맞은편에 자리한 편의점에 가서 CCTV 영상을 보여달라고 했더니 거절하더군요. 그래서 아르바이트생한테 웃돈을 주면서 교통사고 영상을 찾는 중이니 보여달라고 했어요. 그랬더니 보여주더군요. 두 시간 정도 찾으니까 나오더군요. 검은색 모자를 쓴 남자 두 명이 건물에 들어갔다가 10분 후 나오는 모습이요. 궁금하면 이걸 보세요."

이준은 공현에게 자신의 휴대폰을 내밀었다.

"편의점 CCTV 영상을 갖고 나가는 건 안 된다고 해서 동영상으로 촬영했어요."

공현은 이준의 휴대폰을 받아 들었다. 재생버튼을 누르자 건물 안으로 두 사람이 들어왔다가 정확히 10분 후 나오는 모습이 보였다. 공현은 모자를 쓴 사람이 누구냐고 묻지 않아도 알 수 있었다. 이 모자를 쓰는 사람은 직원 중 한 명뿐이었다.

공현은 마른침을 삼켰다. 배신감에 치를 떨 만큼은 아니더라도 충격적이었다. 이 대리는 자신과 초창기부터 함께 일해온 직원이었다.

"……더 확실한 증거는?"

한 템포 쉰 후 공현이 물었다. 이준은 휴대폰을 넘겨 공현에게 내밀었다.

"첫번째 증거는 이 대리가 CCTV 창고 열쇠를 관리하고 있다는 거예요. 관리하고 있는 사람이 날조하기 편하겠죠. 물론 열쇠를 돌아가면서 관리한다는 건 알고 있어요. 그렇지만 영상이 날조되던 때로 추정되는 일주일의 관리자는 이 대리더라고요. 그리고 휴대폰에 찍힌 이 번호, ACE 게임개발부 성태호 팀장 번호예요. 이 번호가 이 대리님 최근 전화 목록에 있었어요. 못 믿겠으면 지금이라도 이 대리님 휴대폰을 뒤져보세요."

이준은 ACE 게임개발부에 아는 사람이 없었다. 그럼에도 직원들이 다 들을 수 있게 친척을 운운한 것은, 그중에 누군가는 반응할 거라는 판단에서였다. 분명 자신의 말을 들은 '누군가'는 휴대폰을 반납하기 전에 서둘러 ACE 팀장에게 언지를 주기 위해 전화를 할 테니까.

실제로 친척 이야기를 한 지 얼마 되지 않아 이 대리가 자리에서 일어났다. 이 대리가 들어올 즈음에 이준은 사무실 문밖으로 나서며 그의 휴대폰을 빌렸다. ACE사에 근무하고 있는 친척에게 전화해야 한다고 말하자 경계심 높은 이 대리는 휴대폰을 빌려주었다. 친척의 번호를 입수해서 자신과 연락하는 ACE 게임개발부 팀장에게 넘겨줘야 했을 테니까.

이준은 전화를 걸기 전 최근 기록을 클릭했다. 그러자 저장되지 않은 휴대폰번호 두 개가 찍혀 있었다. 이준은 한 번 보고서 속으로 외우면서, 한 번 더 전화하겠다는 핑계로 번호를 한 번 더 확인했다.

번호 중 하나는 그의 부인이 받았고, 또 다른 번호 하나는 'ACE 게임 회사 개발 2팀의 팀장 성태호'가 받았다.

이준의 말을 들은 공현은 잠시 아무 말도 잇지 못했다. 여기서 더 이상의 증거를 제시하라고 할 수도 없었다. 아무 말 없이 빈 책상만 바라보고 있는 공현을 보자, 이준은 괜히 미안해졌다. 마치 평생 모르고 살아도 될 비밀을 알려준 느낌이었다.

"괜찮으세요?"

이준이 걱정스러운 얼굴로 물었다.

"넌…… 외부 CCTV를 어떻게 생각한 거야?"

"내부 CCTV가 날조되었다는 걸 증명해야 하니까요."

"……"

공현은 잠시 말없이 이준을 응시했다.

"왜 그렇게 쳐다보세요? 제 얼굴에 뭐 묻었나요?"

이준은 멍하게 자신의 얼굴을 쓸어내렸다. 공현은 기가 막혔다. 저렇게 맹한 얼굴로 하루 새에 이런 일을 기획했다는 게 믿기지 않았다. 보디가드라고 해서 힘만 센 줄 알았는데 생각보다 머리 굴리는 속도가 빨랐다. 본인의 말대로 눈치와 촉이 좋은 편이기도 했고. 이렇게 빨리 범인을 색출해 낼 거라고 생각지 못 했다.

진짜 애는 뭐지?

공현이 이준을 뚫어져라 바라보았다.

"이제 저랑 육 개월간 오순도순 살아봐요, 사장님."

상냥하게 말하자 공현의 표정이 금세 굳어졌다. 자신을 남자로 알고 있는 사람에게 지나치게 여성스럽게 말했나 싶어서, 아차한 이준은 허리를 곧게 편 후 비장하게 말했다.

"깊은 우애를 나눠봐요!"

갑자기 어깨를 쫙 펴며 이준이 엄지손가락을 척 내밀었다. 공현은 눈을 질끈 감았다. 하는 짓을 보고 있자니 방금 전까지 똑똑한 두뇌를 자랑하던 인간이라고는 도저히 믿기지 않았다. 보기만 해도 피로가 밀려왔다. 그런데 이제 6개월간 함께 살게 되었다.

"나가 봐. 이 대리 들어오라고 해."

공현이 생각만으로 질린다는 표정으로 말했다.

"잠시만요. 하나 확인하고 갈게요. 약속은 지키실 거죠?"

"……."

"남자가 한입 가지고 두말하는 거 아닙니다. 범인까지 색출해 줬으면, 그에 합당한 대가를 당연히 지불해 주셔야죠! 약속대로……."

"……알았어."

공현이 이마를 손으로 짚으며 힘없이 대답했다.

"잠시만요."

이준은 휴대폰을 공현의 얼굴로 들이밀었다.

"뭐 하는 거야?"

"녹음이요. 어서 말하세요."

"하아. 그래, 어디 한번 6개월 동안 아.주. 잘. 지내보자."

공현은 어금니를 꽉 깨문 채 유난히 '아주 잘'을 강조해 말했다. 이준은 감격에 벅찬 얼굴로 공현의 목소리가 저장된 휴대폰을 바라보았다. 이제 비로소 집 밖으로 자신의 짐가방이 내던져지는 참사는 일어나지 않을 듯했다.

"네, 6개월 동안 잘 부탁해요."

이준은 지하를 파고들어 가는 공현의 기분은 전혀 개의치 않은 채 환하게 웃어 보였다.

❖　　◈　　❖

　이 대리의 범행인 것이 확실해진 후, 공현이 가장 먼저 한 것은 전 직원 소집이었다. 직원이라고 해봐야 몇 되지 않지만, 모두를 불러 모으는 건 처음 있는 일이었다. 사장실에 놓인 테이블이 없어서 직원 세 사람은 사장의 책상에 둘러앉아 영문을 모르겠다는 얼굴로 서로를 쳐다보았다.

　"무슨 일로⋯⋯."

　수은이 겁먹은 얼굴로 공현을 흘깃 쳐다보았다.

　"겁 먹을 거 없어. 별거 아니니까."

　공현의 말에 수은이 다소 안도한 표정을 지었다.

　"범인을 어서 잡아야 할 텐데요."

　잠시 고요해진 틈에 이 대리가 한숨을 훅 내쉬었다. 공현은 말없이 이 대리를 쳐다보았다.

　"왜 그렇게 쳐다보세요?"

　이 대리가 우물쭈물거리며 물었다.

　"보면 안 되나?"

　"아뇨. 그건 아니시만."

　"내가 세 사람을 부른 이유는 보여줄 게 있어서야."

　공현은 세 사람 앞에 태블릿 PC를 내밀었다. 화면에는 이준이 건네준 편의점 CCTV 영상이 돌아가고 있었다.

　"이게 뭐죠?"

"범인 영상."

공현의 대답과 동시에 한 사람의 얼굴이 하얗게 질렸다. 이 대리와 낯선 남자가 회사 건물로 들어갔다가 10분 후 나오는 영상이었다.

"범인 영상이라는데 왜 이 대리님이……."

상황을 파악 못 한 강호가 고개를 갸웃거리며 물었다. 그에 비해 상황을 단박에 파악한 수은이 제 입술을 가렸다.

"분명 이 대리가 이 건물로 들어왔어. 그런데 이상한 건 회사 CCTV엔 찍히지 않았다는 거지."

"이 대리님……."

놀라서 작게 중얼거리는 수은의 말에 찔끔한 이 대리는 펄쩍 뛰었다. 오해라며, 저런 모자와 옷을 입는 사람이 자신밖에 없냐며 변명을 주절주절 늘어놓는 이 대리에게 공현은 말없이 다음 영상을 틀었다.

이준이 새롭게 건네준 다른 편의점 영상이었다. 같은 날, 이 대리가 다른 편의점에 들어가 맥주를 사는 영상이었다. 이 대리의 복장은 첫 번째 영상과 동일했다. 수은은 입을 가린 채 이 대리를 쳐다보았고, 강호는 자리에서 벌떡 일어나 이 대리의 멱살을 잡았다.

"우리가 얼마나 개고생하면서 만든 게임인데! 너 혼자 잘 먹고 잘살자고 팔아먹어? 네가 그러고도 인간이냐! 어? 이 쓰레기 같은 새끼야!"

강호가 목에 핏대를 세우며 소리를 질렀다.

"아니야. 나 아니라고! 그래! 그날, 회사에 잠깐 들를까 했어! 그런데 회사에 들어오지 않았어! 그러니까 회사 내부 CCTV에 안 찍힌 거지!"

이 대리가 억울하다는 듯 항변했다.

"그런데 왜 그 시각의 영상만 날조되었을까. 그 전날의 영상을 10분 정도 덮어씌웠던데. 이런 짓을 할 수 있는 사람, 이 대리밖에 없지 않나?"

"그, 그건…… 그걸로는 충분한 이유가 되지 않아요! 증거 부족이라고요! 억울해요! 얼결에 상황이 맞아떨어지나 본데 난 아니라고요!"

그래도 발뺌을 하는 이 대리에게 공현은 짧게 말했다.

"그럼 ACE사 성태호 팀장에게 연락해 볼까?"

공현의 말에 이 대리가 입을 쩍 벌렸다.

"그, 그건……."

이 대리가 말을 잇지 못했다. 그런 이 대리를 공현이 차가운 눈으로 바라보았다. 이준에게 확실한 증거 사실을 들으면서도 한편으로는 아니길 바랐다. 그러나 이 대리의 굳은 얼굴이 사실이라는 것을 증명해주고 있었다.

"죄송합니다. 죄송합니다, 사장님. 그게 말이죠. 그러니까…… 후우, 죄송합니다."

이후 잘못했다며 구구절절 비는 이 대리에게 공현은 무심하게 말했다.

"마지막으로 할 말은?"

"사장님, 한 번만……. 그러려고 그랬던 게 아니라……."

"이유는 궁금하지 않아."

"정말 먹고살기 힘들어서……."

"그랬으면 나한테 먼저 말을 했어야지."

먹고살기 힘들다고 돈을 달라고 했으면 줬을 공현이었다. 타인을 사랑하진 않지만, 적어도 직원의 어려운 사정까지 못 본 척할 만큼 매정하진 않았다. 굳이 이유를 대자면 오랜 시간 함께 일해온 직원이 빠져나간다는 건 공현으로서도 피곤한 일이라 차라리 돈을 주고 이 구성원을 유지하기 위해 노력했을 거다.

"……그게 면목이 없어서."

이 대리의 말에 공현이 픽 웃었다. 돈 빌리는 것조차 면목이 없어서 말하지 못한 사람이, 몇 달 가까이 야근해 가며 만든 게임을 타사에 유출시키다니. 앞뒤가 전혀 맞지 않는 말이었다. 공현은 고개를 비스듬히 기울인 채 이 대리를 물끄러미 바라보았다.

"말 같지 않은 소리 할 거면 입 닫아. 내 성격 알 텐데?"

내 성격을 알면서도 그런 무가치한 변명을 늘어놓는 듯 공현이 물었다. 그러자 눈물이라도 흘릴 것처럼 굴던 이 대리의 안색이 싹 달라졌다. 단박에 그의 눈빛이 변했다. 공현은 쓰게 웃었다. 그가 절절매며 사과했을 때부터 연기를 하고 있다는 걸 눈치채고 있었다. 자리에서 벌떡 일어난 이 대리가 콧방귀를 뀌며 말했다.

"그럼 내가 언제까지 이 작은 회사에 있을 줄 알았습니까? 큰 회사에서 프로젝트만 넘겨주면 데리고 가겠다는데 누가 거절하겠어요? 안 그래요? 개처럼 일하고 돈 벌면 뭐 해요? 이름을 대도 아무도 모르는 회사인데! 변변하게 나온 모바일 게임도 하나밖에 없어서 주변에서 알아주지도 않고, 가족들에게 무시나 당하고 욕이나 먹는데! 어디 한번 해봐요. 내가 유출했다는 정확한 증거도 없으니까요!"

이 대리가 비리게 웃었다. 그런 이 대리를 공현은 물끄러미 바라보았다. 강호는 잡아 죽이겠다며 길길이 날뛰었고, 그런 강호를 수은이 잡아서 말렸다. 그사이 이 대리는 몸을 홱 돌려 사장실 문을 벌컥 열고 나갔다. 이후 미리 준비해 둔 큰 가방에 자신의 짐을 쓸어 넣었다. 이 대리는 자신의 손때가 묻은 물건을 쓸어 담으며 입술을 깨물었다.

자신이 잘못한 게 아니다. 자신의 포부와 이 작은 게임 회사가 맞지 않을 뿐이다. 몇 년간 열심히 일하고 돈을 벌어도 뚜렷한 결과가 없었다. 모바일 게임에서 잔잔하게 성공을 이루었지만, 자신이 바란 것은 이런 게 아니었다. 나이가 들수록 친구들은 그를 무시하기만 했다. 이름 모를 게임 회사 아니냐며, 요즘 게임 산업이 얼마나 번창하는데 넌 아직도 그러고 사냐는 둥.

속상해서 술을 진탕 마시고 집으로 돌아간 날 부인과 싸웠다. 가정을 등한시한 채 게임에 미쳐 사니까 좋냐고 쏘아붙이는 아내의 말이 생채기가 되었다.

이래저래 마음의 상처만 늘어가는 날, 우연히 동창 모임에서 동창의 친구인 ACE 게임개발부 팀장인 성태호를 만났다. ACE 게임 회사는 현재 공현이 사장으로 있는 가나다 게임 회사를 인수하려다가 실패한 회사 중 한 곳이었다.

성태호 팀장은 술을 마시며 은근슬쩍 제안을 해왔다. 지금 진행 중인 프로젝트를 건네주면 자기네 회사에 팀장급으로 입사를 시켜주겠다는 말이었다. 처음엔 함께 동고동락한 직원들의 얼굴과 공현의 모습이 떠올라 거절했다. 그러나 성태호는 끈질겼다. 월급도 지금보다 더 높여주고, 직급도 팀장인데다 안정적인 직장이라고 유혹했다.

이 소식을 어떻게 안 건지 그의 부인도 그를 설득하고 나섰다. 언제까지 비전만 보고 살 거냐고. 이젠 무언가를 이루고 살 나이라고. 부인의 말이 이 대리의 마음을 흔들었다. 오랜 고민 끝에 이 대리는 그의 제안을 수락했다.

누구든 이런 제안에 흔들릴 것이다. 모든 사람이 자신과 같은 선택을 할 것이다. 이게 세상을 똑바로 사는 법이다. 기회를 놓치는 것이야말로 바보들이나 하는 짓이다. 이 대리는 마치 세뇌를 시키듯 중얼거리며 자리에서 일어났다.

"헉."

어느새 자신의 앞에 서 있는 공현을 보며 이 대리가 흠칫했다. 공현의 날카로운 기세에 눌린 이 대리는 자신도 모르게 눈을 내리깔았다. 그러다 자신의 모습이 초라하다는 것을 알았는지 억지로 목에 힘을 주었다.

"무슨 일입니까?"

애써 이 대리가 고개를 들며 물었다.

"깜빡하고 안 한 말이 있어서."

툭 던지듯 뱉는 공현의 목소리가 무심했다. 목소리가 화살처럼 가슴에 꽂히는 기분이 들어 이 대리는 저도 모르게 소리쳤다.

"무, 무, 무슨 말이요! 이제 와서 쓸모없는 소리를 늘어놓을 거면 집어치워요."

"30분 전부터 사장실 녹화 중이었어."

공현의 덤덤한 말에 이 대리가 눈을 크게 떴다.

"방금 네가 스스로 범죄를 시인한 영상이 촬영되었다는 거지."

"그, 그런 말도 안 되는……."

황망한 표정을 짓는 이 대리를 공현은 물끄러미 바라보았다. 이 대리는 끝까지 자신의 죄를 인정하지 않는 표정을 짓고 있었다. 문득 가슴이 답답해져서 공현은 셔츠 단추를 하나 풀며 이 대리를 내려다보았다.

"이 대리가 나에게 좀 더 큰 회사로 가고 싶다고 제안했다면,

내가 성태호 팀장에게 연락해서 추천했을 거야. ACE가 아니라, 다원회사에도 내가 직접 말해줄 수 있었어. 내가 정은 없어도 직원의 발전까지 막는 사람은 아니니까."

"……이제 와서 그런 말도 안 되는 거짓말하지 마십시오."

이 대리의 눈이 새빨갛게 변했다. 밀려오는 죄책감을 외면하는 기색이 역력했다. 공현은 쓸쓸한 입맛을 다시며 입을 열었다.

"내가 처음 봤을 때 이 대리는 꽤 근사한 사람이었어."

"……."

"내가 모르는 사이에 많이 망가졌군."

이 대리가 저토록 망가지는 동안 방치한 자신의 몫도 있었다. 공현은 무심하게 이 대리를 바라보다가 입술을 열었다.

"앞으로 볼 일 없었으면 좋겠군. 이후 이 회사에서 기획했던 아이템 유출하지 마. 나도 변호사를 선임하고, 방금 촬영한 CCTV 영상을 또 보고 싶진 않으니까."

"……."

"이게 내가 이 대리에게 해줄 수 있는 마지막인 것 같군. 조심히 가도록 해."

공현은 입술을 잘근잘근 씹는 이 대리를 등진 채 곧장 사장실로 들어왔다. 공현은 이준에게 다가갔다.

"이 대리 가는 거 보고 와."

"잡일은 안 합니다."

"보디가드라며. 내 정신건강을 지켜야 할 의무가 있는 거 아닌가?"

"아무 데나 갖다 붙이시기는."

그렇게 말하면서도 이준은 슬금슬금 문밖으로 나갔다. 이 대리와 이준의 말소리가 들렸다. 너지, 라고 묻는 이 대리의 말에 '네. 접니다.' 라고 이준은 덤덤하게 대답했다. 뒤이어 이 대리의 날 선 목소리가 들렸고, 거기에 지지 않고 '죄를 지은 사람이 문제지, 고발한 사람이 문제입니까?' 라고 똑부러지게 반박하는 목소리도 들렸다. 이윽고 문이 닫히는 소리가 들렸다. 일순 사위가 고요해졌다. 무거운 침묵이다. 공현은 한숨을 내쉬었다.

"아닙니다. 그럴 리가요. 일단 제가 다시 전화 드리겠습니다. 네, 수고하세요."

수은이 전화를 내려놓으며 곤란한 얼굴로 공현을 바라보았다.

"사장님, 이제 저희 어떻게 해요? 새로운 게임 기획안도 없고, 새로 짜려면 시간도 많이 걸릴 텐데……. 어디서 새어 나간 건지 투자자들이 새 게임이 유출된 거 아니냐면서 전화 왔어요. 일단 아니라고는 했는데……. 당장 출시하지 않으면 큰일 나겠어요."

수은의 말에 공현은 자리에 앉았다.

"사장님이 만드신 게임 중에 바로 제작에 들어가도 좋을 만한 게임, 혹시 없으세요?"

강호가 내심 기대하는 얼굴로 공현을 바라보았다. 공현은 잠시 고민에 빠졌다. 혼자서 작업한 게임은 많았으나, '이거다!' 싶을 만큼의 게임은 없었다. 특히 투자자의 마음까지 사로잡을 만한 게임은 없었다.

"있잖아요, 그 게임."

갑작스럽게 불쑥 끼어드는 목소리에 모두들 문 쪽으로 고개를 돌렸다. 언제 들어온 건지 바닥에 쭈그려 앉은 이준이 심드렁하게 말했다.

"거기서 뭐 해?"

이제 반사적으로 얼굴을 찌푸리는 공현을 보며 이준은 씩 웃었다.

"그쪽 보호요."

"감시겠지."

"보호하고 있는 거예요."

이준은 지지 않고 웃으며 다시 한 번 말했다.

"무슨 게임 말하는 거예요? 사장님한테 게임 있어요?"

강호가 불쑥 끼어들어 이준에게 물었다.

"음, 추리게임이요. 탐정 놀이라고 해야 하나? 보아하니 판매하는 건 아닌 것 같고, 내가 게임 내용을 지적하니까 얼굴이 하얗게 질리는 걸로 봐선 제작자가 사장님 같던데요. 아니에요?"

"탐정⋯⋯ 놀이요?"

수은과 강호가 의아하다는 듯 말끝을 늘었다.

"네. 제가 탐정이 되어서 몇 가지 물건으로 범인을 유추해 내는 거죠. 차근차근."

이준의 설명을 듣고 있던 강호와 수은은 무언가 생각난 듯 손뼉을 짝 쳤다. 동시에 두 사람은 서로를 바라보며 봇물 터진 것처럼 말을 쏟아냈다.

"맞다! 그 게임이 있었지?"

"맞아요. 그 게임이면 충분할 것 같아요. 기획안을 조금만 더 손보면 재미있을 것 같아요. 일단 에피소드를 좀 더 추가해서 100판 정도만 만들어놓으면 되잖아요."

"그러게!"

말릴 틈 없이 말을 주고받던 두 사람이 동시에 공현을 바라보았다. 이미 두 사람은 탐정게임을 만들자는 쪽으로 마음이 쏠린 듯했다.

"저도 그 게임 재미있던데요."

이준까지 거들고 나섰다. 공현의 얼굴이 한없이 구겨졌다. 저 캐릭터는 잊을 만하면 갑자기 불쑥 나타나서 일을 만든다.

"일단 즉흥적으로 생각하지 말고 조금 더 생각해."

공현은 일단 자신을 바라보는 세 쌍의 반짝거리는 눈동자를 피해 시선을 돌렸다.

쾅, 하고 문이 열렸다. 때마침 부엌에서 유유히 걸어 나오던 공현은 성큼성큼 집으로 들어서는 이준을 흘깃 보았다.

"이건 반칙입니다! 반칙이라고요!"

이준이 목에 핏대를 세우며 소리쳤다.

"뭐가."

공현이 덤덤하게 물었다.

"약속과 다르잖아요! 6개월간 저를 보디가드로 인정해 준다면서요! 그런데 혼자 퇴근하면 어떻게 해요?"

오늘도 잠시 한눈파는 사이에 공현은 홀로 유유히 차를 몰고 사라졌다. 이준은 어쩔 수 없이 또 버스를 타고 귀가해야 했다. 퇴근길이라 콩나물시루 같은 버스에서 이리 쓸리고, 저리 쓸리면서 갖은 고생을 다 해야 했다.

"내가 싫어하는 걸 감수하겠다고 말한 적은 없는 것 같은데."

"그럼 출퇴근을 이렇게 따로 하자고요? 사장님이 가다가 갑자기 괴한한테 납치를 당하면 어떻게 해요? 그럼 전 저의 소중한 '갑' 과의 계약을 제대로 이행하지 못한 거라고요!"

이준이 바락바락 악을 썼다. 그럼에도 공현의 표정엔 변함이 없었다.

"난 너랑 나란히 출퇴근하고 싶은 생각 없어."

"그럼 운전을 제가 할게요!"

"다른 사람이 내 핸들 만지는 거 싫어해."

"아주 지랄도 가지가지……!"

유일한적수

"뭐?"

공현의 미간이 확 좁아졌다. 이준도 아차 한 얼굴로 공현을 바라보았다. 자신도 모르게 속마음이 터져나왔다. 이준은 얼른 공현의 손을 보았다. 저 컵을 던지면 어디로 피하는 것이 좋을까를 재빠르게 고민하면서 이준은 입으로 사과했다.

"죄송합니다. 속으로 말한다는 게 욱해서 입 밖으로 튀어나왔네요."

그러나 공현의 얼굴은 좀처럼 펴지지 않았다. 오히려 어떻게 해야 저걸 치울 수 있을까 고민하는 얼굴이었다.

"나란히 앉아가는 것까진 바라지 않습니다."

이준이 여전히 컵을 노려보며 한 꺼풀 꺾인 목소리로 말했다.

"그럼? 트렁크에라도 실려가겠다고?"

"오, 어떻게 아셨어요?"

이준이 눈을 크게 뜨며 용한 점쟁이를 보듯 바라보았다.

말을 말자.

공현은 한숨을 내쉬며 말없이 돌아섰다. 가늠할 수 없는 인간 종류는 무시하면 될 일이었다. 면전에서 매몰차게 무시당한 이준이 눈을 치켜뜬 채 공현의 뒤통수를 노려보았다.

저 뒤통수를 딱 한 대만 때릴 수 있다면, 수명이 1년쯤 줄어도 좋을 것 같다는 생각을 할 때였다. 음흉한 기세를 느낀 건지 공현이 돌아섰고, 이준은 얼른 표정을 고쳤다.

"방금 뭐 했어?"

"아무것도 안 했는데요."

"안 좋은 기운이 느껴졌는데."

"기분 탓이겠죠."

공현은 이준을 못 미덥다는 듯 빤히 쳐다보다가 한 걸음 다가섰다. 동시에 이준의 미간이 좁아졌다.

이 인간이 왜 이래. 설마 드디어 때리나.

공현이 이준의 앞에 멈춰 섰다. 그러더니 고개를 숙여 이준을 물끄러미 바라보더니 낮은 한숨을 내쉬었다. 이준이 얼굴을 구겼다.

"왜 남의 얼굴을 보고 한숨을 내쉬어요? 그쪽이 잘생긴 건 인정하는데 나도 한 외모하거든요? 한때는 여고생 천 명의 로망이었다고요! 여학생들이 제 사진 몰래 찍고서 꺄르르 웃으며 뛰어가는 걸 봐야 '아, 내가 여고생들의 로망인 얼굴을 이제야 알아봤구나!' 하고 아주 통탄을 하게 될⋯⋯."

"너, 잠시 앉아봐."

공현이 이준의 말을 잘라먹으며 거실 바닥을 가리켰다.

"제가 거길 왜 앉습니까?"

이준은 툴툴거리며 보란 듯이 소파에 척하고 앉았다. 공현은 잔소리 대신 낮은 한숨을 내쉬며 팔짱을 꼈다.

퇴근하기 직전까지 수은, 강호와 함께 의논한 결과 차후 제작할 게임으로 '탐정게임'을 만들기로 결론이 났다. 상황이 상황이니만큼 공현도 거절할 도리가 없었다. 문제는 그 게임의 치명

석인 난섬을 개선하기 위해선 눈앞의 이 남자가 필요하다는 것이었다. 게임의 단점, 오류, 부족한 점을 알려줄 수 있는 유일한 사람이었으니까.

"너한테 제안할 게 있어."

공현은 컴퓨터 책상 의자에 앉았다. 그는 긴 다리를 꼰 채 이준을 물끄러미 바라보았다. 조명의 빛이 그의 얼굴을 하얗게 빛냈다. 동시에 입술은 더욱 붉어 보였다. 이준은 새삼 공현의 묘하고도 짙은 외모에 감탄했다. 참 잘생긴 얼굴이다. 어디 가서 얼굴로 밀리지 않을 듯했다. 부럽기도 하고, 놀랍기도 했다.

"나랑 계약해."

"네. 네?"

그의 외모에 잠시 홀려 대충 대답하던 이준이 깜짝 놀라 되물었다.

"말 그대로 계약하자고."

"저는 이중계약 안 합니다."

"다른 유의 계약이야. 네가 했던 추리게임을 모바일 게임으로 출시할 예정이야. 그러려면 여러 가지 조언을 얻어야 하는데, 그 역할을 네가 해야 할 것 같아. 인정하기 싫지만, 그런 쪽으로 넌 발달한 것 같으니까. 금액은 최대한 맞춰줄게. 얼마를 원해?"

공현은 손에 쥐고 있는 머그잔을 입술에 가져다 대며 물었다.

"싫습니다."

공현의 손이 멈칫했다. 거절할 거라곤 생각지도 못했다. 공현의 검은 눈동자가 스르륵 움직여 이준에게 닿았다.

"돈은 싫습니다."

"그럼?"

"하루에 한 시간씩 저랑 게임해요."

"다른 조건."

공현은 말 같지도 않은 소리 말라는 듯 무참히 잘랐다.

"음, 그럼…… 그게 싫으면 저랑 하루에 한 시간씩 티타임을 가져요."

"……미쳤어?"

공현의 표정이 심각하게 구겨졌다. 이준은 그럴 줄 알았다는 듯 턱을 괴고서 태연하게 말을 이었다.

"미치진 않았어요. 둘 중에 택하세요. 저랑 하루에 한 시간씩 게임을 하실지, 아니면 하루에 한 시간씩 고상하게 티타임을 가지면서 담소를 나눌 건지요. 커피를 마셔도 되고, 차를 마셔도 돼요. 쿠키는 제가 준비할게요. 티테이블이 없는 게 아쉽긴 한데…… 거실 바닥에서 이야기를 나눌까요? 술 좋아하시면 술도 괜찮고요."

"남자 둘이서 왜 그래야 하는데?"

"저는 사장님한테 관심이 많으니까요."

이준이 생글생글 웃었다. 공현의 얼굴이 단박에 굳었다. 그의 얼굴이 '꺼져'라는 말을 하고 있는 듯했지만, 이준은 굴복하지 않았다.

"어서 선택하세요."

"돈으로 지불하겠다니까."

"아뇨. 저는 제가 제시한 조건 외에 바라는 것 없어요."

이준은 딱 잘라 말했다. 말은 그렇게 했지만 이준은 공현이 제시한 금액이 아쉽긴 했다. 그러나 우선시되어야 할 것은 소환과의 계약이었다. 이준은 게임이나 티타임을 통해서 공현과 가까워진 후, 그의 입을 열게 할 생각이었다. 최대한 그에게서 정보를 얻어서 서둘러 일을 해결해야 했다.

이준은 단호한 표정으로 공현의 얼굴을 바라보았다. 공현의 눈동자에 조명 빛이 고여 있었다. 언뜻 보면 아름답지만, 오래도록 바라보면 손끝이 시릴 정도로 차갑게 느껴졌다. 한 번도 따뜻해져 본 적이 없는 눈동자. 이준은 문득 그가 살아온 인생이 궁금해졌다.

그사이 생각을 마친 공현이 입을 열었다.

"좋아. 한 시간씩 게임해."

생각 외로 순순히 승낙하자 이준이 의아하다는 표정으로 바라보았다.

"대신 큰 기대는 안 하는 게 좋을 거야."

"……."

"난 다른 사람과 친해져 본 적이 없거든. 앞으로도 그럴 생각이고."

공현의 담담한 목소리를 듣던 이준은 입술에 힘을 주었다. 자신의 얄팍한 수를 공현이 읽어냈다.

"나랑 친하게 지내는 게 왜 싫어요? 어렸을 때부터 나랑 친구 하겠다는 사람이 줄을 이었어요. 이 정도면 눈 뜨고 못 봐줄 얼굴도 아니고, 의리도 있고, 책임감도 있는 이런 친구 갖는 게 쉬운 줄 알아요? 내가 친하게 지내준다는데 왜 자꾸 튕겨요?"

이준은 도저히 이해를 못 하겠다는 듯 말했다. 그러자 공현은 픽 웃으며 고개를 비스듬히 기울였다. 이내 공현의 눈동자가 싸늘하게 식었다.

"포장하지 마. 친해지고 싶은 게 아니라, 날 이용하고 싶은 거겠지. 받은 돈값은 해야 할 테니까."

움찔한 이준은 숨을 깊게 들이마시다가 길게 내뱉었다.

"뭐, 그 말을 부인하진 않을게요. 이왕 이렇게 된 거 솔직하게 말할게요. 제가 사장님을 위협하는 사람을 색출해서 제거해 줄게요. 협조해 주세요."

공현은 반짝반짝 빛나는 이준의 눈동자를 바라보며 고개를 가로저었다.

"관둬. 6개월 동안 조용히 있다가 돌아가. 넌 못 해."

"그건 제가 결정할 일이고요."

"일찍 자. 내일부터 바빠질 거야."

더 이상의 대화를 거절하듯 공현은 먼저 자리에서 일어났다.

❖　　◈　　❖

　벌컥, 하고 문이 열림과 동시에 이준은 눈을 번쩍 떠 미끄러
지는 동작으로 침대에서 일어났다. 매섭게 손날을 뻗으며 이준
이 소리쳤다.

　"누구야!"

　"······머리의 까치집이나 어떻게 해."

　문틀에 기대선 공현이 한숨을 내쉬었다. 꼴에 보디가드라고
반사신경이 있었다. 그것이 다행인지 불행인지는 모르겠지만.

　이준은 눈을 비비며 다시 한 번 공현을 바라보았다.

　"지금 사장님이 내 방을 찾아온 거예요?"

　난생처음 있는 일이라 이준은 자신의 눈을 믿을 수가 없었다.

　"어."

　"박테리아 대하듯이 할 땐 언제고요?"

　"왜? 지금은 아닌 것 같아?"

　이준은 얼굴을 찌푸리며 공현을 바라보았다.

　말 한 번 참 지독하게 한다.

　"근데 왜 찾아와요?"

　"할 말이 있으니까. 그런데······ 방 좀 치우고 사는 건 어때?"

　공현은 눈으로 이준의 자그마한 방을 훑으며 말했다. 행거에
걸린 옷이 엉망진창이다. 침대의 이불은 말할 것도 없었고, 바
닥엔 어제 보던 것으로 추정되는 책, 게임기, 휴대폰이 아무렇

게나 늘어져 있었다.

"뭐, 생각해 보고요."

이준은 발로 책을 쓱쓱 밀었고, 동시에 공현은 못 볼 걸 봤다는 듯 얼굴을 구겼다.

"자."

어서 볼일을 보고 가겠다는 듯 공현은 이준에게 종이를 내밀었다.

"뭔데요?"

"위에는 게임이 개발될 때까지 함구하겠다는 비밀 각서야. 사인해서 반납해. 그 아래엔 게임 기획안이야. 판마다 설정을 짜봤는데 이상한 부분이 있거나 부족한 부분이 있으면 옆에 기입해서 돌려줘."

"우와, 벌써 했어요?"

이준은 종이 뭉치를 받아 들며 뜨악한 표정을 지었다. 하루 사이에 한 거라고 치기엔 양이 엄청났다. 문서의 내용도 대충 훑어보니 건성으로 짠 것도 아니었다.

"문서 위에 휴대폰번호 있어. 서류 검토 끝나면 그 번호로 연락해. 내가 와서 받아갈 테니까."

"사장님!"

이준의 다급한 목소리에 공현이 걸음을 멈추고 돌아섰다. 어서 말하라는 기색이 역력한 그의 얼굴을 보며 이준은 씩 웃었다.

"선게임 후노동."

"뭐?"

"게임부터 한 시간 하자고요. 겸사겸사 함께 식사하면 좋고요."

이준은 씩 웃으며 공현에게 다가갔다. 공현은 혐오스러운 벌레를 보듯 얼굴을 찌푸렸다.

"……씻지도 않은 얼굴을 참 당당하게도 들이미는군."

"너무 깨끗하게 살면 더 안 좋아요. 같이 식사 안 해주면 이대로 사장님을 껴안을 겁니다."

"그 입 다물어."

상상조차 하기 싫다는 듯 공현의 얼굴이 와락 구겨졌다.

"왜요? 제가 못 할 것 같아요? 사장님! 사장님!"

이준은 두 팔을 쫙 펼쳐 공현을 향해 달려갔다. 그러자 공현은 재빠른 몸놀림으로 뒷걸음질치며 소리쳤다.

"일단 씻어!"

"씻고 나오면 같이 밥 먹는 겁니다."

자신을 노려보는 공현을 향해 씩 웃은 이준은 욕실 안으로 들어섰다. 문이 잠겼는지 여러 번 확인한 후, 옷을 훌러덩 벗어젖히던 이준은 픽 웃었다.

"이 방법도 좋은데?"

어젯밤 이준은 잠들기 전 진지하게 고민에 빠졌다. 어떻게 윤공현을 구워삶을 것인가. 처음엔 반항적으로 나갔다. 그러자 윤공현의 표정이 점점 살벌해졌다. 윤공현이 무표정한 얼굴로 눈만 살짝 치켜뜰 땐 솔직히 무서웠다. 그래서 전술을 바꿔 딱딱하게 나갔더니 윤공현은 더 딱딱하게 나왔다. 다시 방법을 바꿔 웃으면서 친절하게 대해봤다. 그러자 윤공현은 사람을 하등생물 바라보듯이 했다. 이러나저러나 윤공현은 자신을 사람 취급하지 않았다. 어떻게 해야 그나마 사람에 가까운 취급을 받을 수 있을까.

하루 정도 고심한 결과, 이준이 내린 결론은 '능글맞게'였다. 달라붙고, 웃어주고, 능글맞게 받아치는 덴 장사없다.

특히 윤공현은 새로운 게임 출시를 위해 자신을 필요로 하는 상황이었다. 이전처럼 짐가방을 집 밖으로 던지는 일은 불가능하다는 소리였다.

"좋아, 좋아, 이 방법으로 해야겠어."

이준은 씩 웃으며 샤워기 아래에 섰다.

씻고 나온 이준은 싱크대 앞에 서서 설거지하고 있는 윤공현을 보았다. 드넓은 등을 보며 이준은 얼굴을 찌푸렸다.

그럼 그렇지, 청개구리 윤공현이 순순히 자신의 말을 들어줄리 없었다. 이젠 이골이 나서 화도 나지 않았다.

"먼저 밥 먹었어요?"

"어."

"……그랬단 말이죠?"

이준은 얼굴을 찌푸리며 빰을 긁적거렸다. 이준은 부엌으로 들어가 설거지하고 있는 공현의 옆에 딱 붙어 섰다. 그러자 단박에 공현의 얼굴이 확 구겨졌다.

"저리 비켜."

이준은 못 들은 척하며 공현의 옆에 찰싹 붙어 있었다.

"사장님, 제가 어젯밤에 곰곰이 생각해 봤는데요. 제 한 몸 희생해서……."

말끝을 늘이는 이준을 공현이 불안하다는 표정으로 흘깃 보았다.

"……사장님의 친구가 되어주기로 했어요."

"……."

"진짜 친구가 되어줄게요. 허심탄회하게 이야기를 나누는 친구."

심각한 표정으로 싱크대를 내려치며 이준이 눈에 빛을 냈다. 그런 이준을 공현은 황당하다 못해 미친 건가 하는 얼굴로 바라보았다.

"좋으면서 굳이 부끄러워할 필요 없어요."

이준이 심각한 얼굴로 한마디 덧붙였다.

"진짜 미쳤어?"

공현의 표정이 딱딱해지면서 눈썹이 위로 추켜올라 갔다. 다시금 무서운 표정을 발사하는 공현의 얼굴을 보며 이준은 움찔 했지만 놀란 속내를 드러내지 않았다. 여기서 기세가 밀리면 영 영 밀리게 된다. 이준은 입꼬리를 있는 힘껏 끌어 올렸다.

"제가 미치면 사장님 손해죠. 이번 게임의 유일한 조력자잖아 요."

그런 이준을 흘깃 본 공현은 대답 대신 손을 씻은 후 돌아섰 다. 무시하겠다는 것이었다. 부엌을 가로질러 나가는 공현의 등 을 보며 이준이 소리쳤다.

"게임해야죠!"

공현이 멈칫했다.

"전 먼저 게임하고, 뒤에 일할 거거든요."

"따라와."

공현이 한마디 툭 던진 후 거실로 걸어갔다. 귀찮지만 약속은 지키겠다는 의사를 풀풀 풍기며 느릿하게 움직이는 공현을 보 며 이준은 픽 웃었다.

"이렇게 보면 완전 나쁜 놈은 아닌 것 같단 말이야……."

진짜 나쁜 사람은 약속조차 지키지 않는 법이다. 억지로 좋은 점을 찾으려고 하니, 생각 외로 공현의 좋은 점이 눈에 보였다.

"빨리 와, 1분 1초가 아까우니까."

공현은 P2P 게임을 손에 쥔 채 어금니를 꽉 깨물고 있었다. 이준은 뺨을 긁적거렸다.

"우리 다정하게 컴퓨터 게임할래요?"

"너와 나 사이에 다정이라는 말이 어울려? 쓸데없는 말 하지 말고 이리 와서 게임 준비나 해. 귀중한 내 시간 더 낭비하게 하지 말고."

삐딱하게 웃으며 게임 준비를 하는 공현을 보며 이준은 눈을 감았다 뜨며 한숨을 내쉬었다.

"완전 나쁜 놈은 아닌데…… 좀 나쁜 놈이긴 한 것 같아. 특히 입이 못됐어. 저놈의 못된 말버릇. 쯧."

이준은 작게 중얼거리며 거실로 걸어 나갔다.

게임이란 사람의 경쟁심을 부추기는 것. 선의의 경쟁을 통해 서로를 인정하고, 정신적인 유대감을 형성하는 것이라 이준은 믿고 있었다. 그 믿음을 공현은 단박에 무너뜨렸다.

"말도 안 돼."

이건 선의의 경쟁이라고 볼 수 없었다. 이준은 넋이 나간 목소리로 중얼거렸다. 격투기게임을 55분간 했고, 이준은 전패했다.

"어떻게 한 판도 못 이길 수가 있지?"

홀로 중얼거리던 이준은 고개를 천천히 돌려 공현을 바라보았다. 공현은 지루하다는 듯 자신의 손목시계를 바라보았다.

"정확히 3분 50초 남았어. 한 판 더 할 거야? 아니면 포기할 거야?"

방금 전까지 싸우는 게임을 한 사람이라고는 믿기지 않을 만큼 차분한 목소리였다. 이준은 기가 막혔다.

"어떻게 다 이길 수가 있어요? 혹시 이 게임, 사장님이 만들었어요?"

이준은 억울하다는 듯 소리쳤다.

"네가 못 하는 거야."

"그게 말이 돼요?"

"못 이길 것 같으면, 포기해."

"아뇨. 한 판 더 해요!"

이준이 이를 갈며 자세를 고쳐잡았다. 얼마 후 게임에서 'START'라는 문구가 떴다. 동시에 공현의 휴대폰에서 잔잔한 벨소리가 흘러나왔다. 두 사람의 시선이 수납장 위에 놓인 휴대폰으로 향했다.

─이 대리

이준은 반사적으로 공현을 바라보았다. 그는 얼굴을 찌푸린 채 휴대폰을 쳐다보고 있었다.

"받아야죠."

"안 받아."

공현이 딱딱하게 답했다. 이준은 그사이 빠르게 손을 움직였고, 얼마 못 가 'K.O.'가 뜨며 공현의 캐릭터가 허공을 날았다.
공현의 캐릭터가 바닥에 널브러진 것을 확인한 이준은 자리에
서 벌떡 일어났다.

"이겼다! 내가 이겼⋯⋯!"

기쁨에 취해 소리치던 이준의 말이 끝까지 이어지지 못했다.
공현은 연거푸 울리는 자신의 휴대폰을 바라보고 있었다. 이 대
리에게 전화가 온 후로 공현은 좀처럼 게임에 집중하지 못했다.
무표정했으나 그는 갈등하는 기색이 역력했다. 인간을 돌 보듯
하는 공현이라고는 믿기지 않았다. 이 대리를 내쫓을 당시에도
얼굴색 하나 변하지 않던 그가 아닌가.

공현을 물끄러미 바라보던 이준은 잠시 생각했다.

만약, 아주 만약, 감정이 없는 게 아니라 감정 표현을 하는 게
서툰 사람이라면?

이준은 공현의 옆얼굴을 물끄러미 바라보다가 물었다.

"전화 안 받아요?"

이준이 다시금 물었다.

"안 받아. 받을 필요 없으니까."

딱딱하게 대답하는 것과 달리 공현은 휴대폰에서 눈을 떼지
못했다. 그사이 벨소리가 끊어지고 얼마 후 공현의 휴대폰으로
문자가 들어왔다. 공현은 손을 뻗어 문자를 보았다.

―죄송합니다, 사장님. 제가 잠시 미쳤었나 봅니다. 다시 회사에

서 일하게 해달라는 말은 아닙니다. 그냥 죄송하다는 말을 하고 싶었습니다.

그의 표정이 미묘해졌다. 공현에게 이 대리는 그나마 곁에 두는 몇 안 되는 사람 중 하나였다.

몇 해 전 회사를 오픈한 후, 공현은 처음으로 구직자 사이트에 공고를 올렸다. 그 다음 날 유일하게 지원서를 내민 사람이 이 대리였다. 공현이 시범 삼아 올렸던 게임을 재미있게 했다며, 조금 더 발전시키면 대작 게임을 만들 수 있을 것 같다는 포부를 갖고 찾아온 사람이었다. 사람을 좋아하지 않는 공현이지만, 이 대리는 조금 믿었다. 사람 간의 의리가 아니라, 게임을 좋아하고, 성공하고 싶어 하는 그의 열망을 믿었다. 그 열망이 이렇게 어긋나게 될 거라곤 생각하지 못했지만.

공현은 손끝으로 피가 빨려 나가는 기분이었다. 이 대리의 정신이 저토록 곪게 된 것이 자신의 탓 같았다. 그의 열정을 망가뜨렸다는 생각이 자신의 발목을 붙잡고서 놔주질 않았다. 이런 감정, 피곤한데.

공현이 참지 못하고 낮은 한숨을 내쉴 때였다.

"100% 만족하는 이별은 없다."

갑작스럽게 상념을 깨는 목소리에 공현은 고개를 옆으로 돌렸다. 옆에 다른 사람이 있다는 걸 잠시 잊었다.

이준은 'K.O.'가 뜬 TV 화면을 기념으로 남겨야 한다며 휴대폰으로 촬영히고 있었디. 무슨 말이냐는 얼굴로 쳐다보는 공현을 마주 보며 이준이 입을 열었다.

"인간은 타인을 100% 사랑할 수 없다. 인간은 스스로를 100% 사랑할 수 없다. 그래서 인간이다. 고로, 100% 만족하는 이별은 없다. 미련과 후회는 이별 후에 오는 아주 당연한 수순이다."

"뭐야, 그 말은."

공현이 얼굴을 찌푸렸다. 그러자 이준은 씩 웃었다.

"제가 아주 힘들었을 때 위로가 되었던 말이에요."

"나한테 해주는 이유가 뭐냐고 묻는 거야."

"그냥요. 그냥 사장님한테 해주고 싶어서요."

공현의 눈이 가늘어졌다.

설마 위로인가. 왜 저런 위로를 자신에게 하는 걸까.

공현의 검은 눈동자가 가늘어지면서 예리한 빛을 내뿜었다. 이준은 자신을 꿰뚫을 것 같은 그 눈빛을 덤덤하게 마주 보았다. 예리함과 덤덤함이 허공에서 마주쳤다. 주변이 고요해졌다. 그 고요함을 이준이 깨뜨렸다.

"내 주변에서 일어나는 대부분의 일은 대체로 내 탓이지만, 전적으로 내 탓인 일도 없어요. 그러니까 사장님이 이 대리 때문에 괴로워하지 않았으면 해요."

"괴로워하지 않아. 내가 다른 사람 때문에 괴로워할 사람으로 보여?"

"안 보이죠. 혹시나 해서 말하는 거예요."

"……."

"오늘 게임 시간은 끝났네요. 수고하셨습니다."

이준은 씩 웃으며 자리에서 일어났다. 거실을 가로질러 걸어간 이준이 방에 들어갈 때까지 공현은 꼼짝도 하지 않았다.

쿵. 이준의 방문이 닫히는 소리와 함께 공현은 시선을 아래로 떨어뜨렸다. 이젠 잠잠해진 휴대폰을 공현이 물끄러미 바라보았다.

갑작스럽게 침묵이 찾아들었다.

"전적으로 내 탓인 일도 없다라……."

공현은 홀로 남은 거실에서 작게 그 말을 중얼거렸다.

3. 감기약의 정체

　다음 날 아침, 깔끔하게 씻은 후 부엌으로 들어가던 이준은 싱크대에 기대서 있는 공현을 보았다. 꼴을 봐선 어젯밤도 날을 샌 모양이었다.

　"사장님."

　이준의 부름에 공현이 몸을 반쯤 돌렸다. 이준은 손에 들고 있던 종이 뭉치를 공현에게 내밀었다.

　"여기요. 어제 주신 기획안이요. 납득되지 않는 부분, 허점, 기타 등등 필요한 부분을 기입했어요. 보시고 참고하세요."

　공현은 고개를 까딱거리며 종이 뭉치를 받아 들기 위해 손을 뻗었다. 그러나 이준은 종이 뭉치를 자신의 등 뒤로 숨겼다.

"고맙다는 말 정도는 합시다, 친구 사이에."

"누가, 친구야?"

"헙. 목소리가 왜 그래요?"

가뭄에 논바닥 갈라지듯 공현의 목소리가 쩍쩍 갈라졌다. 공현은 한마디 하고서 아픈지 얼굴을 와락 찌푸렸다.

"감기."

"목감기예요? 그렇게 무리할 때부터 알아봤어요."

이준은 공현의 방 안에 들어가 본 적 없어서 모르지만, 그의 일하는 스타일은 굳이 보지 않아도 알 만했다. 몇 시간 내내 본인의 성이 풀릴 때까지 한 자세로 일을 할 게 분명했다. 그렇게 정신노동을 하면서도 공현은 밥을 잘 챙겨 먹지 않았다. 생각날 때면 나와서 밥 한 끼를 먹고 들어갔다.

"거봐요. 못된 말만 하니까 목감기부터 오잖아요."

이준의 말에 공현의 눈이 단박에 날카로워졌다.

"미안해요. 말실수했어요."

아픈 사람한테 심했다 싶어서 이준은 얼른 사과했다.

"아! 맞다! 여기 잠시만 있어봐요. 꼭 기다리고 있어야 해요!"

무언가가 생각난 듯 방으로 달려가는 이준의 뒷모습을 바라보고 있던 공현은 돌아섰다. 이준이 사라지자 집이 고요해졌다. 공현은 깨끗하게 씻어놓은 물컵을 들어 정수기 아래에 가져다 댔다. 뜨거운 물과 차가운 물을 적당히 섞고 있는데 이준이 소란스러운 소리를 내며 부엌으로 들어섰다.

"사요!"

공현은 지친 눈길을 억지로 움직여 아래를 보았다. 이준은 초록색 알약을 손에 쥐고 있었다.

"혹시나 해서 챙겨온 상비약이에요. 보디가드의 생명은 체력 관리거든요. 종합감기약이에요. 미리 먹어두면 효과 있을 거예요. 사장님도 체력 관리해야죠."

"치워."

"고맙다고요? 됐어요, 우리 사이에 무슨."

"치우라고."

"그렇게 절절하게 고마워할 필요 없어요."

"내 말이 말 같지 않…… 쿨럭, 쿨럭."

갑작스럽게 공현이 기침을 쏟아냈다. 그 모습을 보며 혀를 끌끌 차던 이준은 공현의 손을 덥석 잡아 그 위에 자신의 약을 올렸다.

"약 드시고 어서 나으세요. 골골대는 거 사장님이랑 안 어울려요. 사장님이 하루라도 빨리 나아야 같이 게임을 하죠. 격투기게임 언젠간 이기고 말 겁니다."

"……."

"그리고 약을 주면 치워, 라고 말하는 게 아니라 고맙다, 라고 말하는 겁니다. 물론 이젠 사장님의 독특한 언어 체계가 익숙해져서 전 제대로 알아듣고 있지만요."

틀렸어. 제대로 알아듣는 게 아니야!

공현은 그렇게 말하고 싶었으나 목이 아파서 한마디도 할 수 없었다.

"어서 가서 쉬세요. 설거지나 기타 등등 집안일은 저랑 임 씨 아줌마가 할게요."

이준은 공현의 등을 방으로 떠밀었다. 공현을 방으로 밀어 넣은 후, 이준은 '푹 쉬세요!'라는 말을 남긴 후 방문을 닫았다. 공현은 자신의 손에 놓인 약과 물컵을 보다가 약을 테이블 위로 던지다시피 내려놓았다.

무슨 약인 줄 알고 먹으라는 거야.

공현은 따뜻한 물을 한 모금 마신 후 침대에 누웠다.

"약 드시고 어서 나으세요. 골골대는 거 사장님이랑 안 어울려요."

그렇게 말하며 눈꼬리를 슬쩍 아래로 내리던 이준의 얼굴이 떠올랐다. 무슨 남자애 피부가 그렇게 하얗고 눈빛이 애절한지.

이리 뒤척, 저리 뒤척거리던 공현은 얼굴을 와락 찌푸린 후 자리에서 일어났다. 그리고는 초록색 알약이 놓여 있는 테이블 위를 노려보다가 그곳으로 다가갔다. 아주 조금 신경 쓰인다. 이 약이 대체 뭐라고. 아니, 아주 조금 많이 신경 쓰인다. 신경 쓰여서 잠을 잘 수가 없다. 이 약을 먹지 않으면 잠을 못 잘 것만 같다.

얼굴을 와락 찌푸린 공현은 약을 집어 들었다.

'먹어서 없애주지!'

공현은 초록색 알약을 입안에 털어 넣은 후, 물을 벌컥벌컥 마셨다.

홀로 식탁에 앉아 아침 식사를 하던 이준은 닫혀 있는 안방 문을 흘깃댔다.

"자나? 안 자나? 약은 먹었나? 안 먹었나? 거참, 신경 쓰이게 만드네. 후우."

지독해서 병에도 안 걸릴 줄 알았는데, 아프다니까 의외이기도 하면서 아주 조금 신경 쓰였다. 그러다 이준은 고개를 가로저었다. 공현의 성격상 자신의 걱정을 귀찮아할 게 분명했다.

이준은 고개를 가로저은 후 아침 식사에 집중했다. 싱크대에 그릇을 가져다 놓은 후 방으로 돌아왔다. 약을 꺼내느라 헤집어진 가방을 정리하기 위해 무릎을 접고 앉았다.

"오늘은 운동해야지. 근력 운동도 하고, 유산소 운동도 하고……."

잡생각을 털어내기 위해 일부러 혼잣말을 하며 이준은 가방을 주섬주섬 챙기다가 멈칫했다. 공현에게 건네준 알약의 케이스를 드는 이준의 손끝이 가늘게 떨렸다.

"변비, 한 번에 해결······?"

자신이 읽고, 자신이 놀란 이준은 잠시 생각에 빠졌다.

이게 왜 여기 있을까. 변비와 전혀 관련 없는 자신인데 말이다.

아무래도 윤공현에게서 한시도 떨어지면 안 된다는 윤소환의 말에 따라 각종 상비약을 챙기던 와중에 이모의 약인 변비약이 들어온 모양이었다. 그걸 까맣게 잊은 자신은 케이스의 색만 보고 종합감기약인 줄 알고 뜯은 것이었다.

이준은 다급하게 약을 꺼냈다. 공현에게 건네준 약이 확실했다. 급한 마음에 케이스도 확인하지 않고 알약만 뜯어서 가져다준 것이 화근이었다. 약을 바닥에 내려놓은 이준은 황망한 얼굴로 눈만 깜빡였다.

"어쩌지······."

이 사실을 알면 윤공현은 자신을 반으로 쪼개려고 달려들지도 모른다. 깊게 고민하던 이준은 공현이 자신이 준 약을 먹지 않았을 거라 판단했다. 아무리 생각해 봐도 의심 많은 윤공현이 자신이 준 약을 덥석 먹을 리가 없었다.

"그래, 나중에 약만 찾아서 버려야지. 그래, 그럼 될 거야."

이준은 걱정에 휩싸인 스스로를 서둘러 달랬다.

❖　　❖　　❖

"너, 그 약 뭐야?"

여섯 시간 만에 공현은 얼굴이 반쪽이 되어 안방에서 나왔다. 때마침 공현에게 가져다줄 거라고 따뜻한 보리차를 끓이던 이준은 흠칫하며 돌아섰다.

"⋯⋯예?"

"그 약 뭐냐고."

공현이 쩍쩍 갈라진 목소리로 음산하게 물었다.

"그 약 먹었어요?"

"왜? 독약이라도 되나 보지?"

서 있을 힘도 없다는 듯 공현은 의자 등받이를 쥔 채 매섭게 노려보았다.

"아뇨. 그럴 리가요. 단순한⋯⋯ 감기약이에요."

이준은 양심이 콕콕 찔렸으나 태연한 척 웃었다.

"케이스 가져와 봐."

"없는데요."

"출처도 불분명한 약을 먹였다는 거야?"

공현의 미끈한 미간이 좁아졌다.

"감기약 맞아요. 왜요? 다른 증상이라도 있어요?"

"그거야!"

쏘아붙일 것처럼 말문을 열던 공현은 숨을 깊게 들이마시며 눈을 감았다. 자신의 입으로 말하기엔 치욕스럽다. 한숨을 내쉰 공현은 피곤한 듯 눈을 억지로 추켜올리며 물었다.

"확실히 감기약이라는 거지?"

"네."

"후우, 그럼 한 알 더 갖고 와."

공현의 미끈한 검지손가락이 허공에서 까딱거렸다. 동시에 지은 죄가 있는 이준의 얼굴이 하얗게 질렸다.

지금 저 의심 많은 인간이 뭐라는 거야.

"왜요?"

되묻는 이준을 못마땅하게 바라보던 공현은 몸을 곧게 세웠다. 그리고는 휴대폰을 꺼내 빠르게 무언가를 써서 전송했다. 이윽고 이준의 휴대폰이 딩동 하고 울렸다. 이준은 주머니에서 휴대폰을 꺼내 들었다.

─목 아프니까 말 길게 시키지 마. 독감인가 봐. 평소에 없던 증상까지 보여. 그러니까 약 좀 더 줘봐.

공현에게서 온 메시지를 보며 이준은 눈을 깜빡거렸다. 평소에 없던 증상이 설마……. 이준은 마른침을 꼴깍 삼켰다.

"설마, 드시게요?"

─어.

"안 돼요!"

—왜?

"어, 없어요. 그게 마지막 감기약이었어요."

더 먹으면 당신 죽어!

이준은 차마 못 할 말을 삼키며 어색하게 웃었다. 공현은 미심쩍은 표정으로 이준을 바라보았다.

"대신 따뜻한 보리차 마시고 있어요. 안 그래도 사장님 주려고 팔팔 끓여놨으니까요."

이준은 머그컵에 뜨거운 보리차와 차가운 물을 적당하게 섞어 공현에게 내밀었다. 공현은 얼굴을 찌푸린 채 머그컵을 바라만 보고 있었다. 하는 수 없이 이준은 공현의 손을 잡아 머그컵을 쥐어주었다. 어딜 손대냐며 난리법석을 피울 거라는 예상과 달리 아파서인지, 아니면 거부할 타이밍을 놓친 건지 공현은 순순히 받아 들었다. 그러다 이준의 시선이 공현의 손에 꽂혔다.

"우와, 손이 참 예쁘네요. 부럽게."

이준은 머그컵을 쥐고 있는 공현의 손을 바라보며 감탄했다. 실제로 공현은 손가락이 길고 손이 하얘서 참 예뻤다. 어릴 적부터 이런저런 일을 하느라 고생해 투박한 자신의 손과 달랐다.

"신기해요, 남자가 이런 손이라니."

공현은 자신의 손을 신기하게 바라보는 이준을 물끄러미 바라보았다. 신기한 건 피차일반이었다. 공현은 남자가 맞나 싶을 만큼 속눈썹이 길게 휘어져 있는 이준의 눈을 보았다. 수염 자국도 없고, 턱 선도 가늘었다. 특히나 하얀 피부가 잡티 하나 없이 말끔했다. 청년보단 소년의 느낌에 가까웠다.

이런 소년에게 안전을 보장받고 있었나.

공현은 새삼 황당했지만, 아무 말도 할 수 없었다. 아까부터 이준의 시선이 닿은 손끝이 유난히 뜨거웠던 탓이었다.

이건 대체 무슨 증상인 건지.

"약국 갔다 올게요. 증상은 문자로 보내주세요. 약사한테 말해서 약 처방받아 올 테니까요."

공현은 휴대폰을 들었다.

"됐어, 필요 없어, 라는 말은 사양합니다."

이준의 말에 액정을 두드리던 공현의 손가락이 멈칫했다. 실제로 그 말을 치고 있던 중이었다. 눈동자만 움직여 이준을 바라보았다.

"사장님이 하는 말이야 뻔하죠. 고맙다는 말을 원래 까칠하게 하잖아요. 친구 사이에 그런 말 하는 거 아닙니다. 다녀올게요! 그동안 거기 있는 물 다 드셔야 해요! 따뜻한 물 많이 마셔야 얼른 낫거든요! 사장님의 매력은 까칠한 말이라고요!"

이준은 공현이 잡을세라 거실을 가로질러 뛰어가며 우렁차게 소리쳤다. 이윽고 현관문이 쿵 하고 닫히는 소리가 들렸다.

갑자기 세상이 고요해졌다. 마치 모든 소리가 종적을 감춘 것처럼. 조금 낯선 기분에 사로잡힌 공현은 얼굴을 구겼다.

그 약은 감기약이 아닌 게 틀림없었다. 그렇지 않고서야 자신이 이런 기분이 들 리가 없었다.

공현은 공연히 따뜻한 물이 담긴 물잔을 노려보았다. 괜히 불쾌해졌다. 싱크대로 성큼성큼 다가간 공현은 따뜻한 물을 반쯤 버리다 멈칫했다.

"친구 사이에 그런 말 하는 거 아닙니다!"
"사장님의 매력은 까칠한 말이라고요!"

귓가에 그 목소리가 쨍하게 울렸다. 친구는 누가 친구라는 건지. 생글생글 웃는 그 얼굴도 꽤 신경 쓰였다. 공현은 입안의 살을 씹으며 반 정도 남은 물을 노려보았다. 여러모로 신경 쓰이게 한다.

먹어서 없애주지!

잠시 고민에 빠져 있던 공현은 결국 머그잔에 들어 있는 물을 마셨다.

뜀박질을 하는 동안 이준의 흰 셔츠가 눈부시게 팔락거렸다.

"잠시만요."

경비원의 말에 바쁘게 건물 안으로 뛰어 들어가던 이준이 다급하게 걸음을 멈춰 세웠다. 이준의 까만 머리카락이 파도처럼 흔들렸다.

"무슨 일이시죠?"

"여기 소포 왔습니다."

경비원이 소포를 내밀었다.

"네."

이준은 경비원이 내미는 소포를 받아 들었다. 엘리베이터에 올라탄 이준은 흘깃 소포를 보았다가 발신인이 없는 것을 보곤 미간을 좁혔다.

설마?

이준은 손에 들고 있던 약봉지를 입에 물고서 종이상자를 뜯었다. 손바닥만 한 종이 상자 안에 여러 장의 사진이 담겨 있었다. 모두 다 공현의 사진이었다. 그 사진들 중 자신도 포함되어 있었다. 사무실에서 나오는 공현의 모습, 출근하는 모습, 더 심각한 것은 외부인은 출입할 수 없는 이 건물의 지하 주차장에서의 사진까지 있다는 것이었다. 이준의 얼굴이 단박에 심각해졌다.

자신의 지척에서 사진을 찍고 있는 것도 몰랐다. 사진을 찍을 시간이 있었다는 건, 해할 수 있는 시간도 충분했다는 것이었다. 그런데 경고 삼아 이런 사진만 보냈다.

이준의 시선이 다시 사진으로 향했다. 어떤 메모도 없이 담긴 사진은 마치 '지켜보고 있다.'라고 말하는 듯했다.

그러다 문득 무언가 생각이 난 듯 이준은 고개를 치켜들었다. 이준은 한 번 본 사람을 모두 기억했다. 그런 이준의 머릿속에 방금 전 그 경비원은 처음 보는 얼굴이었다. 그렇다면 그 경비원 또한 자신을 처음 보았다는 말인데, 수신인이 '윤공현'으로 되어 있는 소포를 자신에게 건네주었다. 처음부터 자신을 알고, 기다리고 있었던 거다.

갑자기 뒷덜미가 쭈뼛거리며 등허리가 서늘해졌다. 곧장 1층으로 다시 내려갔으나, 그 경비원은 어디에도 없었다. 다급하게 건물 밖으로 나가 경비소로 뛰어가자 익숙한 경비원이 그녀를 알아보곤 다가왔다.

"무슨 일이시죠?"

"방금 A 쪽 입구에 서 있던 경비원 어디 갔어요?"

"경비원이요? 지금 경비 인원은 저희 둘뿐인데요."

경비원은 마주 오고 있는 또 다른 젊은 경비원을 가리키며 무슨 소리냐는 얼굴로 말했다.

"지금 경비원이 두 사람밖에 없다고요?"

"네."

"하아."

"무슨 일이세요?"

하얗게 질려가는 이준의 얼굴을 확인한 경비원이 잔뜩 긴장한 채 물었다. 이준은 대답하는 대신 경비소 안에 설치되어 있는 CCTV를 보았다. 고화질로 되어 있는 CCTV, 그 어디에도 방금 전 남자가 서 있던 곳은 비추고 있지 않았다. 아마 그 남자는 CCTV가 비추지 않는 쪽으로 들어와서 소포를 주고 갔을 가능성이 높았다.

이준의 머릿속이 빠르게 돌아갔다. 택배인 척 맡겨도 될 일이다. 왜 일부러 위험을 자초해서 이곳까지 들어와 자신에게 직접 소포를 건네주었을까. 경고일까.

"문제라도 생긴 거라면 저희가……."

"아뇨. 나중에 말씀드릴게요."

이준은 일단 이 일을 크게 확대시키지 않기로 했다. 의아하게 쳐다보는 경비원에게 가볍게 목례를 한 후 건물로 들어서던 이준은 주변을 둘러보았다. 그 어디에도 사람이 없었다. 그럼에도 어디선가 자신을 지켜보는 듯한 섬뜩한 기분이 들었다.

집으로 돌아온 이준은 일단 작은 상자와 사진을 자신의 방에 밀어두었다. 공현에게 말할 땐 하더라도, 일단 그의 회복이 우선이었다. 거실로 들어오자마자 얼굴을 찌푸린 채 빈 컵을 들여다보고 있는 공현을 보았다. 이준은 뜨끔하고 놀랐으나 아무렇지 않은 얼굴로 그에게 다가섰다.

"거기서 뭐 해요?"

"물맛이 이상해."

공현의 목소리는 여전히 쩍쩍 갈라졌다.

"보리차라서 그럴 거예요."

"약이나 줘."

그는 목이 많이 아픈지 얼굴을 찌푸린 채 손바닥을 내밀었다. 지은 죄가 많은 이준은 얼른 공현의 손바닥에 약봉지를 올려놓았다. 공현은 약 케이스를 꼼꼼히 살핀 후 안심한 듯 뜯었다. 예전 같으면 치밀한 그의 성격을 보며 '복 달아날 인간'이라고 혀를 끌끌 찼겠지만, 오늘은 소포를 봐서인지 공현의 태도가 이상해 보이지 않았다.

갑자기 불쑥 나타나 경비원인 척 자신에게 소포를 건네준 낯선 남자. 자신의 일거수일투족이 고스란히 찍힌 사진.

경계심이 생기는 게 어쩌면 당연한 것처럼 느껴졌다.

"몇 살부터 협박당했어요?"

갑작스러운 이준의 물음에 약을 삼키던 공현의 얼굴이 찌푸려졌다.

"그건 왜?"

"궁금해서요. 알면 도움이 될 것 같기도 하고……."

공현은 물컵에 담긴 물을 한 번에 들이켜곤 부엌으로 들어갔다. 이준은 그의 뒷모습을 물끄러미 바라보았다.

역시나 대답을 안 해주려나. 자신이 협박범을 찾겠다고 나서는 것부터 마뜩잖아한 공현이었다. 더군다나 사촌 형인 소환에게도 언제부터 협박을 당했는지 일언반구도 하지 않았다고 했다. 그렇다면 자신에게 더욱더 대답할 리 없었다.

"열여덟."

이준이 대답 듣기를 포기할 즈음, 싱크대에 컵을 내려놓으며 공현이 덤덤하게 답했다.

"열여덟 살 때부터 지금까지 줄곧요?"

"어."

이준은 자신도 모르게 마른침을 꼴깍 삼켰다. 열여덟 살이면 이태와 같은 나이였다. 강한 척, 센 척 다 해도 결국은 누군가의 손길을 필요로 하는 꼬맹이에 불과했다. 그때부터 11년간 공현은 홀로 다 감수하고 있었던 거다.

"왜 아무한테도 말하지 않았어요? 형이나 다른 사람들한테 도와달라고 하면 되잖아요."

"목 아파. 이제 그만 물어."

공현은 더 이상의 대화를 사양하겠다는 듯 손을 들어 보였다. 목이 많이 아픈지 그의 얼굴이 한껏 구겨져 있었다. 이준은 더 이상 묻지 못하고 낮은 한숨을 내쉬며 공현을 보았다.

"쓸데없는 짓 하지 말고 조용히 있어."

공현은 특유의 냉담한 얼굴로 흘깃 보고는 자신의 방으로 들어갔다.

"꼭 말을 해도 저렇게…… 쯧."

이준은 닫힌 문을 보며 혀를 찼다. 한숨을 훅 내쉰 이준은 방으로 들어갈까 하다가 부엌으로 들어갔다. 결벽증이 하늘을 찌

유일한적수

르는 윤공현이 웬일로 마신 컵을 곧바로 씻지 않고 싱크대에 내 버려 두었다.

"정말 많이 아픈가 보네."

이준은 공현이 쌓아놓은 몇 가지 설거지를 마친 후 부엌을 휘휘 둘러보았다. 특별히 할 일이 없어 보였다. 방으로 건너가서 윗몸일으키기를 할까 고민하던 이준은 발길을 쌀독 앞으로 돌렸다.

죽을 좀 만들어놓을까.

버릇없고, 제멋대로인 데다가, 말 못 되게 하는 데는 지구상 1등일 게 틀림없는 공현이지만, 며칠 새 못난 정이 들었는지 아프다니까 신경 쓰인다.

거기다가 목감기만 앓으면 되는 사람을 화장실까지 들락날락하게 만들지 않았던가. 지은 죄가 많은 이준은 어쩔 수 없이 팔을 걷어붙였다.

희미한 영상. 빠르게 오가던 남자들의 목소리.

무언가가 고통스럽게 가슴을 내리눌렀고, 죽을 것 같은 압박을 못 견딘 공현은 눈을 번쩍 떴다. 가슴이 빠르게 아래위로 움직이며 거친 숨을 토해내고 있었다. 깜깜한 자신의 방을 보고서야 꿈을 꿨다는 것을 안 공현은 눈을 감으며 고개를 떨구었다. 지독하게 피곤하고 아플 땐 이따금씩 이런 꿈을 꾸곤 했다.

지독하고, 진득한 악몽.

이마를 짚자 땀이 흥건했다. 자리에서 일어난 공현은 비척 거리며 걸어가다 방문 고리를 잡은 채 휘청거렸다. 입술 새로 흘러나오려는 욕지거리를 꽉 눌러 참으며 공현은 방문을 열 고 나갔다. 집 안이 텅 빈 것처럼 고요했다. 거실 시계를 보자 새벽 3시가 넘어가고 있었다. 이 시각이면 소음의 주범인 보 디가드도 잠들었을 시각이었다.

부엌으로 들어간 공현은 컵을 들고 정수기 앞에 섰다. 정수기 위에 포스트잇이 붙어 있었다.

—찬물 마시지 말고 따뜻한 보리차 마셔요. 그쪽의 친구.

친구는 누가 친구란 말인가.

공현은 철이 들면서 친구라는 존재를 믿지 않았고, 만들지 않 았다. 결국 친구도 자신의 잇속과 계산을 품고서 자신에게 다가 오는 사람에 불과했다.

공현은 포스트잇을 빠르게 떼어냈다.

—어허, 말 좀 들어요. 내가 붙인 포스트잇 막 버리고 그러면 안 돼 요! 그쪽의 친구.

그 아래에서 포스트잇이 또 튀어나왔다. 공현은 설마 하는 마음으로 또 포스트잇을 뜯어냈다.

—돌아서서 가스레인지 위에 놓인 주전자에 담긴 보리차를 마신다! 실시! 그쪽의 친구.

군대도 안 갔다 왔을 것처럼 생긴 녀석이, 실시는 무슨.

공현은 분홍색 포스트잇을 무참히 떼어냈다. 더 이상 포스트 잇은 없었다. 공현은 자신의 손안에서 구겨진 세 장의 포스트잇을 기가 막힌 얼굴로 쳐다보았다. 포스트잇을 다 떼어냈는데 왜 인지 정수기 물을 마시기 싫어졌다.

보리차인지 뭔지 보기만 하자.

포스트잇을 휴지통에 버린 공현은 느릿하게 가스레인지 앞에 섰다. 주전자엔 아직도 열기가 폴폴 오르는 보리차가 한가득 담겨 있었다. 주전자 뚜껑 위에 포스트잇이 붙어 있었다.

—좌측엔 죽 있어요. 배고프면 먹어요. 그쪽의 친구.

공현의 시선이 옆으로 돌아갔다. 냄비에 흰죽이 담겨 있었다. 방금 전까진 괜찮았는데, 죽을 보니 괜히 배가 고파졌다.

또 설탕 타놓은 거 아냐?

입맛이 외계인 급이라 믿을 수가 없다. 잠시 고민하던 공현은 숟가락으로 죽을 한입 퍼먹었다. 다행히 멀쩡했다. 문제는 죽이 한입 들어오자 허기가 지기 시작했다는 것이다. 생각해 보니 점심과 저녁을 모두 거른 채 잠만 잤다.

"버리면 아까우니까."

공현은 스스로에게 변명하듯 그 말을 덧붙인 후, 보리차를 담은 물컵과 냄비를 들고 식탁에 앉았다. 죽은 식어서 퍼질 대로 퍼져 있었지만, 목 넘김이 좋아 생각보다 술술 잘 넘어갔다. 어느새 냄비 안이 텅 비었다. 공현은 빈 냄비 그릇을 물끄러미 바라보았다.

얼마 만이었더라, 죽을 먹은 게?

언제 마지막으로 아팠는지 기억이 나질 않는다. 아주 오래 전인 것 같다. 그보다 더 희미한 것은 누군가의 보살핌이었다. 죽, 약, 보리차, 모두 다 아플 때 먹으면 좋다는 걸 알면서도 남의 것처럼 낯설기만 했다. 그 낯선 일을 보디가드가 해주었다.

문제는 기분이 썩 나쁘지 않다는 것.

남들은 모두 아플 때 이런 보살핌을 받으면서 지내는 걸까.

공현의 눈빛이 짙게 물들었다. 그럼 저 보디가드 녀석이 아플 땐 누가 이런 보살핌을 해주었을까. 가족이 있을까?

이런저런 생각을 하던 공현은 자신이 보디가드에 대해 궁금해한다는 것을 깨닫고는 얼굴을 구겼다.

"죽에 약을 탄 게 틀림없어."

자리에서 일어난 공현은 공연히 죽 탓을 하며 싱크대로 성큼 성큼 다가갔다. 냄비와 물컵을 가져다 놓으려던 공현의 손이 멈 칫했다. 자신이 쌓아놓은 설거지거리가 말끔하게 사라져 있었 다. 누구의 짓인지 확인하지 않아도 알 수 있었다. 간단히 설거 지를 마친 후 부엌에서 나온 공현은 이준의 방이 있는 곳을 흘 긋 바라보다가 인상을 찌푸렸다.

"……잘 먹었다. 난 말했다."

공현은 누가 들었을세라 빠르게 몸을 돌려 자신의 방으로 돌 아갔다.

평소보다 일찍 일어난 이준은 곧장 침대에서 내려와 꽁꽁 숨 겨둔 박스를 꺼냈다. 그 속에 들어 있는 사진을 꺼내 한 장씩 뚫 어져라 살펴보았다. 사진이 찍힌 방향, 날짜를 곱씹으며 그날의 기억을 되살리려고 노력했다. 대충 다니는 것처럼 보여도 직업 의 특성상 빠르게 주변을 둘러보고 확인했고, 기억력이 좋은 이 준은 대부분의 상황을 기억했다.

"이날은……."

공현과 주차장에서 실랑이를 하던 날이었다. 대각선의 방 향엔 자동차밖에 없었다. 자동차 안에서 찍었다는 말인데, 그렇다면 이 건물 안에 사는 사람일 수도 있고, 이 건물에 사는 사람의 사주를 받은 누군가의 행동일 수도 있단 말이었다. 습관처럼 엄지손가락을 깨물고 있던 이준은 자리에서 벌떡 일어났다.

"일단 밥 먹고 생각하자."

머리가 맑아도 배가 고프니 생각이 이어지질 않는다. 깔끔한 공현을 위해 귀찮음을 무릅쓰고 샤워를 마친 이준은 곧장 부엌으로 들어갔다. 정수기에 붙은 포스트잇이 모두 사라지고, 죽이 담겨 있던 냄비도 깨끗하게 씻긴 채 건조대에 얌전히 놓여 있었다.

"언제 챙겨 먹었대?"

이준은 픽 웃으며 물기 마른 냄비를 수납장 안에 챙겨 넣었다.

공현은 툴툴대고 까칠하게 굴어도 나쁜 사람은 아니었다. 더군다나 어제 오후에 소포를 받고서야 이준은 공현의 상황을 조금 인지했다. 공현은 누군지도 모르는 사람에게 협박당하고, 감시당하고 있다. 그런 상황에서 성격이 좋을 리 없었다. 아무리 신경줄이 고래 힘줄과 맞먹는 자신이라고 해도 날카로워질 수밖에 없었다.

"그래, 열여덟이라고 생각하고 좋게 봐줘야지."

이준은 한숨을 훅 내쉬며 하루라도 빨리 범인을 색출해야겠다 생각할 때였다.

"뭘."

"아, 깜짝…… 흐읍."

등 뒤에서 들리는 목소리에 깜짝 놀란 이준은 반쯤 헐벗다시피 서 있는 공현을 보곤 흡, 하고 숨을 들이마셨다. 하체에 샤워 타월만 감은 공현의 몸 위로 채 닦지 못한 물방울들이 또르르 굴러다녔다.

"사람 몸 처음 봐?"

싱크대에 딱 달라붙은 채 눈을 부릅뜨고 있는 이준을 보며 공현이 얼굴을 찌푸렸다.

"아뇨. 갑자기 그러고 나오니까 당황스럽잖아요."

이준은 억지로 시선을 천장으로 돌리며 대답했다. 직업의 특성상 여자보단 남자와 엉켜 놀 때가 더 많았고, 어린 시절부터 남자친구도 많았던 이준이었다. 남자의 몸이라면 질릴 만큼 봤다고 자부했는데 공현의 나체는 뭔가 달랐다.

떡 벌어진 어깨, 탄탄한 몸매, 그중 단연 압권은 언제든 풀려도 이상할 게 없어 보이는 엉성한 매듭 위로 보이는 골반이었다. 만약 저 매듭이 풀어지는 순간…… 안구의 순결이 사라지겠지.

이준은 서둘러 고개를 가로저었다.

저건 돌이다. 돌 나부랭이야. 그냥 돌로 만들어진 다비드상 같은 거다.

이준은 서둘러 머릿속에 피어오르는 불순한 상상을 불식시키기 위해 스스로를 세뇌했다.

"너, 뭐 해?"

공현은 천장을 바라보며 넋을 놓은 이준을 이상하게 쳐다보며 물었다.

"아뇨. 그냥, 별거 안 해요."

그쪽이 허리에 두르고 있는 타월이 풀어지는 상상을 잠시 했어요, 라고 할 순 없는지라 이준은 입을 다물었다. 그러자 공현은 마뜩잖은지 혀를 끌끌 찼다.

"그 꼴로 나오신 이유가 뭐예요?"

이준은 서둘러 대화의 주제를 돌렸다.

"물 한 잔 마시고, 옷 걸으려고. 갈아입을 옷이 없잖아."

공현은 손끝으로 창고에 놓인 건조대를 가리켰다. 그곳엔 공현의 흰색 니트가 널려 있었다. 공현에겐 징크스가 있었다. 좋아하는 옷을 입어야만 작업이 잘 된다는 것. 지금처럼 속도를 높여 프로그래밍에 힘써야 할 땐 더더욱 저 옷을 입어야만 했다. 그걸 대충 눈치채고 있던 이준은 별다른 말을 하지 않았다.

공현은 물을 한 잔 마신 후 창고에서 니트와 헐렁한 트레이닝 바지를 챙겼다.

"목소리가 멀쩡하네요. 벌써 다 나았어요?"

이준은 공현을 보며 물었다.

"어."

"짐승 같은 회복력이네요."

"말에 뼈가 있다?"

공현이 눈을 치켜뜨며 물었다. 그러자 이준은 냉큼 손을 들었다.

"그럴 리가요. 아침부터 먹어요. 사장님이 어서 먹어야 저도 밥 먹으니까요."

"밥 차려."

"뭐 그런 거까지 절 시키고 그럽니까?"

"날 배려……."

"예, 예, 어련하실까요. 유리처럼 투명하고 연약한 분인데 제가 알아서 모셔야죠. 밥 차려놓을게요. 들어가서 옷이나 갈아입어요. 반나체로 돌아다니지 말고요."

이준은 어련하겠냐는 듯 건성으로 대답했다. 이준의 대답이 마음에 들지 않는 듯 공현은 눈썹을 추켜올렸으나, 표정과 달리 별다른 말 없이 방으로 들어갔다. 이준은 공현이 들어간 문을 대신 노려보다가 걸음을 돌려세웠다. 식탁 위에 맛깔스러운 밥상을 차리자마자 어떻게 알았는지 공현이 방에서 나왔다.

"빨리 밥 먹어요. 저, 진짜 배고프거든요. 꼭이요."

이준은 식탁에 앉는 공현을 보며 간절한 얼굴로 말했다. 밥상을 따로 차릴 수 있으나, 그러기엔 이 집의 그릇이 몇 개 되질 않았다. 공현의 살림살이는 모두 1인용이었다. 수저는 다행히

여벌로 두세 벌 있다지만 밥그릇과 국그릇이 하나씩밖에 없었다. 그 때문에 임 씨 아줌마도 반찬을 만들 뿐 이곳에서 식사를 하지 않는다고 했다. 살림살이마저 이기적이었다.

"앉아."

식탁 앞에 우아하게 앉은 공현은 턱짓으로 맞은편 자리를 가리켰다. 그런 공현을 보며 이준은 혀를 내둘렀다.

"와, 진짜 사장님 못된 사람이네요. 밥 먹는 거 구경하라고요?"

"앉아서 먹으라고."

"네? 같…… 이요?"

이준은 자신이 제대로 들은 게 맞는지 의심스러운 얼굴로 공현을 보았다.

"그럼 네가 밥 먹는 걸 내가 구경할 사람 같아?"

"누구랑 같이 밥 먹는 거 못한다면서요?"

"네가 거실에 앉아서 초조하게 다리 떨면서 내 뒤통수를 쏘아보고 있을 게 더 끔찍해. 싫어? 싫으면 네 방으로 유배 보내줄까?"

"아뇨. 싫을 리가요. 지금 사장님의 배려에 감읍하고 있는 얼굴 안 보여요? 있어봐요. 같이 먹게."

이준은 냉큼 접시를 들고 와 밥을 퍼 담았다.

"밥이야, 산이야?"

공현은 접시에 수북하게 담긴 이준의 밥을 보며 물었다.

"밥이요. 배고팠거든요."

이준은 숟가락 가득 밥을 펐다. 접시라 불편했으나 못 먹는 것보단 나았다. 씩씩하게 식사하는 이준의 모습을 공현은 물끄러미 바라보았다. 볼이 미어터지게 밥을 넣고는, 반찬도 두세 개씩 집어먹는다. 교양과 식사 예절 따윈 안드로메다로 날린 듯한 이준의 폭풍 식사를 보며 공현은 기가 막혔다. 누가 보면 며칠간 굶긴 줄 알겠다.

"사장님은 왜 안 먹어요?"

공현의 밥그릇에 담긴 밥의 양이 그대로였다. 공현의 입술이 비스듬하게 휘었다.

"보는 것만으로도 배부르다는 말이 뭔지 알겠네."

"절 보면 다들 그래요. 보는 것만으로도 뿌듯하시죠?"

"칭찬 아니야."

"칭찬이 아니라 감탄이라는 거 알아요. 어서 식사하세요. 여기 있는 반찬 제가 다 흡입하기 전에요."

이준은 자신이 아무리 부정적으로 말해도, 기가 막히게 긍정적으로 해석했다. 그 때문에 자신의 독설이 힘을 잃었다. 그래서 더 쳐다보게 되고, 시비 걸고 싶게 되고, 건드리고 싶어진다. 공현의 눈이 가늘어졌다.

괴롭히고 싶다.

공현의 마음에 삐딱한 반항심이 피어올랐다.

이준은 이를 바득바득 갈았다. 식사를 마친 후 '배려'를 운운하는 공현 때문에 결국 설거지는 이준의 몫이었다. 공현의 배려를 가장한 진상엔 도가 튼 이준이라 거기까진 개의치 않았다. 문제는 하루에 한 시간씩 함께하는 게임 시간이었다.

"내기해. 게임에서 진 사람이 이긴 사람의 명령 듣기. 자신 없으면 도망치던지."

까칠하게 던지는 공현의 도발에 넘어간 자신의 잘못이었다. 아무리 이미지트레이닝을 한다고 하더라도 개발자보다 게임을 더 잘하는 공현을 이길 리 없었다. 게임에서 진 것도 분한데 공현은 화보집에서나 나올 법한 여유로운 표정으로 말했다.

"물."

한 글자로 모든 명령을 압축하는 공현의 작태에 이준은 이를 바득바득 갈면서 부엌으로 들어섰다. 물을 떠다 바치자, 공현은 인상을 확 찌푸리며 고개를 가로저었다.

"보리차."

"물이라면서요!"

"보리차도 물이야."

공현의 입술이 느슨하게 올라갔다. 동시에 이준의 얼굴이 와락 구겨졌다. 평소의 평온함을 상실한 채 씩씩거리는 이준의 뒷모습을 보며 공현은 픽 웃었다.

피할 수 없다면 즐겨라. 저 보디가드를 피할 수 없으면, 괴롭히는 걸로 대신 즐기면 될 일이었다. 저러다가 지치면 나가떨어지겠지. 그럼 이쪽에선 고마운 일이고.

공현은 그렇게 생각하며 느긋하게 이준을 기다렸다.

"여기요!"

이준이 내민 물을 공현이 물끄러미 쳐다보았다.

"이게 뭐야?"

물컵 위에 부추 조각이 떠 있었다.

"급하게 드시다가 체하실까 봐요."

이준의 얼굴에 때아닌 웃음꽃이 피어 있었다.

"부추 안 씻은 거지?"

"그럴 리가요."

"다시 떠와."

"악!"

이준은 돌아서며 공룡 소리를 냈고, 공현은 저도 모르게 큭 하고 웃었다.

"여기요!"

이준이 씩씩거리며 물컵을 내밀었다. 공현은 물컵을 TV 수납장 아래에 두었다.

"안 마셔요?"

"이젠 괜찮아졌어."

이준은 입술을 꼭 씹었다. 보리차에 소금을 탔는데, 귀신같은 윤공현이 피했다. 이를 바득바득 갈며 게임 화면을 쳐다보던 이준이 눈을 번쩍 떴다.

"사장님, 게임 종목을 바꿔요!"

"어떤 걸로?"

"오목이요."

"오목?"

난생처음 들었다는 듯 공현은 반문했다.

"바둑이랑 비슷한 거예요."

"바둑판 집에 없어."

"종이랑 펜만 있으면 돼요. 왜요? 자신 없으세요? 하긴, 게임 잘한다고 머리가 다 좋은 건 아니니까요. 보통 사람은 자기가 잘하는 몇몇 게임만 잘한다고 하더라고요. 그래서인지 사장님네 게임 회사에서 퍼즐게임이 안 나오는 거군요."

이준의 노골적인 도발에 공현은 기가 막혔다. 지나치게 노골적이라서 그다지 도발적이지 않았다. 다만 이준의 자신만만한 콧대를 누르고 싶어졌다. 괴롭히고 싶기도 했고. 또 오목이라는 게임이 뭔지 궁금하기도 했고.

"종이랑 펜, 가져와."

공현은 팔짱을 낀 채 여유롭게 말했고, 이준은 입술을 씹으며 웃음을 참았다.

"단, 내기는 계속 유지되는 겁니다."

"좋아."

"번복하기 없어요."

"그래."

공현의 확답을 받은 후, 이준은 자리에서 벌떡 일어나며 음흉한 미소를 지었다.

공현의 미간이 좁아지며 동시에 고개가 아래로 숙여졌다. 진지하게 고심하는 공현의 얼굴을 보며 이준은 웃음을 참을 수 없었다. 어떤 자리에 놓아도, 이번 판은 자신의 승리였다. 아무리 윤공현이 똑똑하다고 한들, 어린 시절 오목과 함께 커온 자신을 첫판부터 이길 순 없는 일이었다. 이준이 의기양양하게 공현의 정수리를 쳐다보았다.

"……내가 졌네."

몇 가지 경우의 수에 따라 눈으로 패를 놓아보던 공현이 덤덤하게 패배를 시인했다. 동시에 이준의 얼굴에 웃음꽃이 활짝 피었다.

"아까 했던 약속 기억하죠? 내기는 계속, 쭈욱, 되고 있다는 거."

"기억하고 있어."

"다행이네요. 오리발 내밀면, 그 발 뽑아버리려고 했는데."

이준은 얄밉도록 생글생글 웃었다. 긴 눈이 사르륵 접히는 걸 보며 공현은 눈을 가늘게 떴다. 이준이 활짝 웃는 걸 정면에서 볼 때마다 느끼는 건데, 도무지 남자 같지가 않다. 첫인상은 분명 미소년과의 남자라고 생각했는데, 왜 볼수록 그런 느낌이 없는 건지. 그렇다고 해서 남자가 아닐 리가 없다. 뒷조사를 해본 결과 이 보디가드는 분명히 남자가 확실했다. 더군다나 미치지 않고서야 여자가 남자 행세를 하면서 남자 혼자 사는 집에 들어왔을 리는 없을 테고. 혹시나 하는 마음에 확인해 볼까 싶었지만 관두기로 했다. 타인과의 스킨십을 세상에서 가장 경멸하는 자신이었다. 더군다나 어디서 갑자기 툭 튀어나왔는지도 모를 저 남자애의 몸을 만지고 싶진 않았다. 보는 것도 싫었고.

이런저런 생각을 공현이 하는 사이, 이준은 계속해서 음흉한 미소만 짓고 있었다.

"뭘 시킬 건데? 어서 시켜."

공현은 빨리 말하라는 듯 재촉했다.

"어려운 거 아니에요. 사장님이 절 개 부리듯이 한 거에 비하면 전 정말 천사 같은 조건을 걸 거거든요."

"그러니까 그게 뭐냐고."

"앞으로 저를 친구야, 라고 부르세요."

"……."

공현의 얼굴이 순식간에 구겨졌다. 공현은 자신의 귀를 의심했다. 저 남자도, 여자도 아닌 제3의 성 같은 게 뭐라고 한 건가.

"너 지금 뭐라고 그랬어?"

"친구야, 라고 절 부르라고요."

"차라리 개 부리듯이 부려먹어."

"에이, 사장님을 어떻게 부려먹어요."

뺀질거리며 대답하는 이준을 바라보던 공현은 잠시 눈을 질끈 감은 채 호흡을 골랐다.

"난 스무 살 이후로 친구 같은 거 안 만들어."

공현이 이를 깨문 채 말했다.

"그 최초의 친구가 제가 되는 영광을 드린다니까요."

"미친……."

"미친 거 아니고, 돌은 거 아니고, 술 마신 것도 아닙니다. 아주 멀쩡한 상태예요. 그러니까 저를 앞으로 친구야, 라고 부르시면 돼요. 차암 쉽죠?"

"……."

"설마 약속해 놓고 어기려고 하는 건 아니죠? 그럼 전 하루 종일 사장님을 괴롭힐 거예요. 이를테면 사장님 뒤를 졸졸 따라다닌다거나, 사장님 안방에 쳐들어간다거나, 혹은 사장님 앞에서 24시간 알짱댄다거나."

제3의 인간 같은 이준은 한다면 한다는 것을 잘 아는 공현은 숨을 깊게 들이마셨다. 생각만으로도 벌써 귀찮다. 자신의 뒤를 졸졸 따라다니는 제3의 인간이라니. 공현은 얼굴을 찌푸린 채 연습장을 한 장 넘겼다. 그리고는 어금니를 꽉 깨문 채 말했다.

"또 해."

"그럴까요?"

이준은 생글생글 웃으며 펜을 쥐었다. 뒤따라 공현이 어금니를 깨문 채 펜을 들었다.

❖　❖　❖

"두 번째 소원까지는 생각해 본 적 없는데, 이런 날이 오네요."

이준은 의자에 앉아 발을 앞뒤로 흔들며 싱글벙글 웃음을 지었다. 두 번째 오목판은 연습장 한 장이 꽉 차도록 치열한 공방이 오간 후에야 이준의 승리로 끝났다. 공현은 사형 직전의 죄인처럼 잔뜩 굳은 얼굴로 이준을 쳐다보았다.

"음, 두 번째 소원은 하루에 한 번씩 저를 '친구야'라고 불러주세요."

"미……."

"미친 거 아니라니까요."

이준은 단박에 공현의 말을 잘랐다. 그런 이준을 공현은 무섭게 노려보았다. 그러다 공현은 숨을 길게 내쉬었다.

"똑똑한 건 인정힐게. 이런 식으로 나를 괴롭힐 거라곤 생각 도 못 했으니까."

"칭찬 고마워요."

"차라리 범인 색출에 협조해 달라고 해. 그게 네 본심이잖 아."

"예전엔 그랬는데, 지금은 사장님이랑 진짜 친구가 되고 싶어 졌어요."

"……"

"진심이에요."

공현은 웃고 있는 이준을 도저히 이해 못 하겠다는 얼굴로 쳐 다보았다. 살면서 그 누구도 자신의 친구로 지원한 적 없었다. 사람들은 대부분 그의 집안과 재력 때문에 몇 번 찔러보다가 냉 담한 공현의 반응에 돌아서곤 했다.

"나한테 원하는 게 뭐야?"

공현의 목소리가 한층 낮아졌다. 세상에서 가장 조심해야 할 사람의 부류는 '진심'과 '마음'을 운운하는 사람들이다.

"이렇게 만난 것도 인연이잖아요. 그리고 이유를 하나 더 말 하자면, 저한테 남동생이 하나 있거든요? 사장님이 딱 그 남동 생같이 느껴져요. 자꾸 챙기게 되고, 시선이 가고, 걱정되고 그 래요."

이준은 감정 표현이 서툰 공현을 보면서 어린 시절 한창 삐뚤 어져 있던 이태를 떠올렸다. 그땐 이준도 어렸을 때라 이태의 삐딱하고 불량한 태도가 마냥 그릇된 인성에서 비롯된 줄 알아서 많이 혼내기만 했다. 그러다 한참 후에야 알게 되었다, 이태는 자신의 부족함을 감추고 싶었을 뿐이라는 것을.

부모가 없다는 서러움, 가난하다는 부끄러움, 막막하기만 한 미래, 초라하고 나약한 자신까지도 덮고 싶어서 싸움을 하러 다니고, 강한 척했을 뿐이다. 어려서 올바르게 아픔을 표현하는 법을 이태는 모르고 있었다.

"누나는 모르잖아! 내가 어떤 마음인지!"

울 것 같은 얼굴로 이태가 던진 한마디가 이준의 가슴에 팍 꽂혀서 아주 오래도록 아프게 했다.

그때의 이태 모습이 공현의 모습 위로 번번이 겹쳤다. 나약한 모습을 타인에게 보이고 싶지 않아서 단단히 걸어 잠근 모습. 아파도 통증을 못 느끼는 모습. 타인과 애정을 주고받는 즐거움이 어떤 것인지 깨우치기 전에 닫혀 버린 것이다.

그래서 그냥 내버려 둘 수가 없었다. 이 한 몸 희생해서 윤공현을 갱생시켜 멋진 친구로 만들고 싶었다.

"그리고 잘생기고 돈 많은 사장님을 친구로 두면 어떤지 궁금하기도 해요."

이준이 솔직하게 속내를 털어놓으며 씩 웃었다.

"싫어."

공헌은 딱딱힌 얼굴로 거절했다. 이준은 그럴 줄 알았다는 듯 고개를 끄덕였다.

"지금 당장 친구 하자는 거 아니에요. 천천히 잘 생각해 보세요. 절대로 손해 보는 장사는 아닐 테니까요. 저 같은 친구 어디가서 구하기 힘들어요. 긍정적이죠, 밥 잘하죠, 사장님의 그 싸가지 없는 말버릇도 척척 받아내죠. 저 정도면 대단한 거라니까요."

이준의 말에 공헌의 눈이 날카로워졌다. 이준은 자연스럽게 그 시선을 피하며 말했다.

"한 시간 지났네요. 일하세요."

이준은 싱긋 웃으며 자리에서 일어났다. 간식을 먹으면서 방에서 마저 사진을 분석해야겠다 생각하며 부엌으로 갈 때였다.

"어디 가."

공헌의 낮은 목소리가 이준을 붙들었다.

"간식 먹으려고요."

"다시 앉아. 한 판만 더 해."

"……."

"미리 말해두지만, 이번 판에서 내가 이기면 네가 방금 말한 첫 번째 소원과 두 번째 소원을 무효 처리할 거야. 도망치지 말고 앉아."

화가 난 건지 평소보다 잔뜩 굳은 공헌의 목소리를 들으며 이준은 뺨을 긁적였다. 괜히 솔직하게 말했나, 싶었다. 그러나 이

내 그 생각을 털었다. 윤공현 같은 인간에겐 솔직하게 말하는 게 낫다. 어설프게 계산하고 숨기면 경계심이 많은 윤공현은 단박에 이상한 낌새를 눈치챌 게 분명했다.

이준이 씩 웃었다.

"저랑 더 있고 싶어서 그런 거죠? 굳이 그런 변명 안 해도 돼요."

공현이 눈만 들어 올려 매섭게 노려보았다.

"펜 들어요. 게임 하게요!"

이준은 공현이 노려보거나 말거나 빙긋 웃으며 말했다.

소환은 퇴근 후 곧장 공현의 집을 찾았다. 벨을 누르면 보통 무반응이거나 혹은 불량스러운 답변이 들리는 평소와 달리 가사도우미가 문을 열어주었다. 밤 9시가 넘어가는 이 시각까지 임 씨가 집에 있는 일은 드문 일이라, 소환은 의아한 표정을 지었다.

"어? 이 시간까지 계셨네요?"

"오늘 늦게 출근했거든요. 집에 일이 있어서 부탁드렸어요."

가사도우미 임 씨가 멋쩍은 얼굴로 말했다.

"아, 그러셨군요. 저야 덕분에 편하게 들어왔는걸요. 공현이는요?"

평소보다 손쉽게 공현의 집으로 진입한 소환은 집 안을 둘러보며 물었다.

"저쪽에 계세요."

어색하게 웃으며 가리킨 임 씨의 손짓에 따라 고개를 돌린 소환은 잠시 자신의 눈을 의심했다. 주로 자신의 방에서 꼼짝도 않는 공현이 이 시각 거실에 있었다. 그것도 혼자가 아니었다. 두 사람이 머리를 맞대고 있었다.

"지금 저 두 사람 뭐 하는 건가요?"

소환이 떨떠름한 얼굴로 임 씨에게 물었다.

"글쎄요? 제가 왔을 때부터 계속 저러고 계셔서⋯⋯. 제가 두 시간 전에 왔는데 저러고 계시네요. 아마 그 이전부터 저러고 계셨나 봐요."

소환은 눈을 비비며 다시 고개를 돌렸다. 공현과 이준이 휑한 바닥 중간에 앉아 머리를 모은 채 연습장을 쳐다보고 있었다. 한 발자국 다가가자 연습장에 자그맣게 그려진 오목판이 보였다. 깨알같이 그려진 오목판엔 이미 어마어마한 수의 점이 찍혀 있었다. 아주 오래전부터 게임이 진행 중이라는 소리였다. 소환은 도저히 믿기지 않는다는 눈으로 윤공현을 바라보았다.

윤공현은 게임을 좋아하지만, 다른 사람과 가까이하는 게임은 질색했다. 그래서 다른 사람의 얼굴을 볼 수 없는 PC게임은 좋아해도 오락실은 가지 않았다. 그런 윤공현이 이준과 가깝게 얼굴을 맞대고 앉아 자신이 온 줄도 모른 채 오목에 집중하고 있었다.

"앗싸!"

치열한 한판 끝에 이준이 두 손을 번쩍 들어 올렸다. 동시에 공현이 눈을 감으며 어금니를 꽉 깨물었다. 이준은 세계 오목대회를 제패한 선수처럼 주먹을 불끈 쥐었다. 힘들게 이긴 판이라 그런지 쾌감이 극도에 달했다.

오늘, 공현에게 오목을 알려준 후 일곱 판을 연속으로 진행했다. 첫 번째와 두 번째 판은 이준이 승리해서 공현으로부터 '친…… 구…… 야.'라는 대답을 들었다. 비록 그의 목소리는 숨넘어가기 직전의 환자처럼, 끊어질 것처럼 미세하게 이어졌지만 말이다. 이후 세 번째 판은 윤공현이 승리하여 '친구야.'라는 말은 이 집에서 금지야!'라고 소원 카드를 꺼냈다. 그때부터 불이 붙어 다섯 번째 판에선 이준이 승리하여 '그럼 벗이라고 불러줘요.'라는 소원을 빌어, 공현의 턱 근육을 실룩이게 만들었다. 여섯 번째 판에서는 윤공현의 승리로 '벗이라는 말도 금지야.'라고 소원을 빌었다. 어느새 오목을 두다가 지친 두 사람은 마지막 판이라고 못 박은 후 경기에 임했다. 계략과 꼼수가 가득하던 오목판에서 이준은 가까스로 공현을 이겼다. 여태껏 누적된 기술들을 한 번에 방출한 결과였다.

"만세!"

주먹을 불끈 쥐며 들으키는 듯 환호하는 이준을 보며 공현은 손으로 귀를 덮었다.

"시끄러워."

"이제 소원 빌면 되죠? 어떤 소원을 빌까? 어떤 소원이 좋을까요?"

이준은 생글생글 웃으며 무릎을 꿇고서 바닥을 짚었다. 그러고는 고개를 양쪽으로 갸웃거리며 방싯댔다. 놀리는 것이 역력했다. 그러나 공현의 시선은 딱 다물린 이준의 양쪽 다리를 향하고 있었다.

남자라면 불편할 만도 한데 그 자세가 꽤나 편해 보였다. 그보다도 어디서 본 것 같은 자세였다. 잠시 고민하던 공현은 미간을 좁히며 말했다.

"너, 개 같아."

공현은 스스로 말하면서도 아주 적합한 표현이라고 생각했다. 그러나 이준은 못 들을 걸 들은 사람처럼 구긴 표정으로 노려보았다.

"개……. 강아지도 아니고. 지금 졌다고 일부러 심통을 부리는 거죠? 도발하지 말아요. 사장님한테 무슨 소원을 빌 줄 알고 그래요?"

"칭찬이었어."

"칭찬도 욕처럼 들리게 하는 재주가 있네요. 소원 빌 겁니다. 앞으로 저를 친구라고 부르세요."

"친구야는 앞으로 내 집에서 금지라고 했을 텐데?"

공현이 삐딱한 자세로 반문했다.

"그러니까 '야' 자를 빼고 친구라고 부르라고 하잖아요. 친구야가 정감 가긴 하는데, 사장님이 싫어서 미치겠다는 얼굴을 하고 있으니 어쩌겠어요. 사장님 따라 배려심이 넘치는 제가 양보해야죠. 그러니까 그냥 친구라고 부르세요."

"……."

"자, 한 번 불러보세요."

이준은 팔짱을 낀 채 의기양양한 얼굴로 공현을 바라보았다.

이 모든 상황을 구경하고 있던 소환은 넋이 나갔다. 까칠하기 이를 데 없는 윤공현이 타인과 오목게임을, 그것도 PC가 아니라 머리를 맞대고 했다는 것도 놀라운데 무려 내기 게임이었단다. 보통의 윤공현이라면 내기를 하더라도 자신에게 불리하면 판을 엎고 절연을 선언한 후 유유히 자리를 떠야 한다. 그런데 무슨 이유에서인지 그는 가만히 앉아서 이준을 노려보고만 있었다.

이게 대체 무슨 일이야? 설마 때리려는 건가?

공현의 표정을 보건대 이준을 때리고도 남을 얼굴이었다. 폭력만큼은 저지해야겠다는 생각으로 소환이 한 발 내디딜 때였다.

"친…… 구……."

희미하게 공현의 목소리가 들렸다. 소환의 눈이 커졌고, 동시에 이준의 얼굴에 웃음꽃이 피었다.

"네, 사장님."

이준은 생글생글 웃으며 경쾌한 목소리로 대답했다.

"그딴 말에 대답하지 마."

"친구라고 불렀는데, 당연히 친구인 제가 대답해야죠."

"시끄러워."

공현은 굴욕적인 표정으로 자리에서 벌떡 일어났다. 날렵한 그의 눈매가 한결 날카롭게 뻗어 위험한 기운을 풍겼으나, 이준은 눈 한 번 깜빡이지 않았다. 저런 눈빛에 압도될 거면 진즉에 되었어야 했다. 오히려 이준은 그의 표정이 재미있다는 듯 웃으며 일어나는 공현에게 물었다.

"어디 가세요?"

"너 때문에 시간을 얼마나 허비한 줄 알아?"

한마디 쏘아붙인 후 고개를 돌린 공현은 거실에 장승처럼 우두커니 서 있는 소환을 발견하곤 얼굴을 찌푸렸다. 설마 이 상황을 모조리 지켜본 건가. 공현은 갑자기 이전보다 두 배로 기분이 나빠지는 것을 느꼈다.

"언제 온 거야?"

"언제 온 게 중요한 게 아니야. 지금 너 이준 씨한테 뭐라고 한 거야?"

"알 거 없어. 남의 집에 왔으면 인기척을 내야 할 거 아냐?"

"인기척을 낸 지가 언제인데. 두 사람, 아주 많이 친해졌구나?"

"말도 안 되는 소리 하지 마. 대체 누가 누구랑 친해졌다는 거야. 나랑 저거랑? 말이 돼? 그리고 남의 집엔 왜 온 거야?"

평소보다 격한 공현의 반응에 소환은 눈을 느리게 깜빡였다.

"오늘은 너한테 볼일이 있어서 온 거 아냐. 이준 씨랑 이야기를 나눌 게 있어서. 이준 씨, 시간 되죠?"

소환은 온화한 미소를 지으며 이준을 바라보았다.

"저랑요?"

의외의 말에 놀란 이준은 자리에서 일어났다.

"네, 잠시면 돼요. 잠시 근처 카페에 갈까요?"

소환의 말에 이준은 그가 단둘이서 대화를 나누길 바란다는 걸 깨달았다. 그 말인즉, 공현이 들으면 안 된다는 말이기도 했다. 이준은 잠시 갈등하다가 난처한 표정으로 말했다.

"아뇨. 집을 비우는 건 불안해서요. 제 방으로 가실래요?"

자신의 방이라면 공현이 못 들을 게 분명했다.

"그럼 실례할게요."

이준이 방을 가리키자 소환은 잠시 고민하다가 마땅히 자리를 옮길 곳이 없다는 것을 깨닫고는 몸을 틀었다.

"좁고 불편해도 이해해 주시길 바랄게요."

"공현이 별로 좋지 않은 방을 줬나 봐요?"

"저 성격에 현관에 안 세워놓은 게 대단한 거죠."

"그건 그렇네요."

두런두런 대화를 나누며 일부러 느릿하게 걸어가는 두 사람의 뒤통수를 노려보면 공현이 기어코 말했다.

"두 사람, 내가 안 보여? 내 욕을 할 거면 내가 없는 데서 해."

"아! 죄송해요. 거기 있는 줄 몰랐어요. 사장님이 하도 바쁘다고 해서 방에 들어간 줄 알았어요. 수고하세요!"

이준의 능청스런 대답을 들으며 소환은 별다른 표정을 짓진 않았지만 꽤 놀랐다. 이렇게 공현을 대하는 사람은 난생처음 보았다.

"들어오세요."

방문을 열고 들어간 이준은 조명을 밝힌 후 소환에게 손짓을 했다.

"방이 좁고 협소하죠? 여기 앉으세요."

이준은 자신의 방에 늘어져 있는 물건을 발로 슥슥 밀며 간이 의자를 가리켰다. 소환은 잠시 방을 둘러보았다. 방은 좁고 협소했다. 그런데도 이준은 별 불편함을 못 느끼는 얼굴이었다. 소환은 의자에 앉아 침대에 걸터앉은 이준과 마주 보았다. 자신을 뚫어져라 쳐다보고 있는 이준의 눈을 보며 소환은 빙긋 웃었다.

"안 무서워요?"

"나이가 몇인데 방이 어둡다고 무서워하겠어요?"

"아뇨, 공현이요."

"사장님요? 아뇨. 안 무서운데요? 재미있어요."

"······재미요?"

소환은 도저히 이해 못 하겠다는 얼굴로 이준을 바라보았다. 소환을 제외한 대부분의 사람이 공현을 대할 때의 태도는 두 가지였다. 공현의 미끈하고 날카로운 외모에 환호를 보내다가 성격에 데여 도망가는 경우, 아니면 무서워서 뒤에서 욕하는 경우.

"검사님도 사장님 안 무서워하잖아요."

"저야 어렸을 때부터 형제처럼 자랐으니까요."

소환은 어린 시절부터 공현을 봐왔고, 그가 왜 저렇게 변했는지 누구보다 잘 아는 사람이었다. 그래서 그는 공현이 무섭다기보단 안타까운 경우가 많았다.

그러나 이준은 달랐다. 공현과 생면부지 남이었다. 그런데도 공현이 재미있다니? 도저히 이해 못 하겠다는 표정으로 쳐다보자 이준이 씩 웃으며 대답했다.

"저도 사춘기를 징그럽게 겪은 남동생이 하나 있어요. 저런 성인 사춘기를 겪는 남자 하나쯤은 별거 아니에요. 그리고 살다가 느낀 건데, 세상에서 제일 무서운 사람은 제멋대로 성격을 부리는 사람이 아니에요."

"그럼요?"

"성격을 종잡을 수 없는 사람이 무서운 거죠."

이준의 눈빛이 한순간 예리해졌다. 소환은 자신도 모르게 숨을 흡 하고 들이마셨다. 그러다 그런 스스로를 발견하곤 깜짝 놀랐나. 각종 범죄사를 만나 죄를 토실하게 하는 데 이골이 닌 자신이 깜짝 놀라다니. 소환이 움찔하는 것을 본 이준의 눈빛이 느슨해졌다.

"죄송해요. 놀라게 할 생각은 아니었어요."

"아뇨. 말 계속 하세요. 뒷이야기가 궁금하네요."

소환은 놀란 마음을 추스르며 이준을 재촉했다. 이준은 별로 할 이야기 없다고 뺐다. 그러나 소환은 '이준 씨 이야기가 더 듣고 싶어서 그래요.' 라며 정중하게 요청했다. 소환의 끈질긴 요구를 더는 거절할 수가 없어서 이준은 입을 열었다. 다른 사람에겐 해본 적 없는 자신의 이야기였다.

"전 어렸을 때부터 눈치가 빠르고 감이 좋은 편이었어요. 싫으면서 좋은 척, 좋으면서 싫은 척하는 사람들을 자주 알아챘고, 어렸을 땐 그것 때문에 많이 싸웠어요. 친구들한테 넌 싫으면서 왜 좋은 척하냐고 물었다가 되레 그 친구들이 저를 따돌렸거든요. 그건 이해할 수 있어요. 속마음을 투시하는 제가 무서웠겠죠. 하여튼 그렇게 몇 번 데이고 나니까 앞뒤가 다른 사람보단 차라리 성격 안 좋아도 앞뒤가 같은 사람이 좋아요."

남들보다 눈치가 빠르다는 것, 남들보다 촉이 좋다는 것은 편리했으나 때때로 불리한 일을 불러오곤 했다. 그때마다 이준은 꽤 많은 사람들의 적이 되어야 했고, 다친 경우도 여러 번이었다. 그러다 보니 자연스럽게 자신을 포장하거나 숨기는 사람보다 까칠해도 있는 그대로 드러내는 사람이 훨씬 상대하기 편했다. 물론 윤공현의 까칠함은 타인의 곱절이긴 했지만.

"그렇군요."

전부는 이해할 수 없지만, 어느 정도는 이해한다는 듯 소환이 고개를 끄덕거렸다.

"이제 제 이야기는 이쯤 하고, 하실 말씀 있다면서요. 하세요."

"제가 어떤 이야기를 하려는지도 알아낼 수 있어요?"

"점쟁이까진 아니라서요. 전 상황을 파악하는 거지, 마음까지 읽어내진 못해요."

"그렇겠죠?"

소환은 씩 웃으며 깍지 낀 손으로 무릎을 감쌌다. 조금씩 소환의 얼굴에서 웃음기가 사라졌다. 어느새 소환의 얼굴이 진지해졌다. 이준은 단번에 이것이 그의 실제 얼굴이라는 것을 알았다. 소환은 사람 좋은 것처럼 허허 웃고 다니지만, 그 표정이 늘 감정과 일치하진 않는다는 걸 이준은 처음부터 알고 있었다.

"똑똑한 사람이니 돌려 묻거나 떠보는 건 통하지 않을 거라고 생각해요. 한 번에 묻죠. 왜 속였죠?"

소환의 물음에 이준의 입술이 딱 붙었다. 소환이 하는 말이 무엇인지 이준은 단번에 알아들었다. 방 안의 공기가 무겁게 가라앉았다.

"……제가 여자라는 걸 아셨군요."

"제가 납득할 수 있는 이유였으면 좋겠군요."

소환의 눈빛이 에리하게 빛났다. 우연찮게 책상을 정리하던 중 이준에 관한 자료가 적힌 파일을 다시 보게 되었다. 그러다 이준의 성별을 알게 되었다. 이준에 대한 평판과 범죄 기록 사실만 확인하느라 성별은 확인치 못한 것이 실수였다. 짧은 헤어스타일에 뚜렷한 이목구비가 박힌 사진에 보디가드라는 직업의 선입견 때문에 당연히 남자일 거라 생각했다. 이준이라는 모호한 이름 또한 그러했고. 특히 소장이라는 사람도 이준이 남자라고 말했었다. 이준은 허리를 굽혀 곧장 사과했다.

　"속여서 죄송합니다. 구질구질한 변명으로 들리시겠지만, 처음부터 속일 생각이 아니었다는 걸 먼저 말씀드리고 싶습니다. 계약을 하고 보니 소장님으로부터 남자 보디가드를 찾고 있다는 말을 들었습니다. 일단 사무실 유지비가 당장 필요하기도 했고, 돈이 필요하기도 했어요. 그리고 성별이 이번 일을 크게 좌우할 것 같지 않아서 하게 되었습니다. 조만간 말씀드릴 생각이었어요."

　차분하게 이어지는 이준의 말을 들으며 소환은 눈을 가늘게 떴다.

　"흐음, 그런 사정이 있었다고 하더라도 속이는 건 별로인데요."

　"죄송합니다."

　"더 숨기는 사실은 없나요? 지금 여기서 이실직고하면 덮어주도록 할게요."

"이해해 주시는 건가요?"

"일단은요. 숨기는 건 없나요?"

"숨기는 거라……. 검사님이 저에 대해 모르는 게 있을 순 있지만, 제가 작정하고 숨기는 사실은 더 없습니다."

"그래요? 그럼 일단 여기서 이 일은 덮도록 할게요."

생각보다 쉽게 넘어가는 것이 의아한지 이준은 눈을 동그랗게 떴다.

"마지막 이해입니다."

소환이 웃는 얼굴로 더 이상 속이는 건 용서하지 않겠다고 못을 박았다. 사실 소환은 이곳에 올 때까지만 해도 이준을 쫓아낼 생각이었다. 일단 이유가 어떻든 간에 이준은 자신을 속였고, 아직 이렇다 할 만한 성과를 내놓지 못한 상황이었다. 그러나 이 집에 온 후 마음이 바뀌었다. 어떤 인간과도 긴 시간 얼굴을 마주하지 않는 윤공현이 몇 시간이나 머리를 맞대고 오목을 두었다.

"친…… 구……."

거기다가 윤공현의 입에서 친구라는 단어를 뱉게 만들었다. 이것은 그 누구도 해내지 못한 기록적인 일이었다. 어쩌면 눈앞의 이준이 윤공현의 유일한 적수일지도 모른다는 생각이 들었다. 윤공현을 유일하게 상대하고, 또 유일하게 움직일 수 있는 사람. 어떤 식으로든 윤공현을 조금 더 사람답게 살 수 있게 할 수 있다면 소환은 무엇이든지 할 수 있었다.

"앞으로 잘 부탁해요."

소환이 손을 내밀자, 이준이 맞잡았다.

"저도요."

소환은 자신과 가깝게 선 이준을 물끄러미 바라보았다. 처음 봤을 땐 남자라고 해서 미소년인 줄 알았다. 새까만 머리카락에 투명하리만큼 하얀 피부. 뚜렷한 이목구비에 유난히 또렷한 눈망울은 총기 어린 소년 같았고, 그 점을 여태껏 의심해 본 적 없었다. 그런데 여자라는 말을 들어서일까. 이제 와서 보니 이준이 여자처럼 보였다. 아마 머리를 기르고 예쁘게 화장하면 그 모습도 꽤나 잘 어울릴 것이다.

소환은 대화를 마친 후 방문을 열고 나가다가 거실 중간에 서 있는 공현을 발견하곤 웃었다.

"방에 있을 줄 알았는데 거긴 왜 있는 거야? 왜? 네 친구를 빼앗길까 봐 그래?"

소환의 도발에도 불구하고 공현은 같잖다는 듯 웃었다.

"세상에서 나를 가장 피곤하게 만드는 두 사람이 모여 있는데, 그럼 내가 발 뻗고 있을 것 같아? 무슨 이야기 나눈 거야?"

"믿기진 않겠지만, 너에 대한 이야기보다도 나와 이준 씨에 관한 이야기니까 안심해."

"정말 안 믿기네."

공현의 눈썹이 추켜올라 갔다. 그러자 소환은 빙긋 웃다 말고 난처한 듯 손으로 턱을 문질렀다.

"그러게. 그리고 모레 우리 형 결혼식 있는 거 알지?"

"어."

고심 끝에 말한 소환이 무색할 만큼 공현은 깔끔하게 대답했다. 그러나 그의 속이 마냥 편하지 않다는 걸 알기에 소환은 한마디 덧붙였다.

"되도록 어깨에 힘 좀 빼고 오고."

"힘 빼고 가도 힘을 넣어주는 분들이라서."

공현의 말에 가시가 돋쳐 있었다. 소환은 난처한 얼굴로 공현을 바라보다가 어깨를 으쓱거리며 현관문 쪽으로 걸어갔다. 그 뒤를 이준이 졸졸 따라갔다.

"검사님, 오신 김에 저녁 드시고 가세요."

"그러고 싶은데 저녁 약속이 있어서요. 다음에 식사 한번 하죠."

"네."

거실 중간에 선 공현은 현관에 서서 두런두런 대화를 나누고 있는 둘을 보며 미간을 구겼다. 아까 전부터 찰싹 붙어서 대화를 나누고 있는 두 사람이 마음에 들지 않았다. 언제부터 저렇게 친했다고?

"나 간다."

소환이 손을 들어 인사를 건넸다. 그러나 공현은 꼼짝도 하지 않았다. 냉랭한 눈길로 주시할 뿐이있다.

"그렇게 사랑스럽게 쳐다보면 형, 설렌다!"

"당장 나가."

"뭘 또 그렇게 박력 넘치게 이야기해? 형 설레게."

"입 다물어."

공현의 표정이 심상찮게 변했다. 여기서 더 건들면 윤공현은 제 방으로 쌩하니 들어가 버릴지도 모른다.

"가족 모임에서 보자!"

소환은 손을 흔들어 보인 후 곧장 문을 열고 나갔다.

"넌 어디 가?"

공현은 뒤이어 신발을 꿰어신는 이준을 노려보며 물었다.

"검사님 배웅이요."

"방금 했잖아."

"그래도 건물 앞까지 하는 게 예의죠."

"가지 마."

"에이, 그래도."

"너랑 윤소환 붙어 있지 마."

생각지 못한 이유를 들은 이준은 눈을 크게 뜬 채 공현을 쳐다보았다. 팔짱을 낀 공현은 삐딱한 자세로 말했다.

"그리고 너, 윤소환이랑 친하게 지내지 마. 따로 연락도 하지 말고, 가깝게 지내지도 마."

"왜요?"

갑작스럽게 자신에게 소유욕을 보이는 공현을, 이준이 의아한 얼굴로 쳐다보았다.

"내가 세상에서 제일 싫어하는 너희 두 사람이 머리 맞대면 내가 굉장히 피곤해질 것 같아. 생각만으로도 소름 끼쳐. 그러니까 가능한 가까이 있지 마. 작당모의도 하지 말고."

말을 마친 공현은 냉랭하게 몸을 돌려세웠다. 자신을 괴롭히는 윤소환과 자신의 신경을 건드는 데 이골이 난 저 인간이 합치는 것만큼 소름 끼치는 일도 없을 것이다. 분명 이것이 이유의 전부일 텐데 묘하게 입맛이 씁쓸했다. 이것이 이유의 전부가 아닌 것 같은 느낌. 공현은 그럴 리 없다는 듯 고개를 털며 자신의 방으로 걸음을 옮겼다.

"너라고 부르지 말고 친구라고 부르라니까요!"

등 뒤에서 이준이 소리쳤다. 공현은 그 말을 무시했다.

국내에서 열 손가락 안에 드는 기업의 자제 간의 결혼식답게 유명 호텔의 홀은 유명인사로 가득 찼다. 윤소환의 친형이자 공현의 사촌 형인 수호는 예복을 빼입고 서서 정중하게 웃는 낯으로 손님들을 맞이하고 있었다. 곁에서 비서가 일일이 손님의 이름을 미리 언급해 주었고, 수호는 그에 맞춰 능청스럽게 손님의 이름과 직함을 말하며 반가운 척 웃었다.

유일한적수

"어서 오……."

근사한 웃음으로 일일이 인사하던 수호의 말이 뚝 끊어졌다. 진남색의 수트에 넥타이 대신 스카프를 착용한 공현이 무표정하게 그를 바라보고 있었다. 수호는 잠시 곁눈질로 비서를 쳐다보았다. 신호를 알아들은 비서가 고개를 숙인 채 몇 걸음 물러섰다.

"너한테 청첩장 보낸 적 없을 텐데?"

수호가 공현을 노려보며 날카롭게 물었다.

"이걸 말하는 건가?"

공현은 품에서 청첩장을 꺼내며 물었다.

"대체 그건 어디서 난 거야?"

"윤소환."

"그 자식이…… 준다고 와? 넙죽 몸을 엎드리고 있어도 부족할 판에, 어디 그 뻔뻔한 낯짝을 여기에 들이밀어?"

수호의 날카로운 말에 공현은 대답을 하려고 입을 열었다가 밀려드는 손님을 보곤 입을 다물었다. 중요한 사람인지 수호의 시선이 다가온 손님에게서 떨어질 줄 몰랐다. 아무래도 대화가 길어질 듯해서 공현은 품에 청첩장을 다시 챙겨 넣은 채 홀 안으로 걸어갔다.

천장을 빼곡하게 채운 조명에서 눈부신 빛이 흘러나왔다. 정원을 테마로 꾸며진 결혼식장의 곳곳엔 수많은 색깔의 생화들로 가득 차 있었다. 미리 자리를 잡고 있던 가족들은 공현을 발견하곤 얼굴을 찌푸렸다.

대체 여기가 어딘 줄 알고 오냐는 둥, 뻔뻔하기가 이를 데 없다는 둥, 누가 여길 알려준 거냐는 둥의 소리가 들렸다. 일부러 들으라는 듯 그들은 크게 말하면서도 공현에게 아는 척은 하지 않았다. 공현은 이런 냉대가 익숙했다. 오히려 자신을 반기는 분위기가 어색할 지경이었다.

"가족들한테 왕따 당하나 봐요?"

갑작스럽게 들리는 목소리에 공현은 인상을 확 쓰며 고개를 돌렸다. 낡은 정장 차림의 이준이 어느새 자신의 옆자리에 앉아 있었다.

"여긴 어떻게 온 거야?"

공현이 얼굴을 찌푸리며 이준에게 물었다. 분명 오늘 아침 '위험하니 신변 보호를 위해서 따라가겠어요!' 라고 말하는 걸 뿌리치고 왔다. 어디를 가는지 알려주지 않은 데다가 청첩장 없이 입장할 수 없는 곳이었다.

"설마……"

"어. 내가 데리고 들어왔어."

오른쪽에서 소환이 불쑥 나타나 웃었다. 공현은 눈을 감은 채 관자놀이를 꽉 누르며 낮게 물었다.

"대체 왜?"

"너의 신변 보호를 위해서?"

소환은 말을 마친 후 습관처럼 빙긋 웃었다. 소환은 결혼식에 오기 전 혹시나 하는 마음에 공현의 집에 들렀다가, 청첩장을 찾아 집 안을 뒤지고 있는 이준을 발견하곤 데려왔다.

"장난쳐?"

공현이 눈에 힘을 주며 물었다.

"진심인데."

소환은 씩 웃었다. 말 그대로 진심으로 공현의 신변 보호를 위해 이준을 데려왔다. 소환은 공현이 협박을 당하면서도 묵과하고 있는 데엔 이유가 있다고 생각했다. 범인이 아주 측근일 가능성이 높았고, 측근이 아주 많이 모이는 이 자리라면 이준이 꼭 필수로 참석해야 할 자리라고 판단했다.

"피곤해."

이준과 소환을 보자마자 1분 만에 피로함을 느낀 공현이 작게 중얼거리며 자리에서 일어났다.

"어디 가세요?"

"화장실. 왜? 거기까지 따라오게?"

"아뇨. 다녀오세요."

공현은 이준을 한 번 스윽 노려보고는 식장을 가로질러 나갔다. 이준은 곧장 고개를 돌려 이쪽을 쏘아보고 있는 한 무리의 사람들을 보았다. 한복을 곱게 차려입은 중년 여성부터 머리를 높게 틀어 올린 귀부인 같은 여성이 한 무리 서 있었다. 그들은 아까 전부터 공현을 노려보며 수군거렸다.

"저분들은 누구세요?"

이준이 중년 여성들이 서 있는 곳을 가리키며 묻자, 소환이 난처한 얼굴로 뺨을 긁적였다.

"그게…… 친인척이야."

"검사님의 친인척이면, 사장님의 친인척이기도 하잖아요."

"그렇지. 말해줄 순 없지만, 집안 사정으로 인해 사이가 좋지 않아."

"사장님을 협박하는 사람들이 저 속에 있을 확률은요?"

"확실하진 않지만, 거의 없어. 뒤에서 욕은 해도 공현에게 몇 해간 협박 우편물을 보낼 만큼 한 맺힌 사람들은 아니거든. 그랬다가 들키면 사회적으로 망신당하기도 할 테고. 다른 건 다 참아도 본인의 이미지에 먹칠당하는 건 못 견디는 분들이거든. 차라리 앞에서 욕을 하면 모를까."

소환의 말에 이준은 턱을 쓸며 낮게 침음했다. 잠시 둘러본 결과 공현을 주시하고 적대감을 보이는 사람들은 저 중년 여성들과 몇몇 사람들이 전부였다. 소환의 말대로 그들이 소포를 보내는 범인이 아닐 확률이 높았다. 설명할 순 없지만 자신의 감이 그렇게 말하고 있었다.

"여기 있었구나?"

진지하게 고민하던 찰나 중후한 목소리가 들렸다. 고개를 돌린 이준은 깔끔한 차림의 중년 남성이 인자하게 웃으며 서 있는 것을 보았다. 가장 먼저 보인 건 남자의 얼굴 절반을 덮고 있는 화상 자국이었다. 마치 타이어 자국처럼 얼굴을 가로질러 나 있었다. 그럼에도 남자가 온화해 보이는 것은 깨끗한 입술 때문이었다. 마치 붓으로 그린 것처럼 깔끔한 입술 선이었다.

"아버지, 어디 계셨어요? 아까 전부터 찾아다녔는데."

아버지라는 말에 이준은 다시 한 번 중년 남성을 보았다. 소환의 아버지는, 공현의 작은아버지라는 말이었고, 즉 대기업의 현재 총수라는 말이었다.

"아들놈이 결혼하는데 바쁘긴 내가 제일 바쁘더구나. 어찌나 여기저기서 불러대는지…… 허허. 근데 이분은 누구시냐?"

소환의 아버지인 우연의 시선이 이준을 향했다.

"일전에 말씀드렸던 거 기억하시죠? 공현이의 보디가드예요."

"아아, 그래. 아직도 그 일이 해결 안 된 모양이지?"

"네."

씁쓸하게 소환이 대답하자, 우연이 낮게 침음했다. 얼마 전 소환이 공현의 문제를 상담하며 보디가드를 붙여두었다고 말한 적 있었다.

"어서 정리되어야 할 텐데. 잘 부탁합니다."

우연이 심각한 얼굴로 손을 내밀었다. 기업의 총수답지 않게 소탈한 자세였다. 이준이 그의 손을 맞잡았다.

"조속히 해결하도록 노력하겠습니다."

"그래요. 공현이 툴툴대고 사납기는 하지만, 정이 많은 녀석이에요."

우연의 말에 이준은 고개를 끄덕였다. 자리를 옮겨 소환과 우연이 대화 나누는 모습을 지켜보던 이준은 조금 안심했다. 모두가 공현의 적은 아닌 것 같았다. 적어도 저 두 사람만큼은 공현의 편이 되어주는 것 같았다.

"그럼 이만 찾으러 가볼까."

이준은 몸을 일으켜 공현을 찾으러 나섰다. 화장실에 간 지꽤 되었음에도 불구하고 공현의 모습은 보이지 않았다. 화장실 앞을 기웃거리며 이준은 휴대폰을 보았다.

"1분만 더 기다려 보고 안 되면 침투다."

"어딜."

등 뒤에서 들리는 목소리에 이준이 몸을 획 돌려세웠다. 공현이 무표정한 얼굴로 쳐다보고 있었다.

"언제 나왔어요?"

"아까 전에."

"그럼 결혼식장에 들어와야죠."

"답답해서."

공현은 스카프조차 답답하다는 듯 풀었다. 그리고는 둘둘 말아 자연스럽게 이준에게 내밀었다. 그것이 무엇을 뜻하는지 이준은 재빨리 알아챘다.

"뭔가 착각하시나 본데 전 수납장이 아닙니다."

"들어. 하는 것도 없는 게."

"지금 저 무시해요?"

"들 거야? 밀 거야?"

공현의 미간이 좁아졌다. 평소보다 훨씬 저기압의 표정을 짓는 공현을 보며 이준은 한숨을 내쉬었다.

오늘 하루만 봐준다.

"주세요."

이준은 공현에게서 스카프를 받아 주머니에 챙겨 넣는 대신 자신의 목에 둘렀다.

"뭐 하는 거야?"

"목이 시려서요. 무슨 에어컨 바람을 이렇게 세게 틀어놨을까요?"

이준은 고개를 들어 에어컨을 찾아 기웃거리며 말했다. 그런 이준을 바라보며 공현은 낮은 한숨을 내쉬었다.

"들어가자."

"사장님."

"왜?"

공현이 귀찮다는 듯 퉁명스럽게 대답했다.

"환영받지 못할 걸 알면서 이곳에 참석한 이유가 뭐예요?"

무심하게 물었으나, 이준의 말엔 뼈가 있었다. 공현은 잠시 눈을 가늘게 떴다.

이곳에 참석한 이유라……

이곳에 참석한 사람들은 가족이라는 이름으로 뭉쳐져 있지만, 이곳의 생태는 정글과 같았다. 약자는 밟히고 강자는 우대

받는다. 자신이 가족 행사에 참석하면 사람들은 못마땅해서 욕을 할 테지만, 자신이 가족 행사에 불참하면 비웃으며 사람들은 그의 약세를 가중시키려고 애쓸 게 분명했다. 누구보다 자신이 건재하다는 것을 눈으로 확인시켜 줘야 할 필요가 있었다. 그래야 덤비지 않는다. 그게 귀찮아도 가족 행사에 이따금씩 얼굴을 비추는 이유였다.

"그런 게 있어."

공현은 무뚝뚝하게 대답한 후 이준을 흘깃 쳐다보았다. 패션 너블한 스카프 아이템을 촌스럽게 소화하고 있는 이준의 꼴을 보다 못한 공현이 그 앞에 섰다.

"이리 줘."

그리고는 스카프를 풀어 다시 이준의 목에 둘러주었다.

"사장님은 생각보다 다정한 것 같아요."

이준은 세심하게 스카프의 매듭을 다듬는 공현의 손길을 슬쩍 보며 씩 웃었다. 동시에 공현의 손길이 움찔했다.

다정이라니.

자신에게 그런 말을 하는 사람은 눈앞의 이 이상한 인종밖에 없다. 공현은 얼굴을 찌푸렸다.

"내 패션 아이템을 이따위로 소화시키는 걸 두고 볼 수 없을 뿐이야."

"그러니까 제가 사장님의 소중한 패션 아이템을 멋지게 이용하길 바란다는 거잖아요. 역시 사장님은 절 좋아한다니까요."

"웃지 마."

"왜요? 정들어요?"

"아니, 정떨어져."

"우와, 그새 떨어질 정까지 생긴 거예요?"

개떡같이 말해도 찰떡같이 알아듣고, 비꼬면서 말해도 기가 막히게 긍정적으로 해석하는 이준의 태도에 공현은 황당했다.

"목 졸리기 싫으면 입 다물어."

공현은 차갑게 말한 후 돌아섰다. 멀어지는 공현의 등을 보며 픽 웃던 이준의 고개가 빠르게 기둥으로 돌아갔다.

누군가가 보고 있었던 것 같은데.

이준은 눈을 가늘게 뜬 채 다시 한 번 둘러보았지만, 이상한 사람은 찾을 수 없었다.

결혼식은 무탈히 진행되었다. 식이 진행되기 직전, 경호원이 다가와 이준과 공현을 2층 구석 자리에 배치한 것을 제외하면. 최대한 안 보이는 구석에서 식사만 마친 후 사라지라는 수호의 뜻이었다. 이건 소환도 어쩔 수 없다는 듯 난처한 얼굴로 눈썹을 문질러 댔다. 이준은 결혼식장에 자리 배치가 어디에 있냐며 따져 물으려고 했으나, 공현은 무표정하게 경호원을 따라 걸음을 옮겼다. 그때까지만 해도 결혼식이 무난히 끝나는 듯했다.

"여기가 어디라고 나타나?"

결혼식을 마친 후 식장을 벗어나 주차장으로 들어서는데, 까랑까랑한 목소리가 공현의 발목을 잡았다. 공현의 앞에 50대쯤으로 보이는 여자가 눈을 치켜뜬 채 서 있었다. 공현의 고모로, 가장 공현에게 한이 많이 맺힌 사람이기도 했다. 평소엔 고상하지만 술에 취하면 막말에 행패를 일삼기도 해서 가장 피해야 할일 순위 인물이었다.

"누구시죠?"

반사적으로 한 발 앞서며 이준이 물었다.

"됐어. 뒤로 가 있어."

공현의 말에 이준은 술에 취한 여자를 못마땅한 눈으로 보며 한 걸음 물러섰다. 식을 마치기 10분 전에 나온 것이라 주차장은 텅 비어 있었다. 이준은 술에 취한 여자를 데려가 줄 일행을 찾아 주위를 살폈으나, 자신들을 제외하곤 아무도 없었다.

"저는 이 아주머니를 챙길 일행을 찾아올게요!"

잡을 새도 없이 이준이 다급하게 건물 안으로 달려갔다. 공현은 얼굴을 찌푸린 채 한참이나 멀어진 이준의 뒷모습을 쳐다보았다.

"내 말이 안 들려? 여기가 어디라고 오냐는 거야!"

고모가 악다구니를 썼다.

"결혼식장이죠."

공현이 무심하게 대답하자, 고모의 얼굴이 한없이 구겨졌다.

"어디서 당당하게 대답을 해? 그것도 네 아버지에게 배워먹었니? 어? 못나고, 천하고, 불결한 것 같으니."

휘청거리면서도 못된 말만 골라서 뱉어내는 고모의 얼굴을 공현은 무심하게 쳐다보았다.

"제가 아버지를 닮긴 했지만, 고모도 제 아버지를 닮긴 했죠."

"뭐야! 지금 누가 누굴 닮았다고 하는 거야? 네 아버지가 어떤 사람인데. 그 더럽고, 불결한, 인간 같지도 않은……. 그 쓰레기 같은 인간의 자식이면 입 다물고 죽은 듯이 살아도 부족할 판에 여기가 어디라고 나타나? 피는 못 속인다고……."

고모는 횡설수설거리며 아무 말이나 늘어놓았다. 공현이 상처받길 간절히 바라며 아무렇게나 뱉은 말들이었다. 공현은 눈을 가늘게 뜬 채 한숨을 내쉬었다.

"더 듣고 있기 지겹군요. 다음엔 레퍼토리를 바꿔 오세요. 그런 말은 이제 저한테 타격이 안 되니까요. 할 말 없으신 걸로 알고 가보겠습니다."

"뭐야? 이 녀석이!"

고모가 공현을 붙잡았다. 그러고는 들고 있는 백을 휘둘러 그의 얼굴을 가격했다. 공현의 고개가 비스듬히 돌아갔다.

"더러운 녀석! 이 더러운 녀석! 네 아비를 쏙 빼닮아서 더럽기만 한 녀석! 네 아버지만 없었으면 우리 집안은 완벽했어! 이제

네 아버지도 없어졌는데 왜 넌 있어! 네가 뭐라고 있어! 지 에비 쏙 빼닮은 더러운 새끼! 너도 꺼져! 당장 꺼져 버리라고!"

때리고도 악담을 퍼부어대는 고모의 말에 공현은 머리카락을 넘기며 고개를 돌렸다. 공현은 살벌한 얼굴로 한 걸음 다가섰다. 온몸을 타고 흐르는 차가운 기세에 술에 취한 와중에도 고모가 움찔하며 한 걸음 물러섰다.

"방금 말했지 않습니까, 고모님. 그 레퍼토리 지겹고 지겨워서 그만하셨으면 좋겠다고요."

"뭐라고? 이, 이 녀석이!"

"그리고 무슨 배짱으로 혼자 오셨습니까? 제가 무슨 짓을, 어떻게 할 줄 알고? 또 모르잖아요, 제가 제 아버지를 쏙 빼닮았을지."

공현이 아버지를 언급하자, 고모가 움찔하며 한 걸음 물러섰다. 이어 한 발자국 더 다가가자, 고모가 뒷걸음질치다 문에 걸려 바닥에 쓰러졌다.

"악!"

고모의 비명과 동시에 딩동 소리를 내며 엘리베이터 문이 열렸다. 소환, 이준을 비롯해 몇몇 사람들이 엘리베이터에서 우르르 내리다가 공현과 고모를 보곤 달려왔다.

"고모!"

"소환아! 나 죽는다! 나 죽어! 공현이 저 녀석이 나를 밀치고! 아주 협박을 하고!"

소환을 발견한 고모가 울상을 지으며 소리쳤다.

"윤공현, 진짜야?"

소환이 얼굴을 구기며 소리쳤다.

"진짜지! 진짜야! 내가 거짓말을 하겠어? 아휴, 다리야!"

고모가 대신 대답하며 발목을 감싸 쥐었다. 뒤이어 고모의 일행이 득달같이 달려왔다.

"잘못했으면 가족들한테 싹싹 빌어도 부족할 판에, 감히 어른을 때려? 네가 그러고도 사람이냐!"

고모의 상태를 살핀 고모부가 공현에게 버럭 소리를 쳤다. 뒤이어 세 사람이 공현을 노려보며 욕을 퍼붓기 시작했다.

못 배워서 위아래가 없다는 둥, 이젠 하다 하다 폭력까지 쓴다는 둥, 저런 녀석이 만든 게임은 뻔하다는 둥 말했다.

공현은 시선을 옮겨 소환을 쳐다보았다. 그는 고모의 발목을 만지며 괜찮냐고 연신 묻고 있었다. 그러다 소환이 고개를 들어 공현을 쳐다보았다. 소환이 눈으로 공현을 질타했다.

대체 왜 그랬어. 아무리 밉고 싫었어도 그런 짓까진 하지 말았어야지.

공현의 얼굴이 하얗게 질렸다. 이 공간의 누구도 자신의 짓이 아니라는 사실을 믿어주는 사람이 없었다. 그럴 거라고 예상했지만, 막상 닥친 상황이 불쾌했다.

"저 여자가 스스로 넘어진 겁니다."

공현이 덤덤한 얼굴로 말했다.

"거짓말하지 마!"

고모가 발악했다.

"저 여자라니! 저 못 배워먹은 후레자식 같으니!"

"이래서 가정교육이 중요한 거야!"

뒤이어 사람들은 고모의 주변을 에워쌌고, 공현은 그들을 냉담하게 바라보았다. 늘 이런 식이었다. 한 번도 자신의 이야기를 먼저 들어주려고 한 적 없었다. 자신이 아무리 핏대를 높여 아니라고 소리쳐도, 그들은 '거짓말하지 마!'라고 단호하게 선을 그었다. 그래서 피해자였음에도 그는 늘 가해자가 되었다.

공현은 싸늘한 눈으로 고모를 응시했다.

"술 좀 줄이시죠? 다음 가족 행사가 장례식이 안 되려면 말이죠."

"저, 저!"

사람들이 소리치는 걸 들으며, 공현은 냉담하게 돌아섰다.

"윤공현! 거기 서!"

등 뒤에서 소환이 화난 목소리로 소리쳤으나, 공현은 오히려 걸음 속도를 높였다. 자동차 잠금을 해제한 공현은 거칠게 자동차에 올라탔다. 시동을 걸어 출발한 후에야 공현은 조수석에 이준이 앉아 있음을 알아챘다.

"……언제 탄 거야?"

공현이 쩍 갈라진 목소리로 물었다.

"사장님이 타는 것과 거의 동시에요. 제가 행동이 빨라요."

"내려."

"십 원도 없어요. 살려주세요. 이 주변에 세울 곳도 없잖아요."

이준의 말에 공현은 주변을 둘러보았다. 이준의 말대로 차를 세울 곳이 없었다. 어쩔 수 없이 이 물건과 함께 집에 가야 한다는 소리였다.

"사장님, 그런데요."

"아무 소리도 하지 마."

공현은 얼굴을 찌푸린 채 미리 이준의 입을 막았다. 지금은 이준의 말을 들어줄 기분이 아니었다. 이준의 입에서 나올 말도 뻔했다.

어른한테 왜 그러셨어요. 그래도 조금 참으시죠, 이건 아니잖아요 등등.

그들의 말만으로도 지친다. 굳이 이준이 보태지 않아도 공현은 지금 충분히 화가 난 상태였다. 지겹다. 저 사람들의 끊임없는 독설도, 이젠 내성이 생길 만한데도 벌겋게 찢어지는 자신의 마음까지도.

"잘하셨어요."

그때 자동차 안에 묵직하게 내려앉은 침묵을 뚫고 이준이 말했다.

"아무 말도 하지……."

반사적으로 화를 내려던 공현은 생각지 못한 말에 눈썹을 구긴 채 천천히 돌아보았다. 이준은 자동차 앞을 물끄러미 응시하고 있었다.

"사장님 맞았잖아요."

"……."

"뺨에 상처 있어요. 입술도 살짝 찢어졌고요. 자학하지 않은 이상 맞았다는 거고, 고모님의 백은 저 멀리 내동댕이쳐진 걸로 봐선 거의 던지다시피 때렸겠던데요, 뭘. 욕하고, 백으로 얼굴 때리는 사람의 어깨쯤은 밀칠 수 있는 거잖아요. 뭐, 사실 사장님이 밀쳤다고 생각하지도 않지만요."

"……."

"술에 취해 비틀대던데 제 풀에 쓰러진 거 아니에요? 아니면 제 발에 꼬여 넘어졌다거나."

"……."

"그러니까 제 말은 어찌 된 상황이든 사장님을 비난할 생각 없다는 겁니다."

"……."

"아옹다옹하긴 해도 일단 저는 사장님 편이니까요."

이준은 여전히 앞을 쳐다보며 말하다 고개를 돌렸다. 자신이 지나치게 주제넘게 나섰나 싶어 눈치를 보던 차였다. 그러나 공현은 아무 말 없이 앞만 응시하고 있었다. 그런데 어째서인지 그는 조금 멍해 보였다.

자신의 말이 기분 나쁜 건가. 저런 표정을 지을 만큼?

"주제넘었다면 죄송합니다. 이제 입 다물고 가만히 있을게요. 갖다 버리지만 마세요."

잠시 고민하던 이준은 사과를 한 후 조수석에 몸을 파묻었다. 공현의 조금 놀란 시선이 한 박자 늦게 이준을 향했다.

4. 들킨 비밀

　방에서 죽은 게 아닌가 의심스러울 만큼 꼼짝 않던 공현이 문을 열고 나오는 데엔 꼬박 하루가 걸렸다. 하루 동안 아무것도 먹지 않은 사람이 맞는지 의심스러울 만큼 공현은 말끔한 모습으로 나타났다. 어안이 벙벙하게 쳐다보고 있는 이준에게, 공현은 턱짓으로 소파를 가리키며 딱 한 마디 했다.

　"앉아."

　그는 이준이 소파에 다가가 앉기도 전에 휴대폰을 내밀었다. 그 짧은 시간에 공현이 게임을 만든 것을 알아챈 이준은 소파에 앉아 게임을 시작했다. 게임을 하던 중 정수리에 닿는 시선이 느껴졌다. 좀 있으면 떨어지겠지 하고 기다려봤지만, 그 시선은 도무지 떨어질 기미가 보이지 않았다.

"가서 밥을 먹든지, 잠을 자든지 하면 안 돼요? 그렇게 쳐다보면 게임에 집중할 수가 없잖아요."

이준은 휴대폰 액정에 여전히 눈을 둔 채 말했다.

"결과 봐서."

결과가 안 좋으면 다시 방으로 들어가 작업을 하겠다는 말이었다. 이준은 묵묵히 게임을 하다가 얼굴이 뚫릴 것 같은 기분을 느껴 고개를 들었다.

역시나.

거실 한가운데 서서 팔짱을 낀 그가 이준을 바라보고 있었다.

"그렇게 보고 있으면……."

"게임이나 해."

"그렇게 쳐다보면 게임을 할 수가 없다니까요?"

이준의 항변에 공현은 한숨을 훅 내쉬더니 부엌으로 들어갔다. 그제야 이준은 안도하며 휴대폰 게임에 집중했다.

이준이 휴대폰에서 눈을 뗀 건 세 시간 만이었다.

"어때?"

멀찍이서 이준을 지켜보고 있던 공현이 불쑥 물었다.

"재미있어요. 그런데……."

"그런데?"

그렇게 대꾸하며 공현이 저벅저벅 걸어와 이준의 앞에 멈춰 섰다.

"조금 밋밋해요. 휴대폰을 끄고 나서 생각날 것 같긴 하지만, 절실하게 생각날 것 같진 않아요. 그리고 몇 가지 오류도 있어요. 다른 해답이 있을 수도 있을 것 같고……."

"작성해."

"알겠어요. 그래도 대단하네요. 웬만한 추리소설을 다 보는 저도 헷갈리는 몇 가지가 있었거든요. 언제 이렇게 에피소드를 고안한 거예요?"

특히 이준이 놀라웠던 점은 '가면의 시작'이라는 에피소드였다. 똑같은 가면을 소지한 네 사람 중 범인을 식별해야 하는 것으로, 이준조차도 버거웠다.

"틈틈이."

"대단하네요."

이준은 놀랍다는 듯 혀를 내둘렀다.

"여기요."

이준은 휴대폰을 공현에게 내밀다가 멈칫했다. 대화가 끝났음에도 공현이 자신을 빤히 쳐다본 탓이었다. 이준은 얼굴을 쓸어내리며 '얼굴에 뭐 묻었어요?'라고 물었으나, 그는 대답 대신 손을 뻗어 이준의 턱을 감싸 쥐었다.

"너."

짧게 던지는 공현의 말에 이준의 미간이 움찔했다.

"왜요? 설마, 때리게요? 언제나 좋은 평가만 받을 순 없잖아요! 좋은 소리만 들을 거면 뭐 하려고 나를 고용해요?"

이준이 항변하듯 소리쳤으나, 공현의 시선이 천천히 이준의 얼굴을 쓸어내렸다. 그러더니 입술을 지나면서 눈썹이 한곳으로 모였다.

"수염 안 나?"

뜬금없는 공현의 물음에 이준은 움찔했다. 생각보다 공현이 눈썰미가 좋고 눈치가 빠르다는 것을 경험상 터득한 탓이었다.

"네."

"왜?"

"유전입니다. 온 집안 사람들이 머리털 외엔 잘 안 나요. 아버지도 이방 수염 몇 가닥 나는 게 전부였어요. 머리를 제외한 무모증이라고 할까요."

이런 상황을 예전부터 미리 생각하고 있던 이준은 덤덤하게 대답했다.

"그래?"

공현의 눈썹이 살짝 추켜올라 갔다. 묘하게 비대칭을 이루는 그의 눈썹이 묘했다.

쓸데없이 잘생긴 인간 같으니.

이준은 턱을 잡고 있는 공현의 손을 밀어내며 속으로 중얼거렸다.

공현은 덤덤하게 휴대폰을 받아 들었다. 역시 생각대로, 세 시간 만에 꽤 많은 에피소드가 끝나 있었다. 이 게임을 위해 업체에서는 사설탐정을 여럿 고용해서 에피소드를 짜내고, 추리 스토리텔링 전문가를 고용해 만든 에피소드였다. 더불어 직원을 비롯해 공현도 몇 번이나 게임과 오류를 확인한 끝에 내놓은 게임이었는데, 그 게임에서 이준이 오류를 발견했다고 한다.

"사장님."

"왜."

공현은 덤덤하게 대답하며 고개를 들었다.

"사장님은 게임을 왜 좋아하세요? 생긴 건 의학 서적이나 경제 잡지 좋아할 것처럼 생겨놓고."

이준은 도저히 이해 안 간다는 얼굴로 공현을 바라보았다. 그는 실제로 게임 회사 사장이라고 보이지 않을 만큼 단정한 옷차림을 유지했고, 외모 또한 경제 전문 서적에 나올 법하게 잘생겼다. 고요하고 정적인 그는 가끔 활동적이고 전투적인 게임과 어울리지 않을 때가 많았다.

공현이 휴대폰에 시선을 둔 채 대답했다.

"내가 시키는 대로 하잖아."

"······."

"거짓말하지도 않을 테고, 속이지도 않을 거고, 갑자기 사라지지도 않을 거고."

또 배신하지 않을 거고.

못다 한 말을 심키며 공헌은 휴대폰을 주머니에 챙겨 넣었다. 생각지 못한 이유에 이준은 눈을 감았다가 떴다. 그래서 그는 사람을 싫어하는 걸까. 시키는 대로 하지 않고, 거짓말을 하고, 속여서? 이준은 결혼식장의 풍경을 떠올렸다. 자신의 등장으로 살얼음판이 되었던 결혼식장에서, 공헌은 익숙하다는 듯 덤덤한 표정을 짓고 있었다. 그가 마음을 닫아버린 이유가, 협박물과 관계가 있을 거라는 예측이 어렴풋이 들었다.

"그럼 저는 계속 옆에 두시는 이유가 뭐예요?"

이준의 물음에 공헌의 눈이 가늘어졌다. 생각지 못한 질문을 들었다는 표정이었다.

"그렇잖아요. 사실 사장님 성격상…… 저를 이렇게 둘 리가 없는데."

결혼식 이후, 공헌은 이준이 집 안에서 활보하고 다녀도 더 이상 작은 방에 들어가라고 강압하지 않았다. 일부러 보란 듯이 거실에서 누워 잔 적도 있었으나, 그때도 별다른 말을 하지 않았다. 오히려 자고 일어나 보니 배 위에 낯선 담요가 놓여 있어서 깜짝 놀란 적도 있었다. 귀신인가 싶어서. 그러나 담요를 본 임 씨가 '처음 보는 담요네요.' 라고 하고서야, 공헌의 방에서 나온 것이라는 걸 알았다. 믿기지 않게도 공헌이 가져다준 것이었다.

"시키는 대로 해서 그래요?"

"네가? 설마."

말 같지도 않은 소리 말라는 듯 공현이 짧게 받아쳤다. 자신의 삶에서 가장 말 안 듣는 두 사람이 윤소환과 눈앞의 무모증 남자였다.

"그럼 왜요?"

"필요하니까."

공현의 말에 이준은 느릿하게 눈을 감았다가 떴다. 정말 별것 아닌 말이었는데, '필요하니까.' 라는 말이 가슴에 내리꽂혔다. 그가 자신을 필요로 하고 있다. 그 사실이 왜 이리 가슴 찡한지 모르겠다. 오래전 불우한 이웃을 도왔는데, 10년 후 다시 찾아와 감사의 인사를 받은 기분이랄까.

"친구, 라고 인정해 주는 거예요?"

이준이 생긋 웃으며 물었다.

"쓸데없는 소리. 게임 만들 때 필요하다는 소리야."

"게임 제작이 끝나면요?"

"당장 아웃이지."

공현의 말에 이준은 그럼 그렇지, 라는 심드렁한 표정을 지었다. 저 인간에게 감동을 기대한 자신이 잘못이었다. 속으로 투덜거리던 이준은, 울리는 벨소리에 휴대폰을 들었다. 소환이었다.

"네, 갑님."

이준의 말에 거실을 가로질러 가던 공현의 걸음이 뚝 멈췄다. 싱글싱글 웃으며 작은 방으로 건너가는 이준의 뒷모습을 공현이 눈썹을 추켜올린 채 쳐다보았다.

[작업비 청구할 거 없나 해서요.]

소환의 말을 들으며 이준은 침대에 걸터앉았다.

"사장님 무사해요."

[무슨 소리예요?]

"조금만 솔직해집시다, 갑님. 작업비 청구 운운하면서 사장님 상태 확인하려고 하는 거잖아요."

[알아챘어요?]

"작업비 청구하라는 사람의 목소리가 그렇게 기어들어 갈 리 없으니까요."

이준의 말에 소환은 난처한 듯 웃었다.

[그건 그렇네요. 역시 이준 씨는 못 속이겠네요. 공현이한테 몇 번이나 전화했는데 불통이라 이준 씨한테 해봤어요. 결혼식 이후에 별일 없었어요? 찾아가려고 했는데, 그 녀석 성격을 생각하건대 무서워서요.]

"아무 일 없었어요. 그냥 그날 같이 밥 먹고……."

[……같이 밥을 먹어요?]

소환이 말을 중간에서 자르고 들어왔다.

"네. 요즘 종종 먹어요."

[……마주 앉아서요?]

"네. 이틀에 한 번 정도?"

언젠가부터 공교롭게 서로의 식사 시간이 겹칠 땐 피하지 않고 나란히 앉아 밥을 먹었다. 그렇다고 해서 다정하게 대화를 나눈다거나, 서로를 위하는 모습은 일절 찾을 수 없었다. 마치 식당이 복잡해 어쩔 수 없이 마주 앉은 타인과도 같은 식사였다.

[하……. 놀랍네요, 이준 씨.]

"뭐가요?"

[공현이는 나와도 함께 식사하지 않아요. 아니, 타인의 앞에서 식사를 하지 않아요.]

소환의 말을 듣고서야 이준은 퍼뜩 결혼식 때 보았던 것이 떠올랐다. 공현은 호텔에서 나오는 모든 요리는 물론이고 물잔조차 손을 대지 않았다. 단순한 까탈일 수도 있고, 심각하게는 독살의 위협까지 받는 건가 하는 생각이 들었다.

"한집에서 사니까 어쩔 수 없는 게 아닐까요?"

[그럴 수도 있고 아닐 수도 있죠. 변덕의 이유는 공현이만 아니까요. 그래서, 요즘 작업 사항에 진척은 있어요?]

"아뇨. 딱 한 번 협박물이 왔어요. 그 후로 다시 잠잠하네요. 그 협박물의 내용을 보자면 항상 주시하고 있다는 뜻 같은데, 주시의 의미가 뭔지 모르겠네요. 무엇을 하지 말라는 건지……. 아마 사장님은 알겠죠. 조금 더 친해지면 알 수 있겠죠."

이준은 말끝을 흐리며 눈을 가늘게 떴다. 공현은 분명히 자신이 협박당하는 이유, 넓게는 협박하는 사람까지 알고 있을 확률이 높았다. 그렇기에 묵과한 채 가만히 있는 것이었다. 약점이라도 잡힌 걸까. 그게 아니라면 또 다른 숨겨진 이유가 있는 걸까. 공현의 방에 침입할 수만 있다면 한결 수월하게 조사가 될 텐데.

　이준은 아쉽다는 듯 입맛만 다셨다.

　[일단 공현이의 컨디션이 좋다고 하니까 조만간 찾아갈게요.]

　"네. 저기…… 그리고 갑님."

　[네.]

　"죄송합니다."

　[네?]

　"지금부터 주제넘을 말을 할 거라서요. 그날, 고모님과 있었던 일 말인데요. 사장님의 잘못이 없다는 거 아시죠?"

　[알아요. 그래서 일부러 고모님 편을 든 거예요. 그래야 가족들이 공현이를 조금 덜 괴롭힐 테니까요.]

　"역시."

　이준은 씩 웃었다. 소환은 공현을 끔찍하게 챙겼다. 그런 그가 전후 사정 파악하지 않고 공현에게 소리를 지르는 것을 보고 의아했었다.

　"그럼 알겠습니다. 들어가세요. 작업비 청구는 문자로 하겠습니다."

[네.]

통화를 마친 후, 이준은 한결 가벼운 발걸음으로 방문을 열었다가 심장이 떨어지는 경험을 했다. 문 앞에 팔짱을 낀 공현이 서 있었다. 이준은 심장 부근에 손을 댄 채 숨을 들이마셨다.

"아, 깜짝이야."

공현의 시선이 가슴 위에 얹힌 손에 닿았다. 손을 본 것이겠지만, 부위상 민망해진 이준은 얼른 손을 내렸다.

"제발 발소리 좀 내면 안 돼요?"

"누구 마음 편하라고 그렇게까지 해야 하지?"

"아. 네, 네, 지당하십니다."

똑바로 붙어 있다 못해, 미끈하기까지 한 그의 입술에선 왜 자꾸 삐딱한 말만 나오는지 모르겠다. 그러나 싫으면서 좋은 척하는 것보다야 백 배 나았기에 이준은 별다른 말을 하지 않았다.

"무슨 이야기 한 거야?"

공현이 질문을 던졌다.

"일단 물 좀 마시고 오면 안 돼요?"

"대답하고 가."

"후우."

키가 훤칠하게 큰 그가 문 앞을 가로막자 나갈 길이 없었다. 굳이 물 조금 빨리 마시자고, 공현과 싸울 필요 없었기에 이준은 순순히 대답했다.

유일한적수

"작업비 청구하래요."

"그게 전부야?"

"그거 말고 별다른 이유가 있을 리 없잖아요. 아, 그리고 결혼식 일로 사장님이 크게 화났을까 봐 갑님이 걱정하더라고요. 그리고…… 음…… 또…… 뭐가 있더라."

큰 눈을 데굴데굴 굴리며 이준은 나누었던 대화를 곱씹었다. 그런 이준의 얼굴에 공현의 시선이 못 박히듯 박혔다. 커다란 눈동자, 남자 것치곤 작은 콧방울을 타고 내려오던 시선이 이준의 입술에 닿았다.

"잘하셨어요."

"아웅다웅하긴 해도 일단 저는 사장님 편이니까요."

생각에 잠긴 듯 오물거리는 입술에 시선이 닿자마자 그 말이 불쑥 떠올랐다. 이번만이 아니었다. 새벽에 나갔다가 거실에서 잠든 이준을 보고도 그 말이 불쑥 생각났다. 그러다 자신도 모르게 이준의 배 위에 담요를 덮어주었다. 기가 막히고 황당해서 결국 담요를 던져 버리다시피 주긴 했지만. 아주 자주, 수시로, 저 말이 생각나 머릿속을 뱅뱅 돌았다.

좋지 않은 증상인데.

공현은 눈썹을 한곳으로 모았다.

"윤소환이랑 연락하지 말라고 했을 텐데."

이준은 갑작스럽게 인상을 쓰며 음산하게 말하는 공현을 보았다.

"불가능해요. 일단 저랑 계약한 사람은 윤소환 씨니까요. 그리고 저는 사장님을 지켜줄 의무가 있긴 하지만, 사장님의 명령을 수행할 이유는 없죠. 다시 한 번 말씀드리지만, 제 '갑'은 윤소환 씨니까요."

쓸데없이 대쪽같은 이준을 보며 공현은 눈썹을 추켜올렸다. 못마땅했다. 계약을 자신과 하라고 해도, 이준은 '이중계약 안 합니다.'라는 말로 또 쓸데없는 대쪽같은 성미를 보일 게 분명했다.

"하여튼 대화의 주요 주제는 작업비 청구였습니다만."

이준이 대화를 마무리하려는 듯 말했다.

"그거 얼마나 한다고."

"얼마 하다니요. 사장님 때문에 회사 왔다 갔다 하는 동안 쓴 교통비, 식비, 편의점 CCTV 확보를 위한 지출 등등. 이루 말할 수 없어요. 알뜰살뜰 살아야 집 사죠."

"아직도 집 없어?"

이준의 얼굴이 팍 구겨졌다. 여태까지 들은 말 중에 가장 빈정 상한다. 이준은 울컥하는 마음을 꾹 누르며 공현을 쳐다보았다. 그는 게임을 비롯해 여러 방면에서 천재적인 두각을 드러내지만, 때때로 이런 곳에선 무지했다.

"……대다수의 소시민은 대체로 자가 소유의 집이 없습니다만."

"그래? 그럼 어디서 사는데?"

공현이 꽤 흥미롭다는 얼굴로 이준을 바라보았다. 그것이 이준을 다시 한 번 울컥하게 만들었다. 자가 소유 없는 소시민을 난생처음 본 얼굴이라니. 빈정 상한다.

"전세요."

이준은 자신도 모르게 불퉁한 얼굴로 대답했다. 공현에게서 대답이 돌아오지 않았다.

"설마 전세가 뭔지 몰라요?"

"매매까진 알아."

"그 말이 모른다는 말이잖아요."

"집 때문에 고민해 본 적이 없어서."

"……."

이준은 큰 눈을 깜빡이며 눈앞에 서 있는 공현을 물끄러미 바라보았다.

신이시여, 이 인간을 딱 한 대만 때릴 수 있는 기회를 내려주소서.

이준은 없던 신앙심이 솟구치는 것을 느꼈다.

"전세, 그건 어디 있는데?"

"주소까지 읊어야 해요?"

"아니. 그럼 돈 모아서 사려는 집은?"

"음, 자그마한 정원에 세 그루의 나무가 심어져 있는 아늑하고 오래된 집이요."

"뭐야, 그 애매한 조건은."

"그런 집이 있어요. 그런데 사장님, 오늘 호구조사하세요? 갑자기 저한테 왜 관심을 보이세요?"

이준은 도저히 이해 못 하겠다는 얼굴로 공현을 바라보았다. 말없이 자신을 응시하는 공현의 시선에 이준은 어색함을 느꼈다. 다른 사람과는 코끝이 스쳐도 놀라지 않는 자신인데, 공현은 뭔가 달랐다. 이준은 어색하게 가라앉는 분위기를 띄우고자 씩 웃으며 말했다.

"저한테 관심 생기셨어요?"

"어."

생각지 못한 대답에 싱긋 웃던 이준의 표정이 미묘해졌다.

"갑자기 네가 어떤 인간인지 궁금해졌어."

공현은 덤덤하게 대답했다. 갑자기 나타난 추리 잘하는 인간, 그 이상으로 공현은 이준에게 관심이 생겼다.

놀란 이준은 할 말을 잃은 얼굴로 공현을 바라보았다.

"그래서 말인데, 관심을 가지는 김에 하나만 더 묻자."

이준은 공현의 입술을 바라보았다. 그때까지만 해도 이준은 자신이 그날 세상에서 가장 황당한 질문을 들을 거라곤 생각지도 못했다.

"너, 이름이 뭐야?"

합숙 같은 동거를 한 지 한 달 만에, 그가 통성명을 시도했다.

기가 막혀서 이준은 한동안 아무 말도 잇지 못했다. 이제 와서 이름이 뭐냐니. 당황한 자신과 달리 공현의 얼굴은 태연했다. 오히려 어서 대답하지 않는 것이 불만인 표정이었다.

"여태껏 내 이름을 모르고 있었어요? 어떻게 그래요?"

이준이 기막힌 목소리로 물었다.

"불필요한 건 외우지 않아서."

공현은 담백한 얼굴로 대답했다.

"참으로, 대단하시네요."

"그걸 이제 알았어?"

당연한 거 아니냐는 듯 공현의 미간이 좁아졌다. 울컥 화가 치민 이준은 잠시 눈을 감았다.

아, 이 인간을 어째야 하지.

기가 막히다 못해 뒤통수를 얻어맞은 기분이었다.

"이름, 없어?"

재촉하듯 공현이 묻는 소리에 뒤통수가 다시 얼얼해졌다.

"설이준입니다. 설.이.준."

"설이준."

그가 외우기라도 하듯이 나른한 목소리로 웅얼거렸다.

"내 이름은······."

"전 누구랑 달라서 이름 정도는 알고 지냅니다, 윤공현 사장님."

"그래? 놀랍군."

놀라운 건 이쪽이 아니라 그쪽이었다.

그러나 이준은 지나치게 황당해서 평소처럼 또박또박 대답해 주지 못했다. 그는 그것으로 목적을 달성한 사람처럼 유유히 돌아서서 방으로 돌아갔다. 이준은 그런 공현의 등을 황망한 얼굴로 쳐다보았다.

❖   ◈   ❖

평소와 다름없는 시간이 흘러갔다. 이준은 협박범을 찾기 위해 온갖 머리를 짜내면서, 공현의 게임 개발에 도움을 주었다. 공현은 게임 베타 오픈 시기에 맞춰 막바지 스피드를 높여 게임 제작에 돌입하고 있었다.

이준은 공현과 오목을 둔 지 사흘 만에 포기했다. 고전을 면치 못하던 공현은 어디서 오목 과외라도 받고 온 건지 며칠 전부터 자신을 압도하기 시작한 탓이었다. 바둑도 며칠 가지 못했다. 결국 이준은 서로 해보지 않은 신상 게임으로 내기를 하자고 제안했고, 공현은 여유만만한 얼굴로 받아들였다.

오늘도 평소와 다름없이 거실에 나란히 앉아 TV를 보며 게임을 할 때였다. 스키게임으로 누가 빠른 점수로 골인하느냐는 단순 게임이었다.

게임 속 캐릭터들이 환호하는 것과 달리 게임을 진행하는 두 사람의 얼굴은 무표정했다.

"사장님."

"말해."

언젠가부터 공현은 이준의 질문에 곧잘 대답했다. 관심이 생겼다는 말이 진심이었는지, 때때로 먼저 묻는 날도 있었다. 심리적 거리가 꽤나 가까워졌다는 건 긍정적인 일이지만, 이준은 아직 부족했다.

"게임 출시되어서 잘되면 보너스 줘요?"

"난 이미 너에게 과분하게 지급하고 있다고 생각하는데?"

"네?"

웬 난생처음 보는 개가 짖냐는 얼굴로 이준이 되물었다. 그러자 공현이 한 박자 느리게 고개를 돌려 이준을 마주 보았다.

"이 집에서 네가 집세를 내? 물세를 내? 전기세를 내? 모든 걸 무상으로 누리면서 보너스까지 바라는 건 과한 거지."

"식사랑 거주지 제공하면 땡입니까? 사람이 그러면 안 되죠."

"아, 이겼다."

공현이 짤막하게 말했다. 그 소리에 이준은 고개를 홱 돌려 공현의 승리로 끝난 화면을 보곤 얼굴을 구겼다. 잠시 방심한 틈에 역전하다니. 이준은 이 상황을 받아들일 수 없다는 듯 고개를 세차게 가로저었다.

"사장님이 이상한 소리 해서 진 거니까 무효예요."

"물 떠와."

그러거나 말거나 공현은 담백하게 명령했다.

"무효라니까요."

"윤소환이랑 맺은 계약을 무효 처리 시켜줄까?"

"……."

집에서 내쫓겠다는 뉘앙스를 풍기는 공현을 보며 이준은 입술을 씹었다. 자리에서 벌떡 일어나 부엌으로 걸어가는 이준의 등을 보며 공현이 소리쳤다.

"부추, 상추 띄우지 마! 레몬 물, 설탕물, 소금물도 안 돼. 순수한 미네랄워터로."

누가 보면 레스토랑에서 스테이크 주문하는 걸로 착각할 만큼 복잡한 주문이었다. 이준은 콕 집어 정수기 물을 갖다 달라는 공현의 부탁에 불만스럽게 얼굴을 구겼다.

침을 뱉을까. 안 돼. 그건 내 침한테 실례잖아.

이준은 어쩔 수 없이 고개를 설레설레 내저으며 머그컵에 물을 담았다. 그러고 보니 다른 사람 앞에서 식사조차 하지 않는다는 공현은, 자신에게 물 심부름을 자주 시켰다. 자신을 믿는 걸까.

"사장님은 저를 믿어요?"

공현은 이준이 내미는 머그컵을 받으며 얼굴을 구겼다.

"뜨겁잖아."

"미네랄워터라고 했지, 온도까지 정해주진 않았잖아요."

"하……."

공현은 한 방 먹은 얼굴로 머그컵을 발아래에 내려놓았다. 안 마시겠다는 뜻이었다. 이준은 그런 공현을 슬쩍 노려보다가 물었다.

"저를 믿냐고요."

"안 믿어."

"그럼 물 심부름은 왜 시켜요?"

"우리 집 정수기를 믿는 거지."

"제가 독극물이라도 타면 어쩌려고요?"

"네 손해잖아. 내가 죽으면 넌 당장 일거리를 잃는 건데. 집 사야 해서 아등바등 돈 모으는 주제에 그런 짓을 할 리가 없잖아."

"……아, 네."

더 이상 할 말이 없다. 이제 저런 말버릇에 화도 안 난다.

공현은 자신의 책임감을 믿는 게 아니라, 자신의 가난함을 믿는 것이었다. 가난해서 헛짓을 하지 못할 거라는 믿음. 더 이상 공현과 정상적인 대화 나누기를 포기한 이준은 옆자리에 털썩 주저앉았다.

"사장님."

"……."

귀찮은지 대답조차 않았다. 그러나 공현의 이런 무심한 반응에 굴복할 이준이 아니었다.

"협박범 잡을 생각 없어요? 잡을 수 있게 도와줄게요. 알고 있는 사실을 말해봐요."

"내가 왜 알고 있다고 생각해? 나도 몰라."

"그럴 리가요."

이준이 말 같지도 않은 소리 말라는 듯 입술을 삐딱하게 기울였다. 공현은 이준의 반응에 호기심이 동했는지 게임을 일시중지시킨 후 고개를 돌려 바라보았다.

"처음엔 그렇게 믿었죠. 모르는 사람한테 협박당하고 있나 보다. 그런데 아니에요. 협박에 적응할 수 있는 인간은 없어요. 어디선가 감시하고 있는데 태연하게 게임하고, 일하고, 밥 먹을 수 있다는 건 그 사람이 누군지 알 때만 가능한 일이에요."

공현은 차분하게 말을 잇는 이준의 눈동자를 똑바로 응시했다. 역시 생각보다 설이준은 똑똑했다.

"제 말이 맞죠? 그러니까 어서 말해봐요."

이준의 확신이 담긴 눈동자가 한없이 반짝거렸다. 똘망똘망한 얼굴에는 문제를 해결해 내겠다는 자신감까지 엿보였다.

공현은 문득 이준이 살았을 삶이 궁금해졌다. 어떤 삶을, 어떤 사람들을 만나야 이렇게 사람이 반짝거릴 수 있을까. 그리고 저 자존심의 배경도 그 삶에서 기인한 것일까.

"사장님."

왜 빤히 쳐다보고 있을 뿐 말이 없냐는 듯 묻는 이준을 보며 공현은 정신을 차렸다.

"……왜?"

"피곤하시면 방에 가서 주무세요. 여기서 눈 뜨고 주무시지 말고."

"다른 생각을 했어. 뭐라고?"

"협박범이 누군지 알면 말해달라고요."

"몰라."

"거짓말."

"진짜로 몰라."

"에이."

"그리고 설령 안다고 해도 너한테 말해줄 생각이 없어."

공현은 손에 쥐고 있던 게임기를 내려놓으며 커다란 손으로 입가를 가렸다. 며칠 내내 일에 시달렸더니 피로가 몰려온 탓이었다.

"왜요?"

"못 잡을 테니까."

그렇게 대답하는 공현의 미간이 설핏 구겨졌다.

"그러니까 왜 제가 못 잡는다고 생각하냐고요."

답답하다는 듯 캐묻는 이준을 공현이 흘깃 보았다. 그러다 이준의 손에 공현의 시선이 닿았다. 여러 일을 거쳤는지 거칠긴 하지만 손 자체가 크진 않았다. 남자의 것치곤 아기자기한 손을 바라보며 공현은 픽 웃었다.

"말을 하다 말고 왜 남의 손을 보고 비웃어요?"

"그 정도 손으로는 못 잡아. 아주 큰 사람이거든."

"큰 사람이요?"

"한 시간 지났어."

공현은 더 이야기할 생각 없다는 듯 자리에서 일어났다.

"어떻게든 잡을 겁니다."

이준의 심각한 목소리에 공현이 몸을 반쯤 돌려세웠다. 베란다 창에서 스며들어 오는 은빛 햇살을 받아 이준의 얼굴이 한결 하얗게 빛났다. 과연 저 아이가 그 사람을 잡을 수 있을까. 아니, 잡으려다가 되레 저 자그마한 손이 부서지게 될 것이다. 자신이 번번이 그러했듯이. 명확히 설명할 수 없지만 공현은 이준이 '그 사람' 손에 부서지길 원치 않았다.

"조용히 있다가 사라져."

"……."

"게임 출시 후 잘되면 섭섭하지 않을 만큼 챙겨줄 테니까."

더 이상 같은 말 반복하는 건 이게 마지막이라는 듯 공현이 한층 낮은 목소리로 말했다.

"아뇨. 전 협박범을 빨리 잡고, 이 집에서 빨리 나갈 겁니다."

이준도 지지 않고 맞받아쳤다. 공현은 더 이상 대화 나누기를 거절한다는 듯 말없이 돌아섰다. 방으로 돌아와 컴퓨터를 켜던 공현은 갑자기 기분이 와락 상했다.

"이 집에서 빨리 나갈 겁니다."

왜 그 말에 자신이 기분 상했는지, 모를 일이었다.

⬥　❈　⬥

　이준은 소환에게 가족들의 이름과 사진을 부탁했다. 소환은 난처해하며 잠시 말을 잇지 못했고, 이준은 실례되는 부탁이라면 죄송하다는 말과 함께 통화를 마치려고 했다. 그러나 이어지는 소환의 말에 이준은 할 말을 잃었다.

　"인터넷 검색하면 돼요."

　"무슨 가족이 인터넷 검색하면 나오냐?"
　이준은 휴대폰을 쳐다보며 기가 차다는 듯이 중얼거렸다. 검색 한 번으로 가족의 이름, 생일이 튀어나왔다. 조금만 더 검색하자 가족관계도가 나왔고, 그들이 어떤 기업을 꾸리고 있는지까지 세세하게 나왔다. 발달한 통신망이 놀라운 건지, 이 가족이 놀라운 건지 알 길이 없었다.
　일단 이준은 종이를 펴놓고 그 위에 결혼식에서 보았던 사람들 위주로 이름을 추렸다. 이준은 공현에게 유난히 적대감을 보이는 세 사람을 기억했다. 고모와, 결혼식 주인공이었던 수호였다. 그리고 한 사람이 더 있었다. 그 사람은 아무리 눈 씻고 찾아봐도 찾을 수가 없었다.
　"그 사람은 누구였을까……."

스치듯이 지나친 젊은 남자가 있었다. 그땐 흘리듯이 지나쳤는데 집에 돌아와 생각해 보니 분명 낯익은 얼굴이었다. 어디서 봤던 걸까. 이준은 그 남자가 어쩌면 공현의 협박범과 관계가 있을지도 모른다는 촉이 섰다. 콕 집어 설명할 순 없지만, 그럴 것 같은 묘한 기운. 이런 예리한 기운이 들 땐 대부분 높은 성공률로 범인을 찾아낼 수 있었다.

쾅. 쾅!

가족관계도를 바라보며 깊게 고민에 빠져 있는데, 누군가가 방문을 두들겼다. 이준은 반사적으로 자신이 보던 것을 모두 정리해 침대 아래에 밀어 넣은 후 자리에서 일어났다.

"누구세요?"

"열어."

건조한 목소리가 방문을 넘어왔다. 이준은 방문을 열자마자 떡 버티고 서 있는 공현과 눈이 마주쳤다. 그는 일부러 이준이 나갈 수 없게 하려는 듯 방문을 비스듬히 막고 서 있었다. 예전엔 이 방 근처에는 얼씬도 하지 않았던 사람이었는데, 요즘은 곧잘 자신의 방문을 두들겼다. 아니, 곧잘 정도가 아니라 지나칠 정도로 자주 이 방문을 두들겨 댔다. 이러다가 이 방문 반쪽 나겠다.

"이 집에서 이 방문을 두들길 사람이 누가 있겠어?"

"사장님뿐이겠죠. 왜요? 게임해야 해요?"

"아니. 밥이 없어."

"아아, 그렇군요."

이준은 그렇냐는 듯 고개를 주억거렸다. 그러자 공현의 미간이 좁아졌다.

"드는 생각 없어?"

"오늘 저녁에 임 씨 아줌마가 오시나, 하는 생각 중이었어요."

"안 와. 그리고 난 지금 배고파."

"그런데요?"

이준의 눈빛이 순수해졌다.

"연기하지 마."

공현의 말에 이준이 곧장 정색했다. 이래 봬도 어디서 연기력 부족하다는 소리는 안 듣는데, 윤공현에겐 먹히질 않았다.

"밥 해. 무상거주하면 눈치라도 있어야 할 거 아냐."

공현이 돌아섰고, 이준은 멀어지는 그의 등을 지그시 바라보다가 중얼거렸다.

"또 내가 해준 밥이 먹고 싶어서 앙탈 부리기는."

"뭐?"

쓸데없이 귀가 밝은 공현이 홱 돌아서며 까칠하게 물었다. 이준은 씩 웃었다.

"사장님이랑 친해져서 좋다고요."

"누가, 누구랑 친해?"

공현은 쓸데없는 소리 한다는 듯 까칠하게 고개를 돌렸다. 그런 공현의 등을 보며 이준은 픽 웃었다. 저렇게 싫은 내색 해도, 자신을 실제로 싫어하지 않는다는 걸 이준은 어렴풋이 알 수 있었다. 자신을 싫어한다면, 자신이 해준 밥 같은 건 먹고 싶어 하지 않을 테니까. 아마 굶는 쪽을 택할 게 분명했다.

"⋯⋯그래도 순순히 밥셔틀을 하면 내가 설이준이 아니지."

이준은 팔짱을 낀 채 사악하게 웃었다.

"⋯⋯밥하랬지, 누가 이런 짓 하랬어?"

"여기 밥 있잖아요."

이준은 천연덕스럽게 짬뽕 그릇 옆에 있는 공깃밥을 가리키며 말했다.

"이게 네가 말하는 마술이야?"

공현은 팔짱을 낀 채 기가 막히다는 듯 물었다.

"네."

이준은 해맑게 고개를 끄덕였다.

이준은 거실에 떡하니 앉아 밥이 날아오는 마술을 보여주겠다고 했다. 그리고 정확히 25분 후, 중국집에서 배달이 왔다.

"안 드세요?"

"알뜰살뜰 돈 모아야 한다는 사람이, 이런 거 살 돈은 있나 봐?"

"오랜만에 크게 한턱 쏩니다. 제 갑님이 수고 많다고 수고비 더 주셨거든요."

"윤소환이?"

"네. 검사님이라 가난할 줄 알았는데 집이 재벌이라서 그런지 통이 크더라고요. 말 안 해도 척척 주고, 챙겨주시고, 덕분에 불편한 집에서 편안하게 생활하고 있습니다."

이준은 나무젓가락의 종이를 뜯으며 말했다. 그 말에 공현의 미간이 좁아졌다.

"내 앞에서 윤소환 칭찬하지 마."

"왜요? 그 좋은 분을?"

"하지 말라면 하지 마."

공현의 말에 이준은 입술을 삐쭉거렸으나, 별다른 말은 하지 않았다. 이상한 데서 윤공현이 성질 부리는 건 하루 이틀 아니었기에 이준은 별다른 이상함을 느끼지 못했다.

"앉으세요. 식기 전에 먹어야 맛있어요."

이준은 맞은편 식탁을 가리키며 말했다. 공현은 성큼성큼 걸어가 혹시나 하는 마음에 밥솥을 열었으나 텅 비어 있었다. 어쩔 수 없이 앉는다는 듯 식탁에 앉은 공현은 짬뽕밥을 내려다보았다.

"이거, 먹을 수 있는 거야? 위생적이야? 안전해?"

"……처음 드세요?"

짜장면을 크게 퍼올리던 이준이 설마, 하는 표정으로 쳐다보았다. 그러자 공현은 '그렇다면?' 이라는 표정을 지었다.

진짜 여러 방면으로 놀라게 하는구나.

"잘 보세요."

이준은 팔을 걷어붙이고서 짬뽕 그릇을 뒤덮은 포장을 뜯어
낸 후, 국물에 밥을 부었다. 그리고는 숟가락으로 쓱쓱 비벼 공
현의 앞으로 내밀었다.

"드세요. 맛있을 거예요."

공현은 못 미덥다는 눈으로 짬뽕밥을 보았으나, 마땅히 먹을
것이 없고 배가 고팠기에 숟가락을 들었다. 짬뽕밥을 한입 떠먹
은 공현의 얼굴이 구겨졌다.

"왜요? 맛없어요?"

지켜보고 있던 이준이 물었다.

"어."

"그럼 이리 줘요. 제가 먹을게요. 역시 짬뽕과 짜짱면은 같이
먹어야 맛이죠."

이준이 손을 내밀었다. 공현은 그녀의 손을 밀어냈다.

"됐어. 참고 먹을 거야, 배고프니까."

"……."

"진짜야. 배고파서 억지로 먹는 거야."

그는 그렇게 말한 후 숟가락으로 짬뽕밥을 한입 더 떠먹었다.
그런 공현을 이준이 물끄러미 쳐다보다가 식사를 시작했다.

한창 식사하고 있는데, 이준은 갑자기 정수리가 따끔거리는
것을 느끼곤 고개를 들었다. 그가 팔짱을 낀 채 비스듬히 앉아

쳐다보고 있었다.

자신이 아니라, 자신의 짜장면을.

"……설마, 제 짜장면 노리는 건 아니죠?"

이준의 말에 공현이 눈만 들어 올렸다.

"장난쳐? 이 맛 없는 걸 어떻게 먹나 싶어서 쳐다본 거야."

공현이 자리를 박차고 일어났다. 그러고는 곧장 자신의 방으로 들어갔다. 그런 공현을 쳐다보던 이준은 기가 차다는 듯이 중얼거렸다.

"참나, 그래서 다 먹었냐?"

이준은 닫힌 방문과 빈 짬뽕 그릇을 번갈아 보았다.

"왜 네가 여기 있는지 설명해 보실까?"

공현이 삐딱하게 선 채로 물었다. 평소와 다른 소란함에 신경이 쓰여 나와봤더니 여기 있어선 안 될 인간이 거실을 점령하고 있었다.

"아, 깜짝이야."

거실 바닥에 앉아 뉴스를 보고 있던 소환은 발소리도 없이 갑작스럽게 나타난 공현을 보곤 흠칫했다.

"내 집에 들어오라고 허락한 적 없을 텐데."

"어쩌겠어? 널 혼자 두기엔 내 마음이 편치 않은데."

"혼자라니? 네가 심어둔 첩자 있잖아."

공현이 팔짱을 낀 채 심드렁하게 대답했다. 그러면서 시선을 들어 이준의 방이 있는 곳을 바라보았다. 이 시각이면 나와서 거실을 돌아다니던가, 부엌을 돌아다니던가 해야 하는데 이상하리만큼 고요했다.

"없어. 이준 씨 휴가 갔어."

"뭐?"

"우리 을님이 이야기 안 했어?"

"을님?"

"설이준 씨 말이야. 네 보디가드. 나를 갑님으로 부르길래, 내가 을님이라고 부르거든."

갑님, 을님.

공현은 두 사람의 애칭에 묘하게 기분이 상하는 것을 느꼈다. 소환은 바닥에 반쯤 눕다시피 앉아 공현을 흘깃 쳐다보며 말했다.

"안 그래도 너한테 말 못하고 가는 걸 되게 미안하게 생각하더라. 근데 방문은 잠겼지, 휴대폰으로 전화해도 안 받지, 어쩔 거야? 내가 네 옆을 지킬 테니 안심하고 휴가를 즐기고 오라고 보냈지."

"……누구 맘대로?"

"누구 맘대로긴, 갑인 내 마음대로지. 그리고 네가 그런 말 하면 안 되지. 우리가 문밖에서 얼마나 시끄럽게 굴었는데. 너 안 나오길래 일부러 안 나오는 줄 알았어. 뭐 하고 있었던 거야?"

소환의 말에 공현의 미간이 좁아졌다. 시끄럽게 군 줄 몰랐다. 자신도 모르게 깊게 잠든 모양이었다. 그러고 보니 요 근래 잠을 자고 일어나도 피곤한 줄 몰랐고, 잠을 자다가 중간에 깨는 경우도 없었다.

"제가 이 집을 지키고 있을 테니까, 사장님은 가서 주무세요."

그 말을 들은 직후였던가, 결혼식장에서의 일이 있었던 이후였던가. 공교롭게 하필이면 그 시기부터 자신이 숙면을 취하게 되었음을 깨닫게 된 공현의 미간은 더욱 구겨졌다. 그게 뭐라고.

"왜? 눈 뜨자마자 네 친구가 없으니까 섭섭해? 크게 섭섭하게 생각하지 마. 오늘은 임 씨 아줌마도 오실 거고, 나도 여기 있을 거니까 네가 심심할 일은 없을 거야."

"나가."

"마음에도 없는 소리 하기는."

"경찰에 신고해 줄까?"

"우리 사이에 너무 거칠게 그러지 말자. 아! 그리고 이거 이준 씨가 너 나오면 주라고 하더라."

소환은 주머니에서 작은 쪽지를 꺼내 내밀었다. 공현은 소환을 힐끗 본 후 종이쪽지를 받아 들었다.

─사장님, 1박 2일 휴가 다녀옵니다. 제 빈자리를 검사님이 채워주실 거예요. 수고하세요!

쪽지를 다 읽은 공현의 눈길이 1박 2일이라는 글자에 닿았다.

덕분에 1박 2일간은 편하겠군.

그러나 생각과 달리 공현은 종이쪽지를 구겨 쓰레기통에 버렸다.

"역시 우리 이모 밥이 최고죠!"

이준은 식사를 하던 중 엄지손가락을 치켜들었다. 그 모습에 이모가 씩 웃으며 이준의 앞으로 국그릇을 내밀었다.

"녀석, 넉살은 여전하구나."

이모는 다시 식사에 매진하는 이준의 모습을 물끄러미 바라보았다. 내색하진 않았지만, 출장 간다고 나간 후로 감감무소식이라 걱정했었다. 한 달 반 만에 본 이준은 다행히 잘 지내는지 표정도 밝고, 씩씩한 것도 여전했다. 그렇지만 이준을 바라보는 이모의 눈빛엔 수심이 가득했다.

"너, 아직도 보디가드인지 뭔지 하고 다니는 거야?"

"네. 할 만해요."

"여자애가 그런 거 계속 하긴 힘들지 않아? 이모가 알아뵈 줄게. 차라리 다른 곳에 취직하는 건 어때?"

이준은 어려운 살림살이 때문에 고등학교를 졸업한 후 곧장 생업전선에 뛰어들었다. 당시 체력 좋고 눈치 빠른 이준을 눈여겨보고 있던 소장의 소개로 가장 일급이 높은 보디가드 일을 하게 되었다. 그때 잠시 한다는 게 지금껏 이어졌다. 이모는 내내 그 일을 마음에 걸려 했다.

"일단 지금 하는 일만 마저 하고 생각해 볼게요."

"으휴, 마음에 안 들어. 지금 하는 일은 언제 끝나는데?"

"몇 달 뒤에요."

국에 밥을 말아 꿀떡꿀떡 삼키면서도 이준은 곧잘 대답했다. 그 모습이 마치 며칠 밤 굶은 모습 같아서 이모는 더욱 마음이 불편했다.

"여자애가 심부름센터 그런 일이나 하고 말이야. 아직도 후회해. 너 그때 그 일 하려는 걸 내가 도시락 싸들고 다녀서라도 말렸어야 했는데."

"심부름센터가 아니라 탐정이라니까요."

"탐정이 어딨어? 이 대한민국에! 죄다 불법이지!"

"불법 아니에요. 아직 합법이 아닐 뿐이죠. 곧 합법화될 거고, 다른 나라에서 탐정은 이미 합법적인 직업이라고요. 그리고 심부름센터에서 일하긴 하지만 전 엄연히 탐정이라고 하고 다녔어요. 실제로 탐정이 해낼 법한 일들도 몇 가지 해냈고요."

미궁에 빠진 사사로운 일들을 몇 건 해결하고 났더니 탐정 보디가드로 일대에 소문이 났었다. 이 호칭이 이득이 될 줄 알았는데, 실제론 부작용이 더 많았다.

사람들이 보디가드에게 기대하는 것은, 병풍처럼 있다가 필요할 때 자신을 지켜주는 것이었다. 그러나 탐정 보디가드는 쓸데없이 눈치가 빠르고, 자신의 삶을 습관처럼 뜯어보고 있을 것 같다는 선입견이 작용했다. 그 덕에 이어지던 일감도 반으로 줄었다. 보디가드 사무실은 비상이 걸렸고, 소장님은 사무실 월세를 내지 못해 쫓겨나면 어쩌나 전전긍긍하고 있었다.

어쩔 수 없이 이준은 학교 경비원과 비슷한 업무를 맡았고, 그만둬야 하나 고민하던 차에 소환의 의뢰가 들어온 것이었다.

"지금 하는 일은 안전한 거야?"

이모가 불쑥 물었다. 숟가락을 내려놓던 이준은 멈칫했다. 안전과는 다소 거리가 먼 일이었다. 살해 위협을 당하고 있는 남자를 지키는 일이니까. 여차하다간 자신도 다칠 수 있었다. 그러나 이런 일까지 일일이 이모에게 말할 필요는 없었다.

"네, 안전해요."

이준은 씩 웃었다. 마주 보는 사람 마음이 풀어질 만큼 환한 미소에 이모의 얼굴이 한결 누그러졌다.

"이번 일만 하고 꼭 그만두는 거다?"

쐐기를 박듯 한 번 더 건네는 말에 이준은 난처한 듯 뺨을 긁적였다.

"이모, 사진관이랑 집 살 때까지만……."

"아직도 그 생각 하는 거야? 포기해! 그 인간한테 그 돈을 갖다 바치느니 포기하고 말아!"

"이모."

"이모 말 들어! 이모라고 속상하지 않겠어? 그 사진관에 우리 언니 꽃다운 사진이 들어 있는데! 그래도 그건 아니다. 그 인간한테 굳이 그 돈을 갖다 바치면서까지 받아올 필요는 없어! 너, 그거 때문에 이 개고생하는 거 알면 너희 엄마 지하에서 눈 못 감아, 이것아!"

말을 꺼내기가 무섭게 화를 버럭버럭 내던 이모가 자리를 박차고 일어났다. 더는 이야기하지 말라는 듯 부엌을 박차고 나가는 이모의 뒷모습을 보며 이준은 깊은 한숨을 내쉬었다.

이모에게 산책 갔다 온다는 말을 남긴 후, 이준은 곧장 골목길을 따라 올라갔다. 좁은 길목을 따라 한참이나 올라가던 이준은 주머니에서 울리는 벨소리에 휴대폰을 꺼내 들었다.

—사장님

"와, 내 눈이 잘못된 건가?"

이준은 믿기지 않는다는 표정으로 휴대폰을 다시 한 번 바라보았다. 그러나 액정에는 확실히 사장님이라고 찍혀 있었다. 저장은 했으나, 전화받을 일은 추호도 없으리라 생각했는데.

이준은 황당함을 감추며 휴대폰을 귀에 가져다 댔다.

"네."

[누구 맘대로 휴가야?]

휴대폰으로 듣는 목소리가 평소보다 까칠했다. 바람이 불지도 않았는데 서늘해지는 느낌에 이준은 팔을 문질렀다.

"갑님의 결정으로요."

[어디야?]

"집 앞이요."

[그러니까 거기가 어디냐고.]

"그게…… 새 주소로 다나아 3—1이요."

[거기가 어디야?]

"제 행적이 궁금한 거 아니었어요? 제가 다나아 3—1에 있다고요. 여기가 저희 이모가 운영하시는 하숙집에서 약 100m 떨어진 곳에 위치하는데, 이곳은 어떤 차도 다니지 않는 허름한 큰 길가를 마주하고 있는……. 끝까지 안 들을 거면 대체 왜 전화한 거야?"

이준은 뚝 끊어진 휴대폰을 황당한 표정으로 쳐다보았다. 이준은 공현이 전화한 이유를 감시하기 위해서라고 생각했다. 자신의 게임을 혹여 다른 곳에 누설할까 봐. 그래서 이준은 일부러 자신이 있는 곳을 상세하게 읊었다.

공현은 아직도 100% 자신을 신뢰하지 못했다. 공현은 여전히 자신의 방을 여전히 비밀리에 붙여두었고, 협박범에 관한 이야기를 할 때면 표정이 한껏 굳어졌으니까. 굳이 그것뿐만 아니라 여러 증거를 봐서라도 윤공현은 자신을 그다지 크게 신뢰하지 않았다.

일단 이렇게 자세히 있는 위치를 설명했으니 별다른 탈은 없을 거다. 이준은 그렇게 생각하며 이제 폐가가 되어버린 사진관 앞에 섰다. 뿌연 먼지가 낀 사진관 유리창 너머로 오래된 액자가 놓여 있었다.

액자엔 어린 남매와 젊은 여자가 나란히 앉아 웃고 있었다. 세상에서 가장 행복한 사람들처럼.

이 사진관이 동네에서 번성하던 시절, 사진기사는 아름답고 젊은 여자에게 가족사진 모델이 되어주면 액자 비용을 받지 않겠노라 제안했다. 젊은 여자는 때마침 가족사진을 갖고 싶었고, 그렇게 모델이 되었다. 가족사진 액자 하나는 사진관 홍보용으로 사진관에 남기고, 다른 액자는 젊은 여자네 거실에 걸렸다.

그러나 젊은 여자의 집에 화재가 발생하면서 하나 있던 가족사진이 사라졌다. 그와 동시에 어린 남매를 구하기 위해 화재가 난 집에 뛰어들었던 젊은 여자는 유독가스를 많이 마셔 얼마 못 가 명을 달리했다.

이준은 그 젊은 여자가 웃고 있는, 어린 자신과 그보다 더 어린 자신의 동생 이태가 웃고 있는 저 가족사진을 다시 갖고 싶었다. 그래서 수소문 끝에 사진관의 소유주와 연락할 수 있게 되었다.

"저 사진관 안에 있는 가족사진을 사려고 하는데요."

이준의 말에 사진사의 아들은 차갑게 말했다.

"사려면 우리 사진관을 통째로 사세요."
"네? 저는 사진만 필요한 겁니다."
"그러니까 저 액자가 필요하면 저 사진관을 다 사라는 말입니다."
"그게 말이 돼요?"
"말이 안 되면 사지 말던지."

사진사의 아들은 퉁명스럽게 대답한 후 전화를 뚝 끊었고, 잔뜩 화가 난 이준은 그날 밤 무작정 사진관 앞으로 찾아갔다. 처음엔 실핀으로 사진관의 잠금을 풀려고 했다. 그러나 안에서 걸쇠로 걸어둔 탓에 들어갈 수가 없었다. 이후, 유리창을 깨서라도 가족사진을 가지고 나올 생각으로 커다란 돌멩이를 치켜들었다.

유리를 깨서 액자만 가지고 가면 돼! 그 생각에 사로잡혀 돌을 던지려는 순간, 사진 속 엄마와 눈이 마주쳤다.

"우리 딸, 사랑해."

귓가에 그렇게 속삭여 주던 엄마가 자신을 보면서 웃고 있었다. 그녀의 품 안엔 어린 자신이 행복한 듯 웃고 있었다. 동시에 유리에 반사된 자신의 모습을 보았다. 자신의 모습이 비참하고 흉측했다.

돌을 던져야 하는데, 던질 수가 없었다. 엄마가 보고 있는 앞에서 도무지 그럴 자신이 없어서, 이준은 돌을 내려놓은 채 그자리에 무릎을 꿇고 앉아 엉엉 울었다.

"엄마, 미안해. 정말 미안해. 내가 돈 벌어서 데리러 올게. 미안해."

울면서 무슨 소리를 했는지 기억나지 않지만 말의 90%는 '미안해'였다. 온몸과 마음을 바쳐 자신을 구해주었던 엄마 앞에서 못난 모습을 보일 뻔했다.

그때의 기억을 떠올리자 이준은 다시금 가슴이 시큰해지는 걸 느꼈다. 이준은 손을 뻗어 낡은 유리창을 닦았다. 아무리 밖에서 닦아도 엄마의 모습이 또렷하게 보이지 않았다. 세월이 지날수록 점점 더 엄마의 모습은 먼지에 가려 보이지 않게 될 거다. 그렇게 생각하자 이준은 가슴이 바싹 타들어가는 걸 느꼈다.

"엄마, 미안해. 아직도 못 데리고 가서……. 조금만 기다려. 이번 일만 잘 끝내면 이 사진관 살 수 있을 거야."

공현의 일만 잘 해결하면 성과급과 모아놓은 돈을 합쳐 이 사진관을 살 수 있을 거다. 조금만 더 일하면 엄마와 함께 살던 집까지 살 수 있을 거다. 그때가 되면 이태와 함께 살 수 있을 거다. 간절하게 바라던 미래가 손끝에 닿을 듯 가깝게 있어서 이준은 설레면서 조바심을 느꼈다.

'그러니까 사장님, 전 죽어도 사장님의 일을 해결해야 합니다.'

재개발되어 이 동네가 싹 쓸려 나가기 전에, 이준은 기필코 계약 기간 안에 공현의 범인을 찾아야 했다.

이준이 다시 한 번 마음을 다잡고 있을 때였다.

"여기서 뭐 하냐?"

등 뒤에서 들리는 불량한 목소리에 이준이 몸을 돌려세웠다. 후드를 푹 눌러쓴 이태가 어슬렁어슬렁 걸어오고 있었다.

"어떻게 알고 왔어?"

이준이 완전히 몸을 돌려세우며 물었다.

"하숙집 밥솥에 밥이 반이나 비었던데. 그렇게 밥을 먹어치울 인간이 또 있겠어?"

이태의 이죽거림에도 불구하고 이준은 씩 웃으며 말했다.

"짐가방 봤구나?"

이준의 말에 이태가 후드를 벗었다. 동시에 햇살 아래에 선 이태의 매끈한 얼굴이 드러났다. 오랜만에 이태의 얼굴을 본 이준은 감탄했다. 온갖 불량한 짓에 학교에서 갖은 나쁜 짓을 일삼았을 때도 이태는 기념일마다 여학생들에게 꼬박꼬박 한 바구니씩 선물을 받았다. 피는 못 속인다고, 동네에서 절세미인이라 불리었던 엄마의 피를 많이 물려받은 탓이었다. 그러나 이준은 이태의 외모를 보고 예전만큼 크게 감탄하진 않았다. 함께 사는 동거인의 외모와 계약자인 검사의 외모가 지나치게 뛰어난 탓이었다. 그러고 보니 두 사람의 외모가 보통 사람에 비해 지나칠 정도로 남다르긴 했다. 그 집도 피가 남다른 건가.

"왜 표정이 그래?"

점점 미묘해지는 이준의 표정을 보고 이태가 불만스럽게 물었다.

"어? 아냐, 별거 아냐. 짐가방 보고 쫓아온 거냐?"

"그래. 일은 다 끝난 거야? 어디 쏘다니다가 이제야 나타난 거야? 그리고 여긴 또 왜 온 거고? 여기서 또 청승 떨고 있었냐?"

"온 김에 엄마 보러 왔어."

"그럼 좀 깔끔하게 하고 오던지. 꼴이 이게 뭐야. 남자야, 여자야? 이젠 나도 헷갈린다. 형이라고 불러야 할지, 누나라고 불러야 할지."

"당연히 누나라고 불러야지."

"그렇게 안 느껴지니까 하는 말 아냐. 진짜…… 어떻게 이렇게 생겼냐?"

이태가 불만스런 표정으로 위아래로 훑었다. 키가 170이 넘고, 운동을 좋아해서 여자치곤 근육이 많은 몸이었다. 그럼에도 겉으로 두드러지지 않는 속 근육이라 만져 보지 않고는 알 수가 없었다. 거기에 외모는 여자치곤 선이 굵어서 짧은 머리를 하고 있으면 남자로 오해받곤 했다. 그러나 사람은 꾸미기 나름이라고, 이준이 처음부터 이렇게 남자답진 않았다. 이준도 머리를 기르고, 화장을 하고, 딱 붙는 청바지에 흰 티를 입으면 완벽한 미를 자랑했다. 그걸 알기 때문에 이태는 이런 이준의 꼴이 더욱 마음에 들지 않았다. 마치 이준을 이렇게 만든 게 자신의 무능력함 때문인 것 같았다. 그 마음이 점점 삐뚤어져서 마음과 다른 말이 자꾸 튀어나왔다.

"설마 요즘도 남장하고 여고생들 주머니 털고 다니냐?"

이태가 헐렁한 바지를 입고 있는 이준의 다리를 쏘아보며 물었다.

"이태야."

"왜?"

이준의 조심스러운 부름에 이태가 흠칫하며 한 걸음 물러섰다. 평소라면 이 정도에서 주먹이 날아오거나 발이 날아와야 하는데, 오늘은 이준의 얼굴이 고요하기 그지없었다. 그 점이 이태를 가장 불안하게 만들었다.

"왜 부르는데?"

이태가 두 손을 교차 지어 방어 태세를 갖추며 물었다.

"너, 내공 좀 더 길러라."

"뭐?"

"너, 그거 가지고 안 돼."

"무슨 소리야?"

"이제 너의 그런 싸가지 없는 태도는 누나에게 별다른 영향력을 미치지 못한다는 말이야. 누나가 요즘 심적 수련을 많이 했거든."

한 달간 윤공현이랑 살았더니 웬만한 남자 미모에 놀라지 않게 되었고, 웬만한 싸가지 없는 말에 동요하지 않게 되었다. 윤공현은 원치 않게 자신의 마음에 평온을 찾아주었다. 기뻐해야 할지, 슬퍼해야 할지 모르겠다. 이준은 복잡한 심경으로 이태를 바라보았다.

"그래도 있지."

이준이 손을 재빠르게 뻗어 이태의 구레나룻을 잡았다.

"윽."

이태의 얼굴이 동시에 확 구겨졌다. 빠져나오려고 했으나 빠져나올 수가 없었다. 이태의 무릎이 힘없이 꺾여갔다. 단지 잡히기만 했을 뿐인데 온몸에서 힘이 빠져나갔다.

"누나한테 누나라고는 해야지."

"윽."

"누나는 내 동생이 조금만 더 상냥했으면 좋겠다. 자, 한번 말해봐."

"미쳤냐?"

"어허."

"윽! 누, 누나!"

이태가 어금니를 깨문 채 누나를 부르짖었다. 자신이 잠시 잊고 있었다, 이준의 재빠른 손놀림을.

"옳지. 한 번 더."

이준이 흡족한 얼굴로 만면에 미소를 띤 채 말했다.

"누, 누나! 살려줘!"

"잘한다. 집에 갈 때까지 누나, 라고 외쳐."

"누나! 누나! 누나! 누나!"

이준은 그 상태로 이태의 구레나룻을 쥔 채 하숙집으로 향했고, 악에 받친 이태는 목청이 터져라 '누나'를 외쳐 댔다.

"어디 갔다 와?"

소환은 거실을 가로질러 들어오는 공현에게 물었다. 공현은 외출하겠다는 말도 없이 갑자기 사라졌다. 급한 일이라도 생긴 건가 싶어 전화를 걸었으나 연락을 받지 않았다. 혹시 자신이 모르는 사이에 납치라도 당한 건가 덜컥 겁이 났다. 10분만 더 기다렸다가 연락이 오지 않으면 경찰에 신고해야겠다 싶을 즈음, 공현이 모습을 드러낸 것이었다.

꼭 한 대 얻어맞은 얼굴을 하고서.

"무슨 일 있었어? 표정이 왜 그래?"

소환은 멍한 공현의 얼굴을 보며 조심스럽게 물었다. 공현은 흘깃 소환을 보았다. 무언가 말할 것처럼 입술을 열었다가 꾹 다물었다.

"할 말 있으면 해, 그런 무서운 얼굴로 쳐다보지 말고."

소환이 다그쳤다.

"아냐, 아무것도."

소환의 말에 공현은 됐다는 듯 손을 내젓고는 안방으로 들어 갔다. 그런 공현의 등을 소환이 의아한 듯 바라보았다.

방으로 들어가 셔츠 단추를 푸는 공현의 눈빛이 아득하게 내려앉았다. 설이준이 무단 외출한 후, 게임을 제작하던 중 문제점이 생겼다. 당장 설이준에게 보여줘야 한다는 생각에 외출을 감행했다. 사실 내일 보여줘도 되는 일이었지만, 외출 하고 싶었다. 외출해서 설이준이 휴가에 무엇을 하는지 궁금 했다. 설이준이 어떤 삶을 살고 있는 지 아주 조금 궁금하기 도 했고.

그러던 중 설이준과 통화를 하게 되었고, 자신의 행적을 밝힌 답시고 설이준은 주소를 불렀다. 설이준이 부르는 주소를 내비

게이션에 찍은 후 찾아갔다. 때마침 주변에 있던 터라 시간이
얼마 걸리지 않았다. 자동차를 근처에 세워놓은 후 좁은 길을
따라 내려가던 중, 이준을 보았다. 설이준은 낯선 남자와 문 닫
은 지 오래된 사진관 앞에 서 있었다. 설이준을 부르기 직전, 낯
선 소리를 들었다.

"누나! 누나!"

분명 설이준의 손에 끌려가는 남자는 그렇게 소리쳤다.
처음엔 자신의 귀를 의심했다. 그러나 그 남자는 끌려가는 내
내 '누나'라고 부르짖었고, 이준 또한 자신을 누나라고 부르라
고 시켰다.
누나라니.
셔츠 단추를 풀다 말고 공현은 성큼성큼 자신의 책상으로 걸
어가 다급하게 파일을 뒤졌다. 구석에 자리한 파일을 꺼낸 공현
은 종이를 빠르게 넘겼다. 심부름센터를 이용해 알아낸 설이준
의 정보였다.
윤소환이 보낸 사람이니 신분은 확실할 테지만, 공현은 만에
하나라는 가능성도 배제하지 않았다. 이중계약을 한 사람인지,
'그 사람'과의 연결 고리가 있는지에 중점을 두고 샅샅이 뒤졌
다. 다행히 '그 사람'과의 접점은 없었으나, 공현은 마음을 전부
놓지 않았다.

종이엔 학력, 범죄 사실, 기타 등등이 모두 담겨 있었으나 가장 중요한 성별이 없었다. 아마도 심부름센터에선 설이준이 여자라는 걸 안다고 생각했는지 그 부분이 생략되어 있었다. 그때 그는 설이준이 남자라고 철석같이 믿고 있었고, 그들 또한 성별까진 기재할 필요가 없다고 생각한 듯했다.

공현은 곧장 휴대폰을 꺼내 어디론가 전화를 걸었다.

[네. 오랜만입니다, 윤 사장님.]

공현이 조용히 움직일 때, 혹은 긴밀하게 자료를 필요로 할 때 연락하는 심부름센터였다.

"하나 알아봐 줄 게 있어요."

[네, 말씀하십시오. 뭐든지 알아봐 드리겠습니다.]

"일전에 알아보라고 했던 보디가드 말입니다."

[아, 설이준 씨요?]

"네. 기억하시네요."

[잊을 수가 없죠. 탐정 보디가드라고 불리는 사람인데 좀 특이해야지 말입니다. 하하. 근방에서 소문이 자자하던걸요. 눈썰미 좋고 능력 좋기로요. 그 능력 때문에 묻힌 건 좀 아깝더라고요. 차라리 형사를 해서 탐정 같은 형사면 좋았을걸 보디가드를 해서…… 원.]

"제가 전화드린 이유는 다른 게 아니고."

심부름센터 소장의 말이 길어지기 시작하자 공현은 그의 말을 잘랐다. 그는 숨을 깊게 들이마신 후 내뱉었다.

"그 사람, 성별…… 기억하십니까?"

공현은 말을 꺼내는 자신의 목소리가 미세하게 떨리는 것을 알아챘다. 거짓말처럼 아니길 바라고 있었다. 자신이 잘못 들은 것이길. 자신이 지금 착각하고 있는 것이기를. 설이준이 자신을 속이는 것이 아니기를, 거짓말처럼 바라고 있었다.

[제가 자료에 기입하지 않았던가요?]

"네."

[아아, 불필요해서 넣지 않은 모양이네요. 여성이라고 알고 있습니다.]

"……."

[여보세요?]

공현의 침묵이 의아한지 소장이 조용히 그를 불렀다.

"……알겠습니다. 다음에 또 연락드리겠습니다."

공현의 목소리가 착 가라앉았다. 휴대폰을 든 손이 힘없이 떨어졌다. 공현의 목울대가 빠르게 올라갔다 내려가길 반복했다.

"하……. 그러니까 여자란…… 말이지?"

이제야 믿기지 않던 현실이 피부에 와 닿았다. 가슴속으로 알 수 없는 감정이 한참이나 휘몰아쳤다. 10분가량 발이 땅에 붙은 사람처럼 서 있던 공현은 한참 만에야 자신의 감정이 무엇인지 알아챘다.

배신감이었다.

설이준은 자신의 앞에서 남자 행세를 했다. 턱수염이 없는 것

두 유전이라고 했다. 유전상 무모증이라고 했던가. 참으로 천연덕스럽게 자신에게 거짓말을 일삼았다.

"친구 할래요?"

생글생글 웃는 구김살 없는 맑은 얼굴이 떠올랐다. 친구 하자면서 정작 설이준은 자신을 속이고 있었다. 자신의 마음을 억지로 열어 협박범에 대한 정보를 얻기 위해서. 그 사실도 모르고 자신은 설이준의 장단에 놀아나고 있었다.

얼마나 재미있었을까. 조금씩 변하는 자신을 보면서, 하루에 한 번씩 친구라고 부르는 자신의 목소리를 들으면서 속으로 얼마나 비웃었을까. 그 검은 속에는 또 어떤 생각이 담겨 있을까. 정말로 '그 사람'과 연결이 되어있지 않은 걸까.

수만 가지 생각이 머릿속을 휘감았다.

탁. 공현이 서류를 던지다시피 책상 위로 내던졌다. 턱 근육에 힘이 실리며, 눈빛이 잔뜩 낮아졌다. 갑자기 견딜 수 없이 화가 치밀어 올랐다.

어떻게 내쫓을까.

공현은 차가운 얼굴로 생각했다.

아니, 내쫓기엔 이르다. 불행하게도 설이준은 아직 자신에게 필요하다. 공현은 차가운 이성으로 머릿속을 빠르게 굴렸다. 이용 가치가 다할 때까지 설이준을 내쫓는 건 무리가 있었다. 내쫓았다가 이 대리처럼 다른 게임 회사에 자신의 게임을 누출이라도 했다간 골치 아파지는 건 자신이었다.

"그럼 같이 놀아주는 수밖에."

고요한 방에 공현의 눈빛이 어둡게 가라앉았다.

5. 들킨.비밀, 그리고······.

"다녀왔습니다!"

문을 열고 들어온 이준이 씩씩한 목소리로 소리쳤다.

"어서 와요."

반겨준 것은 소환이었다. 이준이 오기만을 기다린 사람처럼 소환은 외출복 차림이었다.

"1박 2일간 감사했습니다."

"알아보려고 했던 건 잘 알아봤어요?"

소환이가 목소리를 낮춰 물었다. 공현에겐 휴가라고 했지만, 이준이 외출한 것은 알아볼 사람이 있어서였다.

이준은 아쉬운 표정으로 고개를 가로저었다. 이준은 결혼식장을 경호했던 경호원의 지인을 만나 문의를 했으나, 사진 한 장 없이 찾고자 하는 사람을 찾아내는 것은 무리였다. 더군다나 경호원의 기본 수칙이 비밀 엄수인 만큼 지인은 사진이 있다고 한들 확인해 줄 수 없다고 단호하게 답했다.

"내가 기억하면 좋았을 텐데. 흐음, 누굴까요?"

소환도 도저히 모르겠다는 얼굴로 낮게 침음했다. 그날 결혼 식장엔 어마어마한 인파가 몰렸고 동시에 경호원 수도 꽤 많았 다. 거기에 딸린 비서 등을 포함하면 이루 말할 수 없을 정도였 다.

"일단 불행인지 다행인지 모르겠지만 확실히 범인이 사장님 주변 사람인 것만은 알겠네요."

이준의 대답에 소환은 고개를 가볍게 끄덕였다.

"사장님은요?"

"방에 있어요."

"난 왜?"

소환이 대답함과 동시에 안방 문이 열렸다. 편안한 트레이닝 복 차림의 공현은 바지주머니에 손을 넣고 있었다. 이준은 가볍 게 감탄했다. 난다 긴다 하는 외모의 이태마저도 절을 해야 할 외모. 세상에서 자신이 제일 잘나가는 줄 아는 이태에게 꼭 한 번 보여주고 싶은 얼굴이었다.

"오랜만이에요, 사장님! 1박 2일 동안 저 없다고 섭섭하진 않 으셨어요?"

이준은 습관처럼 생글생글 웃으며 공현에게 말을 넌졌다.

"어."

"또 진심을 그렇게 숨기면⋯⋯."

"섭섭했어."

"⋯⋯."

공현의 무덤덤한 대답에 소환과 이준은 스스로의 귀를 의심했다. 그러나 공현은 무표정한 얼굴로 말을 이었다.

"아주 많이."

"⋯⋯."

"그러니까 집에 딱 붙어 있어. 어디 싸돌아다닐 생각 하지 말고."

공현은 그대로 부엌으로 들어갔다. 거실에 남겨진 이준은 눈을 깜빡이다가 고개를 스르륵 돌려 소환을 쳐다보았다.

"사장님이 미쳤다고는 말 안 했잖아요."

"나도 방금 알았어요, 쟤 미친 줄."

"방금 제가 제대로 들은 거 맞죠? 욕을 했는데 제가 잘못 이해했다거나⋯⋯ 꺼지라고 한 건데 제가 섭섭하다라고 들은 건 아니죠?"

이준은 믿을 수 없다는 듯 되물었다. 소환도 난감한 얼굴로 뺨을 긁적이며 중얼거렸다.

"나도 그렇게 들었는데⋯⋯."

"우와, 사람 미치는 건 한순간이네요."

이준은 안타까운 얼굴로 혀를 끌끌 찼고, 소환도 진지한 얼굴로 그의 정신과 상담을 예약해야 하나 고민에 빠지기 시작했다.

❖　❖　❖

윤공현의 상태가 이상했다. 그것은 단순히 보통 사람이 이상하다는 것과는 많이 달랐다. 이미 이상하던 사람이 더욱 이상해진 것은 공포 그 이상이었다.

"뭐 해, 밥 안 먹고."

이준은 자신의 앞에서 태연하게 식사를 시작하는 공현을 겁에 질린 얼굴로 바라보았다.

"……제가 뭘 잘못했어요?"

"아니."

"그럼 신종 괴롭힘이에요?"

"아니."

"그럼 대체 왜 이러세요? 사람이 갑자기 안 하던 짓을 하면 미친 거나, 미친 거라거나, 미쳤다는 증거라던데."

이준은 희게 질린 얼굴로 중얼거렸다.

오늘 아침에 일어나 운동을 하던 중, 공현이 방으로 찾아왔다. 게임을 해야 하거나, 혹은 아침밥을 차리라는 말일 줄 알았는데 의외의 말이 돌아왔다.

"밥 먹어."

그때까지만 해도 윤공현이 개 사료 던져 놓고서 사악하게 웃으며 먹으라고 장난치는 건 아닐까 했다. 그런데 부엌 식탁엔 김이 오르는 국과 따스한 밥, 임 씨 아줌마가 해놓은 정갈한 반찬까지 잘 정렬되어 있는 것이었다.

이준은 가장 처음 자신의 눈을 의심했고, 두 번째론 윤공현을 의심했다. 윤공현의 탈을 쓴 타인이 아닐까. 빠르게 윤공현을 탐색하기 시작했다.

그러나 우아하게 식사하는 모습을 봐선 확실히 윤공현이 맞았다. 왼쪽 손의 손등에 자리한 점도 확실히 윤공현이다. 자신의 예리한 눈썰미를 빠져나갈 수 없다. 저건 확실히 윤공현인데, 왜 이러는 걸까!

"미친 거 아니니까 밥 먹어."

공현은 덤덤히 말한 후 숟가락을 들어 밥을 떴다.

"밥이 넘어가지 않을 것 같네요."

"네가?"

그게 있을 수 있는 일이냐는 듯 공현이 물었다. 이준은 공현의 수많은 구박과 멸시 가운데서도 꿋꿋하게 밥 한 공기를 비운 사람이었다. 식욕이라면 어디 가서 뒤지지 않는 그.녀.가, 식사를 하지 않겠다고 말한 것이었다.

"그러니까요. 저도 살면서 식욕 떨어진 건 난생처음 있는 일이라 당혹스럽긴 한데, 일단 저도 오래 살다 보니 그런 날이 오네요."

"왜? 독약이라도 들었을 것 같아?"

"그 가능성도 배제할 순 없고요."

이준을 흘깃 쳐다본 공현은 새 숟가락으로 이준의 밥을 한입 떠서 자신의 그릇으로 옮겼다. 그리고는 보란 듯이 그 밥을 먹어치웠다.

"국까지 먹어야 안전하다는 걸 믿을래?"

공현의 말에 이준의 눈이 가늘어졌다. 자신을 독살할 생각이 아니라면 정말로 미쳤다는 소린데. 이준은 공현을 관찰하던 것을 관두고서 소리쳤다.

"사장님, 정말 왜 이러세요? 갑자기 보기도 싫은 동거인에게 손수 따뜻한 밥상을 차려주시다니! 크게 아파요? 어제 외출했다면서요? 병원이라도 갔어요? 왜요? 병원에서 남은 생이 3주래요? 그래서 갑자기 속성 덕 쌓기라도 하려는 거예요? 사장님의 싸가지를 봐선 3주 덕 갖고는 안 돼요. 그러니까 하던 대로 해요. 의사 선생님한테 가서 일단 치료받고, 수명을 늘린 다음에 덕을 쌓아요. 네?"

이준의 말에 공현은 들고 있던 숟가락을 내려놓았다.

"안 아파."

공현이 건조한 목소리로 말했다.

"그럼 왜 이러는데요?"

따지듯이 묻는 이준을 보며 그는 긴 팔을 교차 지어 팔짱을 꼈다. 무표정한 얼굴이 평소보다 더욱 딱딱했다.

"생각해 보니 살면서 하나쯤 만드는 것도 괜찮은 것 같아서."

"……뭘요? 덕 쌓기요?"

"친구."

공현의 말에서 믿을 수 없는 말이 떨어졌다. 친구라는 다정한 호칭답지 않게 목소리가 싸늘했으나, 엄청나게 놀란 이준은 알아채지 못했다. 윤공현의 입에서, 윤공현과 어울리지 않는 말이 튀어나왔다. 이준은 자신의 귀를 의심했으나, 공현의 표정엔 변함이 없었다.

"궁금해졌어, 친구라는 게 어떤 건지."

그는 의자 등받이에 등을 댄 채 느긋하게 말했다.

"사, 사, 사장님."

"앞으로는 공현 형이라고 불러."

"……."

갈수록 첩첩산중이다.

얼음처럼 굳어 있는 이준을 공현은 무심하게 응시한 채 말을 이었다.

"그리고 생각해 보니까 나도 더 이상 이렇게는 못 살겠더군. 협박범을 잡아야겠어. 적극적으로 임할 테니까 도움이 필요하면 말해. 단, 너도 내가 만드는 게임 그리고 후속 게임에 대해서 제대로 임해줬으면 좋겠어. 그게……."

"……."

"……네가 말한 '친구' 잖아?"

공현의 목소리가 한층 낮아지며 서늘해졌다. 친구라는 다정한 단어와는 어울리지 않는 온도였다. 이준은 식탁에서 일어나는 공현의 모습을 멍하니 쳐다보았다.

미친 거야, 확실해.

이준이 공현을 바라보며 그렇게 생각할 때였다.

"그래도 안방 출입은 하지 마. 결벽증까지 고친 건 아니니까."

공현은 차갑게 한마디 남긴 후 돌아섰다.

안방에 딸린 화장실로 들어선 공현은 칫솔 위에 치약을 짰다. 식탁에서 일어나 방으로 가는 내내 자신을 뒤따르던 이준의 표정을 떠올렸다.

마치 무언가로 얻어맞은 얼굴. 그러나 그 얼굴조차 연기일 게 분명했다. 순수한 척 웃으며 친구를 운운하거나 자신을 위로하는 등의 행동으로 자신의 혼을 빼놨던 것처럼. 지금쯤이면 어떻게 해야 협박범에 대해 잘 물어볼 수 있을지를 고민하고 있을 거다. 똑똑한 여자니까 꽤 중요한 질문을 하겠지.

이런저런 생각을 하던 공현은 칫솔을 입에 문 채 거울에 비친

유일한 적수

자신을 쳐다보았다. 밀랍인형처럼 표정이 사라졌다. 이게 자신의 본얼굴이었다.

설이준 생각에 인상을 찌푸리고, 설이준을 괴롭히기 위해 머리를 짜내며 피식 웃는 며칠 전의 자신은 멍청했다.

가장 믿을 수 없는 게 사람이라는 걸 잘 알면서, 멍청하게 자신도 모르게 설이준이라는 인간을 믿을 뻔했다.

그 웃음에, 친구라는 말에, 장난스러움에, 천연덕스러움에…… 진심이 있을 거라 믿었다. 인간에게 진심이란 얼마나 값싸고 변질적인 것인지를 잘 알면서.

삐리릭. 휴대폰이 울었다. 꺼내자 액정 위로 설이준의 메시지가 떠올랐다.

―사장님, 진심이에요? 협박범에 대해서 아는 대로 말해줄 거예요?

안방에 들어와 있는 터라 메시지를 보낸 모양이었다. 그는 입을 헹군 후, 안방으로 들어서며 답문자를 보냈다.

―어.

그가 짤막하게 답하자, 이내 답변이 왔다.

―갑자기 왜 심경 변화를 일으킨 거예요?

―말했잖아, 잡아야겠다고.

―진심이죠? 속이면 안 돼요!

속이는 게 누군데.

공현의 입술이 삐딱하게 휘었다.

―안 속여, 친구니까.

공현은 그 메시지를 전송하며 차갑게 웃었다.

설이준을 통해 '그 사람'을 잡을 수 있다면 좋은 거고, 만약 못 잡는다고 하더라도 희생되는 건 설이준일 거다. 자신이 설이준의 안전을 걱정하거나 염두에 둘 필요가 없다.

"친구잖아요."

싱긋 웃는 설이준의 얼굴이 다시금 떠올랐다. 공현의 얼굴이 서늘하게 식었다. 어차피 설이준도 자신이 아는 사람들과 다를 바 없는 인간이니까.

공현은 휴대폰 전화번호부로 들어가, 설이준을 저장해 둔 [.]의 이름을 사냥개로 변경했다. 설이준과 무척 잘 어울리는 이름이라 생각하며 공현은 휴대폰을 침대 위로 던졌다.

유일한 적수

❖ ❖ ❖

이준은 서류를 한 장씩 넘기며 골똘히 생각에 잠겼다. 일은 무탈하게 진행되고 있었다. 공현의 게임은 안정적으로 개발 중이며, 아마도 예정된 시일에 맞춰 오픈할 수 있을 것이다. 그리고 왜 심경 변화를 일으켰는지 모르겠으나 공현은 협박범 찾는 것에 흔쾌히 돕기로 했으며, 더 이상 공현의 사사로운 괴롭힘은 진행되지 않았다. 그럼에도 무언가가 이상하다. 아니, 그래서 이상하다.

이준은 인상을 쓴 채 공현의 방문을 쳐다보았다. 그가 이상하다. 자신이 1박 2일 외박을 한 후 쓸쓸했다는 둥, 자신의 옆에 있으라는 둥의 말로 현혹시켰다. 그중 가장 이상한 것은 실제로 자신을 옆에 두려고 하는 그의 행동이었다. 어제 공현은 이준에게 말했다.

"되도록 거실에 있어. 짐을 거실에 펼쳐도 상관없고."

왜 그러냐는 듯 쳐다보자 공현은 덤덤하게 대답했다.

"네가 편하게 있었으면 좋겠거든."

들킨 비밀, 그리고……. 297

그 말에 이준은 오한이 끼쳤다. 차라리 따라다니면서 괴롭히 겠다는 말이 익숙하지, 자신의 편의를 봐주는 윤공현이라니. 오늘도 공현은 기함할 만한 말을 남겼다.

　"내가 있을 동안엔 안방 문 열어놓을 테니까, 언제든 들어와."

　공현은 그렇게 말하며 따뜻하게 웃어주었는데, 그 표정을 보니 오한이 끼쳤다. 마치 가면을 보고 있는 듯한 기분. 그러나 공현의 성격상 태연하게 연기할 리도 없을 테고, 연기를 할 이유도 없었다. 어쨌든 평소보다 약 3도쯤 더 차가워진 윤공현의 얼굴과 그에 반비례하는 따뜻한 행동 때문에 이준은 며칠째 머릿속이 복잡했다.

　"후우, 일단 보고부터."

　이준은 복잡해지는 머릿속을 애써 밀어 넣으며 주먹을 들어 방문을 쿵쿵 두들겼다.

　"사장님, 접니다."

　"들어와."

　문 너머로 들리는 공현의 목소리에 이준은 안방 문을 밀고 들어섰다.

　"사장님, 더 이상 제가 수정할 부분이……."

　"왜 말을 하다가 말아?"

　"어…… 그게……."

이준은 할 말을 잃은 얼굴로 공현을 바라보았다. 막 샤워를 마쳤는지 그는 바지 하나만 달랑 입고 있었다. 매끈한 상체 위로 채 닦지 못한 물방울이 또르르 떨어져 내려갔다. 이준은 황망한 얼굴로 공현을 바라보았다. 숱한 남자들을 봐왔지만, 하다못해 남동생의 반나체까지 봤지만 자신을 이토록 당황시키는 남자의 나체는 처음이었다. 참 잘 만들어진 나체였다. 신이 정성스럽게 세공한 게 아닐까 의심스러울 만큼. 그러다 이준의 시야에 몇 개의 운동기구가 잡혔다. 안방에서 가만히 앉아만 있는게 아닌 모양이었다. 하긴 날밤을 새려면 어느 정도 체력이 갖춰져야 한다.

"왜 그러고 있어?"

공현이 침대에 걸터앉으며 무심히 물었다.

"마저 안 입으세요?"

"내가 왜."

"그래도 사람이 왔는데……."

"더워."

"이 날씨가요?"

"어. 그리고 같은 남자끼리 나체든 뭐든 상관있나?"

"……."

그렇게 대답하면 할 말 없다.

"너도 더우면 벗어."

이어 쐐기를 박는 공현의 말에 이준은 정색한 채 대답했다.

"아뇨, 안 덥습니다."

"그래?"

공현의 목소리 끝이 미묘하게 휘었다. 그 미묘함이 이준의 신경을 건드렸다. 윤공현이 무언가를 알고 있는 건가? 그녀는 애써 불길하게 치밀어 오르는 생각을 털어냈다. 이준은 최대한 공현의 몸을 보지 않으려고 고개를 빳빳하게 든 채 종이를 내밀었다.

"더 이상 제가 도울 부분이 없을 것 같네요. 이미 완벽해요. 오류도 보이지 않고, 실제로 제가 하루 종일 끙끙대면서 푼 부분도 있고요. 게임, 성공할 겁니다!"

"그래?"

활기찬 이준의 응원과 달리 공현은 단조롭게 대답하며 종이를 받아 들었다. 이미 예상했다는 어투다. 이준은 종이에 별다른 표시를 해놓지 않았다. 공현은 종이를 침대 옆에 마련된 협탁 위에 올려두었다.

"그럼 저는 이만 가보겠습니다."

"어딜 가?"

"더 시키실 것 있으세요?"

이준이 공현을 쳐다보며 물었다. 공현의 고개가 비스듬히 기울어 있었다. 그는 며칠째 저런 얼굴을 하고 있었다.

차분한 얼굴. 서늘한 눈초리. 꽉 다문 입술과 차가운 턱 선. 차분함을 가장하고 있으나 그는 어딘가 화가 나 보였다.

몇 번이나 무슨 일이 있는 거냐고 물었으나 공현은 '없어.' 라는 말로 일관하고 있었다.

뭘까. 윤공현을 갑자기 저렇게 만든 것.

이준의 눈이 그를 읽어낼 것처럼 가늘어졌다.

"네가 쓰는 욕실에 온수 안 나올 거야."

"어? 어떻게 알았어요?"

이준은 놀란 얼굴로 공현을 바라보았다. 오늘 아침 씻으려고 욕실에 들렀다가 찬물만 나오는 샤워기를 보았다.

"내가 고장 냈어."

"네?"

"고장이라기보다는, 그쪽으로 흐르는 온수를 차단했어."

"왜요?"

이준은 발끈한 얼굴로 물었다. 온수를 차단하다니. 그럼 자신은 어떻게 씻으라고? 이준의 하얗게 질린 얼굴을 바라보던 공현은 마치 그 질문을 기다린 사람처럼 덤덤하게 대답했다.

"생각해 보니 굳이 물 낭비를 할 필요 없을 것 같더라고."

"물 낭비요? 그럼 전요?"

"앞으로 여기서 씻어."

공현의 턱이 안방에 딸린 욕실을 가리켰다.

"……뭐라고요?"

이준은 자신의 귀를 의심했다. 이상하다, 이상하다, 노래를 불렀더니 윤공현이 정말 이상해졌다. 이준은 기가 막힌 얼굴로 공현을 바라보았다.

"앞으로 이쪽에서 씻으면 될 거야."

이준은 안방에 딸린 욕실을 바라보았다. 방금 샤워를 마치고 나온 욕실에선 희미하게 수증기가 흘러나오고 있었다. 문 하나를 사이에 놓고 자신보고 헐벗으라는 건가.

공현과 이준의 시선이 허공에서 맞부딪쳤다. 그의 시선은 오금 저리도록 서늘했다. 이준은 숨을 내쉬며 눈을 내리깔았다.

"사장님 결벽증 있어서 하루에 몇 번이나 샤워하시잖아요. 시간 겹치면 곤란하니까……."

"같이 씻으면 돼."

"네? 쿨럭, 쿨럭."

"친구 사이에 그쯤은 상관없잖아."

상관 있다. 크게 있다. 이준은 당황한 얼굴을 숨긴 채 말했다.

"네. 뭐…… 상황이 그렇게 된다면 그래야겠죠. 그래도 여기서 작업도 하시는데 물소리가 시끄러울 텐데요."

"상관없어."

"아무래도 저는 그냥 저기서 씻을게요. 찬물로도 잘 씻어요."

이준은 억지로 씩 웃었다. 한겨울이 되어도 기름값이 아까워서 찬물에 몸을 씻던 자신이었다. 오히려 온수로 샤워하는 지금의 상황이 호사였다. 이준은 이쯤에서 이 곤란한 대화를 매듭짓기 위해 '그럼 수고하세요.' 라는 말을 남긴 채 돌아설 때였다.

"왜?"

공현이 불쑥 물었다. 이준은 고개를 들어 공현을 바라보았다.

"왜 여기서 안 씻냐고. 내 호의, 무시해?"

공현의 눈썹이 비스듬히 휘었다.

왜 갑자기 이상한 억지를 쓰실까.

이준은 공현을 물끄러미 쳐다보았다.

"아뇨. 그건 아니고……."

"아니면 내 호의를 거절해야 할 만한 이유라도 있는 거야?"

예리한 질문이 떨어졌다. 이준은 반사적으로 공현의 눈빛과 행동을 읽었다. 그냥 던지는 말인지, 듣고자 하는 대답을 갖고 던지는 질문인지 파악하기 위해서. 공현의 자세와 표정은 이전과 조금도 달라지지 않았다. 이준은 짧게 갈등했다.

자신이 여자라는 걸 윤공현이 안 걸까? 그럴 리 없다. 소환의 말에 의하면 절대로 알 리 없다고 했다. 소환은 공현이 알 수 없도록 막아주겠다는 약속까지 했다. 설령 윤공현이 자신이 여자라는 사실을 안다면 성격상 떠보지 않고 단박에 자신을 몰아붙일 게 뻔했다. 오히려 그걸 빌미로 이 집에서 내쫓을 확률이 높았다.

이준은 억지로 입꼬리에 웃음을 머금은 채 장난스러운 표정을 지었다.

"에이, 사장님. 저랑 오래 이야기하고 싶어서 말꼬리 잡고 늘어지는 거예요? 알겠어요. 여기서 씻을게요."

그럴 생각 추호도 없지만, 이준은 일단 그러겠노라 대답했다.

연거푸 거절하면 그가 의심할 수도 있으니까.

"그래. 그럼 내일 아침에 찾아와."

그러나 순순히 빠져나가게 둘 생각은 아니었는지, 공현은 명확히 내일 아침을 기약했다. 이준이 난처한 얼굴로 뺨을 긁적이며 빠져나갈 구멍을 찾아 고민할 때였다.

"실례할게요."

팽팽하게 맞선 기운이 임 씨의 말에 푸스스 흩어졌다. 이준은 그제야 자신이 주먹을 꽉 쥐고 있음을 알았다.

"말씀하세요."

공현의 대답에 안방 문을 슬쩍 밀고 임 씨가 들어섰다.

"작은아버지라는 분이 찾아오셨어요."

말을 하는 동안 임 씨는 안방 구경이 처음이라 여기저기 둘러보았다. 이준은 작은아버지라는 말에 곧장 결혼식에서 보았던 남자를 떠올렸다. 얼굴의 절반이 화상 자국이던, 그러나 인자한 입꼬리와 차분한 이미지를 갖고 있던 그는 소환과 무척 닮아 있었다.

"집안에서 공현에게 유일하게 우호적인 분이에요."

소환은 자신의 아버지에 대해 그렇게 평가했다. 이준 또한 작은아버지로부터 좋은 인상을 받았다. 얼굴에 화상 자국이 있어도 당당하게 남 앞에 서는 그의 모습이 꽤 멋져 보였다. 시간이 된다면 작은아버지와 간단히 대화를 나눠보고 싶을 만큼.

"알겠어요."

자리에서 일어난 공현은 침대 위에 틈 하나 없이 반듯하게 펼쳐 놓은 티셔츠를 집어 들었다. 그제야 이준은 임 씨와 함께 안방에서 빠져나올 수 있었다.

❖　❋　❖

"연락 좀 하라니까, 녀석. 꼭 내가 찾아와야 얼굴 보여주는 거냐?"

고급스러운 정장을 차려입은 중년 남성의 입술에 인자한 웃음이 맺혔다. 거실 귀퉁이에 마련된 낡은 의자가 불편할 만도 한데 그는 내색하지 않았다.

"죄송합니다."

공현의 고개가 숙여졌다.

"요즘은 어떻니?"

공현의 작은아버지인 우연이 손에 쥐고 있던 잔을 테이블에 내려놓으며 물었다.

"괜찮습니다."

"그래? 두통이 있다거나, 힘든 일이 있다거나 그런 건 없고? 뭐, 기억이 나는 게 있다거나."

우연의 말에 공현은 무심히 눈을 감았다 뜨며 대답했다.

"아무 기억 나지 않습니다."

"이런."

"그리고 전에 말씀드렸지만, 기억을 되찾는 건 포기했습니다."

"그래? 그래도 그 기억만 있으면 네 아버지를 그렇게 만든 범인을 알 텐데……. 아쉽구나."

우연이 침음을 흘리며 공현을 안타까운 눈으로 바라보았다. 사고를 당하며 공현은 어린 나이에 일부분의 기억을 잃었다. 충격으로 인한 일시적인 기억상실인 줄 알았는데 꽤 오랜 시간이 지난 지금껏 복구되지 않았다.

그 기억이 유일한 사건의 증거였는데.

난처한 표정을 짓는 작은아버지를 바라보며 공현은 '걱정하지 마세요.' 라는 한마디를 덧붙였다.

"그래, 네가 어련히 잘하겠지. 그나저나 저 보디가드는 누구냐? 소환이가 붙었다고 하니 믿을 만하겠지만, 아무래도 네 상황상 걱정이구나. 믿을 만한 사람이냐?"

작은아버지의 시선이 은근히 부엌 쪽을 향했다. 뒤따라 공현의 시선도 움직였다. 부엌 식탁에 앉아 콩나물을 다듬고 있는 보디가드를 보는 작은아버지의 시선은 마뜩잖았다. 공현은 이준을 물끄러미 바라보았다. 콩나물을 다듬는 척하고 있지만, 온 감각을 동원해 이곳의 대화를 엿듣기 위해 노력하고 있을 게 분명했다. 그게 아니면 분위기라도 읽으려고 애쓰던지.

"대답 못 하는 거 보니 영 못 미더운 모양이구나. 보디가드는 저렇게 야리야리한 녀석을 쓰면 안 된다. 압도하기 위해서라도 덩치 크고 능력 좋은 녀석을 찾아야지."

"믿을 만, 합니다."

공현의 말이 한 번 끊어졌다.

"그래?"

"네."

"그래도 보디가드는 어느 정도 덩치가 있어야 해. 남자치곤 저렇게 야리야리한 게 마음에 걸리구나."

작은아버지의 말에 공현은 아무 말도 하지 않았다. 그저 다른 사람 눈에도 저 녀석이 남자로 보이는구나, 그런 생각이 들어 픽 하고 웃음이 날 뿐이었다.

"그래, 내가 일전에 제안했던 건 어떻게 생각하니?"

작은아버지의 조심스러운 물음에 공현이 고개를 들었다. 어떤 제안인지 전혀 모르겠다는 공현의 표정을 보며 작은아버지는 온화한 웃음을 지었다.

"녀석, 기억 안 나는가 보구나. 너희 게임 회사 개발 투자를 우리 쪽에서 하고 싶다는 거 말이다."

"그 부분에 대해선 거절하겠다고 말씀드렸잖습니까."

"네가 아무리 집안에서 배척받는다고 한들, 너도 윤씨 집안의 자손이다. 거대 기업의 자손이 변변찮은 자그마한 게임 회사 운영이라니. 난 별로구나. 이왕 하는 거 우리 쪽 지원을 받아서 크게 한 번 키워봐."

"저는 이 정도로 만족합니다. 더 이상 사업을 확장시킬 생각
없습니다."

공현이 단호하게 자신의 뜻을 밝히자, 작은아버지는 낮게 침
음했다. 공현의 게임 회사는 꽤나 괜찮은 수익을 내며 안정적인
구조로 운영되고 있었으나, 그가 보기엔 터무니없이 작은 규모
였다.

"한 번 더 생각해 볼 순 없겠니?"

작은아버지가 부드럽게 권유했으나, 목소리에 힘이 실려 있
었다.

"죄송합니다."

공현은 재고의 여지 없다는 듯 단호하게 거절했다.

"녀석도 참."

"저는 이 정도 그릇밖에 안 되는 모양입니다. 이 정도 규모로
적당히 운영하는 걸로 만족합니다."

공현은 덤덤하게 작은아버지의 얼굴을 마주하며 대답했다.
공현은 사업의 규모를 키우든 줄이든 온전히 자신의 손에서 해
결하길 바랐다. 투자를 받는다는 것은 누군가의 입김이 영향력
을 행사한다는 것이었다. 공현은 지금 있는 투자자들의 입김으
로도 충분히 번거롭고 귀찮은 상황이었다. 여기에 가족들의 입
김까지 보탤 생각 없었다.

"저, 저기, 사장님."

그때 잠시 나갔다가 온 임 씨가 허겁지겁 공현에게 달려가 박스를 내밀었다. 공현은 한두 번 겪는 일이 아니라는 듯 우편물을 펼쳤고, 동시에 사진이 좌아악 쏟아져 내렸다. 평소와 다름없이 공현의 일거수일투족을 감시하는 사진이었으나, 조금 달랐던 것은 사진이 갈기갈기 찢어진 채였다. 공현의 손에서 후드득 떨어지는 사진 조각을 본 이준도 자리에서 벌떡 일어났다.

"어떤 놈이!"

사진을 보자마자 노발대발하며 작은아버지가 버럭 소리를 질렀다. 그에 반해 공현은 차분한 얼굴로 찢어진 자신의 얼굴을 바라보았다. 그의 손끝에서 자신의 얼굴 조각이 후드득 떨어졌다. 사소하다면 사소한 일이지만, 범인의 행동 패턴이 바뀌었다는 것은 위험하다는 신호였기에 이준의 감각이 곤두섰다.

"어디서 난 겁니까?"

작은아버지가 임 씨에게 물었다.

"경비원에게 받았어요."

임 씨가 당혹스런 얼굴로 대답했다.

"그 경비원은 늘 알고 있던 경비원입니까?"

"네. 택배 배달원이 주고 갔다면서……."

"발신인이 없는 택배는 받지 말라고 하지 않았습니까."

작은아버지의 목소리에 힘이 잔뜩 실렸다.

"그래도 수신인이 명확한데 안 받을 순 없어서……. 죄송합니다. 앞으로는 이런 일 없도록 하겠습니다."

임 씨의 목소리가 덜덜 떨렸다.

"아니요. 소포가 오면 다 받아주세요."

작은아버지와 임 씨의 언쟁을 묵묵히 듣고 있던 공현이 가로막았다.

"무슨 말이냐?"

"말 그대로 괜찮다는 겁니다."

"지금 이게 괜찮을 상황이야?"

"겨우 소포잖아요, 겨우 이 정도 협박밖에 못 하는."

공현의 덤덤한 말에 세 사람의 표정이 기묘하게 갈렸다. 임 씨는 당황했고, 작은아버지의 눈살은 찌푸려졌고, 이준은 주먹을 움켜쥐었다. 세 사람의 반응에도 공현은 덤덤하게 찢어진 자신의 사진들을 만졌다. 공현의 손가락 사이로 사진 조각들이 비처럼 후드득 떨어져 내렸다. 마치 타인의 사진을 만지듯 공현은 무심한 표정으로 말했다.

"언제까지 협박범은 절 이렇게 귀찮게 굴까요?"

"……."

"이게 저한테 협박거리가 된다고 생각하는 것도, 참 놀랍죠."

"……."

"이제 좀 지겨운데, 새로운 패턴을 보고 싶네요."

공현의 중얼거림이 거실로 퍼져 갔다. 그 모습을 물끄러미 바라보던 작은아버지의 얼굴이 구겨졌다. 화상 자국이 구겨지면서 더욱 무서운 분위기를 풍겼다.

"그런 말 함부로 뱉는 거 아니다. 일단 네가 어떻세 살고 있는 지 알았으니까, 내가 조속히 처리하도록 하마. 보디가드 인력도 추가로 투입하고, 주변 경비도 좀 더 살피고, 가능하면 경찰에 신고해서 철저하게 조사를 하자꾸나. 나는 내 조카가 평생 이렇게 사는 거 못 두고 본다."

"괜찮다고 말씀드렸습니다."

"내가 괜찮지 않아! 고집 그만 피우고, 난 그리 알고 그만 가 보마."

작은아버지는 공현이 당하는 일을 처음 보았는지 하얗게 질린 얼굴로 자리를 박차고 일어났다. 그러고는 거실을 성큼성큼 가로질러 갔다.

"조심히 가세요."

신발을 꿰어신던 작은아버지가 고개를 들었다. 이준이 공손하게 두 손을 모은 채 서 있었다. 작은아버지의 얼굴이 작게 일그러졌다가 펴졌다.

"남은 기간 동안 우리 공현이를 잘 부탁합니다."

그는 화가 났음에도 신사답게 정중한 인사를 건넸다.

"네. 앞으로도 사장님의 안전을 지키기 위해 최선을 다하겠습니다."

이준이 답인사를 했다. 작은아버지가 현관문을 밀고 나섰다. 그 모습을 끝까지 주시하던 이준은 천천히 돌아서서 거실을 보았다. 공현은 찢어진 자신의 사진을 만지작거린 채 생각에 잠겨 있었고, 임 씨는 그런 공현을 복잡한 얼굴로 바라보다가 부엌으로 들어갔다. 이준도 뒤따라 부엌으로 들어갔다.

"아줌마."

이준이 부르자 임 씨가 돌아섰다.

"응?"

이준은 식탁 의자를 짚은 채 임 씨를 그윽하게 바라보았다.

"경비원이 집에 온 건 어떻게 알았어요?"

"응?"

"벨소리도 안 났고 문도 안 두드렸는데……. 저기요, 라고 우리를 부르지도 않았고요."

"어?"

"아! 혹시 문이 덜 닫혔었나요?"

이준이 씩 웃으며 물었다. 그러자 잠시 당황하던 임 씨가 얼른 고개를 끄덕였다.

"응, 문이 덜 닫혔더라고. 그리고 화장실 갔다가 오다가 나도 우연히 인기척을 느꼈어. 그리고 벨소리 울렸는데, 이준 총각은 못 들었나 봐?"

"전혀 못 들었어요. 요즘 자꾸 벨소리를 못 들어요, 정신을 놓고 있었더니."

이준이 멋쩍게 웃자, 임 씨가 마주 웃었다.

"으이구, 정신 차려야지."

"그러게요, 아줌마."

유일한 적수

이준은 임 씨의 손을 잡았다. 그러자 임 씨가 놀란 얼굴로 쳐다보았다.

"따뜻한 물로 손 씻으셨죠? 여자는 손이 생명이에요."

"그럼. 따뜻한 물로 씻었어. 걱정하지 마."

별걱정을 다 한다는 듯 이준의 등을 툭 친 임 씨 아줌마가 지나쳐 갔다. 동시에 환하게 웃고 있던 이준의 얼굴에서 서서히 웃음기가 사라졌다.

❖　❖　❖

책상에 앉은 이준은 가지런히 모은 두 손 위에 얼굴을 올린 채 골똘히 생각에 잠겼다.

갑작스럽게 다듬던 콩나물을 내려놓고 부엌을 벗어난 임 씨 아줌마. 얼마 후, 임 씨 아줌마 손에 들려 있던 소포. 화장실에서 따뜻한 물로 손을 씻었다고 했으나, 실제로 화장실은 윤공현 때문에 온수가 나오지 않는 상황이었다. 이건 대충 대답했을 수도 있다. 그러나 임 씨 아줌마의 손에 물기라곤 없었다는 것이 문제였다.

그보다 문제는 현관문이 열려 있다고 증언한 임 씨 아줌마의 말이었다. 이준은 벨소리도 나지 않았는데 소포를 챙겨온 임 씨 아줌마가 의심스러워, 작은아버지를 배웅하는 척 현관문으로 걸어갔다. 현관문은 반자동으로 닫히는 문이었다. 신발이라도 끼워 넣지 않는 이상 어설프게 열려 있을 문이 아니었다.

"가장 가까이 있는 사람이 가장 무서운 사람이다. 이준아, 잊지 마라."

언젠가 소장이 했던 말이 불쑥 떠올랐다. 이준은 난처한 얼굴을 손으로 쓸어내렸다. 왜 가장 중요한 걸 잊고 있었을까. 언제나 택배 물품을 가져다주던 임 씨 아줌마. 보통 협박당하는 사람의 가정부로 일하긴 버거울 텐데도 불구하고, 임 씨 아줌마는 언제나 발신인이 적혀 있지 않은 불길한 소포를 한 번도 빠짐없이 배달해 주었다.

그런데 문제는 임 씨 아줌마를 고용한 사람이 공현이라는 데 있었다. 경계심이 많고 조심스러운 공현의 성격상 허투루 사람을 고용할 리 없었다. 최대한 알아볼 만큼 알아본 후에 임 씨를 고용했을 거다. 그런데 그 임 씨를 협박범이 자신의 편으로 만든 것이다.

"하아."

이준의 입술 새로 갑갑한 한숨이 흘러나왔다. 자신이 생각한 것보다 협박범은 더 치밀하고 위험한 사람일지 모른다는 불길한 생각이 스쳐 지나갔다.

자리에서 일어난 이준은 방문을 열고 나갔다. 부엌으로 들어서자 미리 와 있던 사람과 눈이 마주쳤다.

"아직 안 잤어요?"

이준이 묻자, 공현이 냉장고 문을 닫으면서 맥주 캔을 말없이 들어 보였다.

"집에 맥주 있었어요?"

이준이 냉장고 문을 다시 열었다. 냉장고 안에 맥주 캔이 가지런히 진열되어 있었다. 손을 뻗어 만져 보니 미지근했다. 사온 지 얼마 되지 않은 모양이었다. 이준이 얼굴을 구기며 말했다.

"위험하게 이 늦은 시각에 혼자 다녀온 거예요? 저라도 부르시지."

"편의점 배달 서비스."

"그런 게 있어요?"

"3만 원 이상 배달 가능해."

"부촌이라 가능한 일이네요."

이준은 감탄하며 맥주 캔을 집어 들었다. 공현은 말없이 거실로 걸어가 얼마 전에 새롭게 구매한 1인용 의자에 앉았다.

불이 꺼진 거실로 달빛이 스며들어 왔다. 그 빛에 공현의 얼굴이 제법 환하게 보였다. 무표정한 얼굴로 껌껌한 벽지를 바라보고 있는 그의 얼굴은 아름답게 빛났으나, 어쩐지 그 모습이 쓸쓸해 보였다.

이준은 공현이 앉아 있는 자리와 제법 가까운 바닥에 자리를 잡고 앉았다. 공현의 시선이 흘깃 닿았다가 떨어졌다. 공현은 무심한 얼굴로 천장을 바라보았다.

"사고 소리는 뭐예요?"

"······."

이준이 불쑥 묻자, 공현의 미간이 설핏 접혔다.

"들으려고 들은 건 아니고요."

"······."

"후우. 네, 사실대로 말하자면 오감을 극강으로 끌어올려 사장님과 작은아버님의 대화를 엿들었어요. 제 입장에선 필요한 정보를 최대한으로 끌어당기는 게 중요하니까요."

잠시 머뭇거리던 이준이 순순히 시인했다. 공현은 그런 이준을 물끄러미 바라보았다. 이준의 얼굴은 투명하리만큼 하얗게 빛났다. 깨끗한 눈동자엔 달빛이 스며들어 더욱 환하게 빛났다.

설이준은 참 솔직했다. 거짓말하려다가도 한숨 한 번 내쉬고 자신의 속내를 술술 털어놓곤 했다. 그런데 어째서 하찮은 성별 부분을 속였던 걸까.

자신의 오해가, 혹은 말 못 할 사정이 있었던 건 아닐까.

그러나 공현은 그 생각을 지웠다. 이유야 어쨌든 속인 건 사실이다. 고로 이 세상에서 가장 위험한 사람을 꼽자면 협박범인 '그 사람'과 자신의 눈앞에 있는 '설이준'일 테니까.

공현은 눈을 내리깔며 맥주 캔을 입에 가져다 댔다. 꼴깍, 맥주 넘어가는 소리가 제법 크게 들렸다. 맛있는 소리였다. 덩달아 이준도 맥주 캔을 입에 가져다 댔다.

"사고가 났었어."

공현의 짧은 대답에 이준이 고개를 돌렸다.

"어릴 때 사고였는데, 그 일로 아버지가 돌아가셨고 난 기억을 잃었어."

"무슨…… 사고였는데요?"

"방화 사건으로 가장한 살인 사건."

뒤이어진 공현의 말에 이준의 눈이 크게 부릅떠졌다. 듣는 사람은 이토록 충격적인데, 말을 하는 공현은 마치 남의 이야기를 읊어주듯 시종일관 덤덤한 얼굴이었다. 오래도록 속에서 곱씹은 이야기라서 무감해진 걸까. 그러나 사람에겐 삭혀지지 않는 상처라는 것이 있다. 아버지가 살해당한 이야기가 덤덤해질 리 없다. 단순히 화재 사건으로 인해 엄마를 잃은 자신도, 그 기억을 다 삭이지 못했다.

"기억이 아직도 안 나요?"

이준의 물음에 공현은 고개를 돌려 그녀를 보았다. 그리고 잠시간의 시간을 두었다. 무언가를 깊게 고민하는 듯 골똘히 생각에 잠긴 표정을 짓다가, 마침내 '어' 라고 짧게 대답했다. 대답이 어쩐지 석연찮았으나 이준은 더 캐물을 수 없었다.

"그 기억이 중요하다고 하던데요."

한참 후 이준이 물었다.

"형사들 말로는 정황상 내가 범인의 얼굴을 봤을 확률이 높다고 하더군."

공현의 덤덤한 대답에 이준은 낮은 한숨을 내쉬었다.

"힘들었겠어요."

이준의 말에 공현의 시선이 스르륵 돌아갔다. 이준은 위로의 말을 건넨 사람치곤 무표정했다.

"안타까운 표정이라도 짓고서 그런 말 해."

"그거 몰라요?"

"뭘?"

"진짜 안타까우면 안타깝다는 표정이 안 나와요."

변명이 구차하다.

공현은 그렇게 생각하며 무심하게 고개를 돌렸다. 이 이야기는 필요해서 하는 것일 뿐, 이준에게 동정을 받기 위한 게 아니었기 때문에 공현은 아무래도 상관없었다.

"그래도 사장님이 죽인 거 아니에요."

이준의 말에 공현이 맥주 캔을 들다 말고 멈칫했다.

"무슨 말이야."

공현은 쓸데없는 소리를 한 거면 가만두지 않겠다는 듯 낮게 으름장을 놓았다.

설이준은 방금 굉장히 아슬아슬한 선을 밟았다. 늘 마음에 품고 있었으나, 한 번도 자신의 입 밖으로 꺼내본 적 없는 말을 방금 설이준이 뱉었다. 공현은 조금만 수가 틀리면 설이준을 집 밖으로 내던질 생각으로 쳐다보았다. 그러나 맥주를 홀짝거리느라 이준은 공현의 살벌한 얼굴을 미처 보지 못했다. 고개를 푹 숙인 이준은 고민에 빠진 얼굴로 중얼거렸다.

"저도 제 눈앞에서 엄마가 돌아가셨어요. 화재 사고였고, 저랑 동생을 구하다가 유독 가스를 많이 마셔서 돌아가셨어요. 그때부터 저랑 동생은 '우리가 엄마를 죽였다.' 라고 생각하고 살았어요. 그 이후로 죄책감에 짓눌려 살았어요. 그러다 아주 우연히 책을 봤는데 그런 말이 있더라고요. '죄책감을 삶의 양분으로 쓸 것인지, 몰락으로 끄는 수레로 쓸 것인지는 당신의 손에 달렸다.' 그 말을 보고서 오랫동안 울었어요. 엄마의 희생으로 연명하는 내가, 이 귀한 삶을 몰락으로 끌고 가는구나 싶어서 반성하게 되더라고요. 그리고 지금은 죄책감이 불쑥 솟아오를 때 생각해요. '미안, 엄마. 좀 더 열심히 살게.' 라고요."

"……."

"사장님은 기억나지 않겠지만, 희미하게 남아 있을지도 모를 죄책감을 생각하지 말라는 거죠."

이준은 달빛을 등진 탓에 검게만 보이는 공현의 얼굴을 보며 씩 웃었다. 그런 이준을 의외라는 듯 공현이 바라보았다. 밝게 살아서, 밝은 인생인 줄 알았다. 생각 외로 그런 사정이 있는 줄 몰랐다.

"뭐, 이제 본래 이야기로 넘어와요. 그럼 그 당시의 범인이 협박범과 동일인물일 확률이 크네요. 사장님의 입단속을 시키기 위해서."

"그렇겠지."

"근데 기억이 안 돌아왔다면서요?"

"그런데?"

"협박범 안다고 했잖아요. 기억이 안 돌아왔는데 협박범을 안다는 건 무슨 소리예요?"

이준의 예리한 질문에 공현의 눈썹이 살짝 추켜올라 갔다. 어떤 때 보면 지독하게 무딘데, 어떤 때보면 날카로우리만큼 예리했다.

"나도 추정할 뿐이야."

공현의 말에 이준은 짧게 침음했다.

"추정하고 있는 사람에 대해 알려주세요."

"그건 네가 알아내."

"왜요? 협박범을 알아내는 데 돕기로 했잖아요."

"방금 마음이 바뀌었어."

"뭐라고요? 왜요?"

이준이 발끈해서 소리쳤다. 그러거나 말거나 공현은 고개를 슥 돌린 채 맥주를 마셨다. 30분 전까지만 해도 공현은 이준에게 협박범이 누구인지 말할 생각이었다. 이준의 성격이라면 불나방처럼 달려들어 그 사람에 대해 집요하게 파낼 테니까. 그러다가 운이 좋으면 알게 되는 거고, 만약 운이 없다면 불 무서운 줄 모르고 덤빈 죄로 타죽을 테지만, 그건 자신과 상관없으니까.

그런데 마음이 바뀌었다. 어머니가 화재 사고로 죽었다는 사실과, '죄책감을 삶의 양분으로 쓸 것인지, 삶을 몰락으로 끄는 수레로 쓸 것인지는 당신의 손에 달렸다.'라는 말을 들은 후로 입술이 떨어지질 않았다. 설이준이 불에 타서 화르륵 사라지는 걸 보고 싶지 않다.

이게 어떤 마음인지, 이유가 뭔지 정확히 알 수 없지만 아직 까지는 놔줄 수가 없다. 조금만 더 있다가 사냥개로 써도 늦지 않다.

"맥주나 더 가지고 와."

"내가 사장님을 믿는 게 아니었는데……. 이렇게 금세 마음을 바꿀 줄 알았으면 어제 붙잡고서 물었어야 했는데……. 내가 이 렇게 눈 뜨고 코를 베이네요. 우와, 진짜 너무해요. 사장님, 그 러는 거 아닙니다."

이준은 기가 막히다는 듯 앞뒤 안 맞는 말을 주절주절 늘어놓 았다.

"안 마실 거면 말고."

공현이 자리에서 일어나는 시늉을 하자, 이준이 재빠르게 자 리에서 일어났다. 이윽고 냉장고를 탈탈 턴 것처럼 이준은 품에 맥주를 한가득 들고 왔다. 그걸 다 어쩔 거냐는 듯 공현이 쳐다 보자, 이준은 크게 소리쳤다.

"다 마실 겁니다! 사장님도 마셔야 해요!"

"취하게 만들어서 술술 불게 하려고?"

"……"

이준은 '어떻게 알았지?'라는 표정으로 공현을 귀신 보듯 쳐다보았다.

이럴 때 보면 투명하다 못해 멍청한데.

공현은 미묘한 데서 둔한 이준을 바라보며 말했다.

"뭐 해? 앉아."

맥주 캔이 빠르게 비어갔다. 처음엔 대화를 나누며 마시던 술자리가 속도전으로 바뀐 것은 윤공현의 말 한마디 때문이었다.

"한 번도 취해본 적 없어."

그 말에 이준도 '저도요. 저도 다른 사람 앞에서 취해본 적 없어요.'라고 답했고, 잠시 묘한 침묵이 흘렀다. 그 침묵을 깨뜨린 것은 '천하제일의 주당은 저입니다.'라는 이준의 말이었다. 다른 건 몰라도 술로는 져본 적이 없다는 듯 이준은 호기롭게 말했다.

그런 이준을 물끄러미 쳐다보며 공현은 휴대폰을 주머니에서 꺼냈다. 그리곤 곧장 편의점으로 연락해 '소주, 맥주, 양주'를 배달시켰다.

내일 근무는 어쩔 거냐는 듯 이준이 쳐다보자 공현은 '사장이니까 상관없어.' 라는 밀로 권력의 오남용 사례를 보여주었다.

10분 후, 편의점으로부터 각종 술이 배달되었다. 배달원의 말에 의하면 본래 술 배달은 금지인데 자주 이용하기에 공현을 믿고 특별히 해주는 것이라고 했다. 그런 배달원에게 공현은 말없이 팁을 건네주었고, 배달원은 허리가 부러져라 고개를 숙인 후 사라졌다.

이후 술자리가 시작되었다. 처음엔 소소한 대화가 오갔다. 안주도 몇 번 집어먹었다. 그러다 눈이 마주쳤다. 공현은 픽 웃었고, 그 웃음이 마치 '안주발로 술 마시는 녀석' 으로 보인 이준은 전투적으로 술을 마셨다. 자신 있었다. 배가 불러서 술을 못 마신 적은 있어도 취해본 적은 없었다. 늘 마지막까지 술자리에 남아 다른 사람을 끝까지 챙겼던 것 또한 자신이었다. 그 과거를 믿었다. 그러나 술자리가 두 시간가량 이어진 후, 이준은 자신이 조금 잘못 생각했을지도 모른다고 생각했다.

자신의 주량이 대단한 것이 아니라, 자신의 주변 사람들의 주량이 형편없는 것은 아닐까.

무려 앉은자리에서 10분 만에 소주 네 병이 동났다. 공현은 배부르다는 이유로 안주도 집어먹지 않았다. 그럼에도 다리를 꼰 자세나 소주잔을 집는 손 모양, 하다못해 앞을 그윽하게 바라보는 시선마저도 흔들림이 없었다. 그야말로 술을 물처럼 마시고 있었다.

이준은 흔들리는 시야를 바로잡으려고 고개를 세차게 흔들었다.

"취했으면 방에 들어가."

공현이 방을 턱으로 가리키며 말했다.

"취하긴 누가 취해요? 입이 좀 써서 그래요."

"그래?"

그러냐는 듯 대답하는 공현의 입술이 비스듬히 휘었다. 그 웃음이 묘하게 거슬려서 이준은 눈을 뾰쪽하게 떴다. 다시금 술이 오갔다.

5분 후, 이준은 배를 붙잡았다. 이제 배가 터질 것처럼 불렀다. 문득 자신이 무슨 짓을 하는 건가 싶었다. 이득도 없는 주량 대결을 왜 하고 있는 걸까. 더 마셨다간 몸도 제대로 가누지 못할 것 같았다. 이쯤 해야겠다는 생각으로 이준은 공현을 불렀다.

"사장님."

"왜?"

공현이 이준을 흘깃 바라보았다.

"간이 참 튼튼하신가 봐요."

"……."

"천하무적 간!"

이준이 엄지손가락을 척 들어 보였다. 이준은 공현의 간 건강을 높이 칭송한 후, 자신의 패배를 겸허히 인정하기 시작했다.

"제가 졌어요. 제 간이 사장님의 간보다 허약해서……."

이제 그만하자는 말을 흘리려는 찰나였다.

"내기 중인 거 알지?"

갑작스러운 공현의 말에 이준이 번쩍 고개를 들었다.

"무슨 소리예요?"

취했는지 이준의 발음이 엉망진창이었다.

"말 그대로 우리 내기 중이라고. 지금 포기하면 설이준, 네가 지는 거야."

"무슨 내기를 말도 안 하고 시작해요?"

"패배를 인정했다는 건 승부가 있었다는 건데, 그럼 그 승부는 당연히 내기 아닌가? 보상 없는 승부가 어딨어?"

"……."

평소라면 따박따박 반박할 이준은, 술에 취해 멍한 얼굴로 공현을 바라보았다.

"그러니까, 그게, 그래서, 그러니까……."

반박하고 싶으나 어떻게 반박해야 할지 도저히 모르겠다는 듯 이준은 같은 말만 무한 반복했다. 알콜이 뇌를 점령했는지 마땅한 반박거리가 떠오르지 않았다. 얼마 후, 이준의 얼굴이 금세 울상이 되었다. 아몬드형의 눈 끝이 아래로 축 늘어지며, 입술 끝이 아래로 휘어졌다. 침울함의 정석을 보여주는 그 표정을 보며 공현은 픽 웃었다. 술에 취하니 저런 얼굴도 나오는군.

"물 떠올게요, 미네랄워터로."

이준이 휘청거리며 자리에서 일어났다.

"그런 걸로 대충 때울 생각 하지 마."

취한 와중에도 요령을 피우는 이준을 공현이 막았다.

"그럼 뭐 시키게요?"

이준의 물음에 공현은 술잔을 든 채 잠시 고민했다. 내기라고 억지로 우겨서 앉혀놓긴 했지만, 특별히 보상받고 싶은 게 없었다. 설이준보다 자신이 가진 것이 많았다. 그렇다면 뭘 시켜야할까. 잠시 고민하는 사이, 쿵 소리가 났다. 설이준이 바닥에 머리를 박은 채 뻗어 있었다. 그 모습을 보며 공현은 기가 막혀 헛웃음을 흘렸다.

정말이지 눈 깜짝할 사이에 잠들었다. 공현은 술잔을 바닥에 내려놓은 후 자리에서 일어났다. 설이준을 방으로 데려다 놓을까, 여기서 재울까 고민하던 공현은 설이준을 들어 올렸다. 안아 들고서야 공현은 생각 외로 이준의 뼈대가 가늘다는 것을 알았다. 평균 여자보다 분명 뼈대가 굵은 편에 속했지만, 남자라고 여기기엔 터무니없이 얇은 뼈대.

공현은 이준을 안아 든 채 이준의 방으로 들어갔다. 다행히 방문은 반쯤 열려 있었고, 발로 밀자 수월하게 열렸다.

방을 본 공현이 가장 먼저 한 생각은 '정신없어'와 '좁아'였다. 이 좁은 방에서 잘도 지냈구나, 라는 생각을 하며 이준을 침대에 눕히려다 얼굴을 찌푸렸다. 침대 위가 엉망진창이다. 온갖 책, 자료, 볼펜이 놓여 있었다. 하는 수 없이 이준을 바닥에 내려놓은 공현은 침대 위에 놓인 자료들을 착착 챙겼다.

역시 기실에서 대충 재웠어야 했다.

속으로 생각하며 책을 정리하던 공현은 침대 *끄트*머리에 놓여 있는 지갑에 닿았다. 반쯤 열려 있는 아주 낡은 지갑 속 주민등록증이 보였다. 공현은 주민등록증을 뽑았다. 역시 여자였다. 알면서 한 번 더 확인했고, 확인하자 속이 더 쓰렸다. 술 탓이라고 하기엔 과하게 쓰렸다. 공현은 주민등록증을 밀어 넣다가 지갑 속 사진을 보았다.

귀퉁이가 낡은 사진 속엔 젊은 여자와 어린 남매가 집을 배경으로 나란히 서 있었다.

"돈 많이 벌면 집을 살 거예요. 옛날에 엄마랑 살던 집이 있거든요."

"사진관도 살 거예요. 거기 엄마 사진이 있거든요. 그래서 돈 많이 벌어야 해요. 그러니까 사장님, 협조 좀 해주세요. 네?"

설이준은 노골적일 만큼 솔직하게 자신의 원하는 바를 말했다. 그토록 솔직했는데, 어째서? 공현의 시선이 바닥에 앉아 꾸벅꾸벅 졸고 있는 이준을 향했다. 지갑을 정리해 침대 *끄트*머리에 던진 공현은 이준의 앞에 무릎을 접고 앉았다.

"설이준."

불렀으나, 이준은 꼼짝도 하지 않았다.

"설이준."

전보다 조금 큰 목소리로 부르자, 이준이 파르르 떨며 고개를 들었다. 잠과 술에 잔뜩 취해 이준의 눈은 흐릿해져 있었다. 물기에 젖은 검은 눈동자가 아련하게 빛났다. 한껏 흐트러진 모습을 보고 있자니 마음이 이상했다. 마음에 물이 찬 듯 울렁거렸다.

공현의 눈빛이 복잡해졌다. 잠시 입술을 달싹거리던 공현은 앞으로 쏟아진 이준의 머리카락을 쓸어 넘겼다. 그러자 머리카락에 반쯤 가리었던 이준의 흐릿한 눈동자가 자세히 보였다. 어두운 강가에 선 듯했다. 어디선가 선선한 바람이 불어오는 듯했고, 그 바람을 따라 마음이 제멋대로 팔랑거리기 시작했다. 그때 입술이 제멋대로 움직였다.

"보상받을 거 생각났어."

공현이 낮은 목소리로 말했다.

"숨긴 게 있으면 지금 말해. 전부 다, 하나도 남김없이, 싹 다."

"······."

"그럼, 없던 일로 해줄게."

"······."

"속았다고 생각 안 할게. 믿어볼게, 너라는 사람을. 그러니까······ 술에 취한 김에 지금 다 털어놔."

공현은 자신의 목소리가 간절해졌다는 것도 알아채지 못한 채 이준을 바라보았다. 설이준을 믿고 싶다.

자신을 위해 죽을 끓여주던 설이준을, 자신의 안전이 걱정된다고 말해주던 설이준을, 자신과 친구가 되고 싶다고 말해주던 그 설이준을 온 마음을 다해 믿어보고 싶다.

툭. 그러나 이준은 흐릿하게 웃다 말고 공현의 손 위로 고개를 가져다 댄 채 눈을 감았다. 설이준이 고른 숨소리를 내며 잠들었다.

자신이 방금 얼마나 미련한 짓을 한 건지 공현은 잘 알고 있었다. 그럼에도 이럴 수밖에 없었다. 맨정신의 설이준에게 물을 수가 없었다. 왜 자신을 속였냐고.

미안하다.

그 대답을 들을까 봐 물을 수가 없었다.

공현은 처참한 마음으로 입술을 깨물었다.

아침 일찍 눈을 뜬 이준은 가장 먼저 딱딱함을 느꼈다. 희한한 것은 그 딱딱함 속에 편안함이 느껴졌다는 것이고, 그보다도 더 놀라운 것은 따뜻하다는 사실이었다. 잠든 와중에도 이상함을 느낀 이준은 억지로 눈을 떴다. 가장 먼저 단단한 가슴이 보였고, 고개를 들자 익숙한 얼굴이 보였다.

"사장님?"

이준은 비몽사몽간에 자신이 잘못 본 게 아닌가 싶어 물었다.

"왜."

그러나 꿈치곤 선명한 대답이 돌아왔다. 공현은 눈을 감은 채 대답하고 있었다. 그도 잠에서 깬 지 얼마 되지 않아 보였다.

이준은 지금 벌어진 상황을 빠르게 파악했다. 자신의 좁은 침대 위에 자신과 사장이 마주 누워 있었다. 그것도 커플처럼 다정하게 자신은 사장의 팔을 베고 누워 있었다. 공현의 남은 팔은 자신의 허리를 감고 있었다.

이준은 악 소리를 내고 싶은 걸 억지로 욱여 넣었다. 짧은 순간, 자신이 여자처럼 꺅꺅대면 안 된다고 판단 내렸다.

"여기 제 침대인데요."

이준은 공현의 날렵한 턱을 흘깃 쳐다보며 최대한 덤덤하게 말했다.

"알아."

"아는 분이 여기서 왜 이러고 계세요?"

이준이 묻는 것과 동시에 공현이 눈을 떴다. 공현의 검고 깊은 눈동자에 햇살이 고여 반짝거렸다. 공현의 시선이 느릿하게 아래로 내려왔다.

"어제 기억 안 나?"

"……"

"전혀 안 나는 얼굴이군."

"제가 실수라도……?"

공현은 시선을 내리깔아 이준의 투명한 얼굴을 쳐다보았다.

이런 상황에서 천연덕스럽게 잘도 물어왔다. 보통 여자라면 이런 상황에서 당황할 만도 하건만. 공현은 어쩌면 눈앞의 설이준은 뼛속까지 자신이 남자라고 생각하고 있는 건 아닐까 의심스러웠다. 이래저래 기분이 나빠진 공현의 미간이 좁아졌다.

"설이준."

공현이 낮은 목소리로 부르자, 이준이 바짝 긴장한 얼굴로 움찔했다.

"네? 무섭게 왜 그런 목소리로 불러요? 혹시 제가 엄청난 실수라도 했어요? 취한 게 처음이라서……."

어젯밤 봉인되어 있던 주사가 깨어난 건 아닐까 싶어 이준은 긴장한 채 물었다. 두 사람의 시선이 마주쳤다. 가까운 거리라서 서로가 숨을 내쉬는 것이 여실히 느껴졌다. 공현에게선 어떤 답도 돌아오지 않았다. 아무래도 자신이 사고를 친 모양이었다. 사고를 친 건 친건데, 이 상황부터 수습해야겠다.

"사장님, 저기……."

이준이 어색한 목소리로 말문을 뗐다.

"왜."

"팔 좀 치워주셨으면……."

이준답지 않게 목소리가 한풀 꺾여 있었다. 언제까지 이렇게 마주 누워있을 순 없는 노릇이었다.

"난 아직 졸려."

공현의 말에 이준의 표정이 뜨악해졌다. 지금 저 결벽증 환자가 뭐라고 하는 건가. 그래서 계속 자신의 침대에서 이 상태로 자겠다는 건가? 이준이 아연한 얼굴로 공현을 바라보았다. 공현은 정말로 좀 더 잘 생각인지 눈을 감고 있었다.

"너 때문에 잠을 못 잤거든."

"방에 가서 주무세요. 사장님 이런 콘셉트의 사람이 아니잖아요. 본인의 방 아니면 잠도 못 이루시는 분이, 이러지 마시고 어서 방으로 돌아가심이……."

"내가 이 방에서 잠들었다는 사실만으로도 이미 나의 결벽증은 어젯밤에 끝났어."

마치 너로 인해 내가 순결을 잃었다, 라는 말투라서 이준은 잠시 할 말이 없었다. 기억이 안 나니 자신이 무슨 진상을 부렸는지 알 수가 없었다.

"그렇지만 사장님."

이준이 다시 항변을 하려고 할 때였다.

"같은 남자끼리 상관있어?"

서늘한 목소리가 이준의 말을 잘랐다. 이준의 벌어진 입이 다물어질 줄 몰랐다. 동시에 공현이 눈을 스르륵 떴다. 눈을 내리깐 공현이 이준을 바라보았다. 이준은 아무 말도 하지 않았다. 그저 한 대 얻어맞은 얼굴로 자신을 보고 있었다. 눈을 깜빡거리는 이준의 눈을 바라보던 공현은 자신도 모르게 주먹을 움켜쥐었다.

자신 때문에 설이준이 난처해하는 모습을 보고 싶었다. 그래서 말도 안 되는 억지를 쓰며 설이준을 끌어안고 있었다. 그런데 난처해지는 건 자신이었다. 이상한 기분이 가슴 밑바닥을 휩쓸었다. 휩쓰는 걸로 부족해서 온 마음을 정신없이 뒤흔들었다. 그러나 이 감정을 내보이고 싶지 않아 공현은 전보다 얼굴을 더 구겼다.

"설이준, 머리 들어."

"네?"

"아무래도 안 되겠어. 어깨가 아파."

공현의 말에 이준은 즉각적으로 몸을 일으켰다. 당황해서 여태껏 공현의 어깨를 베고 누워 있다는 것도 깨닫지 못했다. 뒤따라 몸을 일으킨 공현은 얼굴을 구긴 채 어깨를 빙글빙글 돌렸다.

"머리가 왜 그렇게 무거워?"

"든 게 많아서 그렇습니다."

"아침부터 거짓말할래?"

공현의 눈빛이 단박에 예리해졌다. 평소라면 이준은 따박따박 말대꾸했겠지만, 오늘 아침의 상황이 당황스러워서 이준은 말대꾸하지 못했다. 대신 다른 걸 물었다.

"사장님, 어제 대체 무슨 일이 있었는지 설명해 주시면 안 될까요?"

공현은 침대에 걸터앉은 채 이준을 흘깃 보았다. 방 안이 금세 고요해졌다. 그제야 이준은 공현과 자신이 무척 가까이 마주 보고 있다는 것을 알았다. 창가에서 새어 들어오는 햇살을 맞고 있는 공현의 외모가 평소보다 더 미끈하게 빛났다.

외형은 참으로 완벽한데, 라고 이준이 생각할 때였다.

"어제 같이 자자고 네가 매달렸어."

생각지 못한 폭탄 발언에 이준의 입이 쩍 벌어졌다.

"뭐라고요? 하, 사장님. 지금 제가 기억 안 난다고 거짓말을 막 하시나 본데."

"내가 무슨 이득을 얻자고 너한테 그런 거짓말을 하겠어?"

"……제 약점을 잡아 부려먹기 위해서?"

"네 약점 따윈 잡지 않아도 충분히 부려먹을 수 있는데?"

"……."

얄미운데 이준은 뭐라 반박할 수가 없었다. 그는 이미 충분히 자신을 부려먹을 수 있는 능력이 있는 사람이었다. 더군다나 공현의 살벌한 표정을 보건대 사실인 것 같았다. 그의 얼굴은 '감히 네가 나를 여기서 잠들게 하다니.' 라는 메시지를 담고 있었다. 그럼에도 이준은 이 상황을 믿고 싶지 않았다. 아닐 거라고 절박한 표정으로 쳐다보는 이준을 보며 공현은 차갑게 말했다.

"날 붙잡고 늘어졌어. 오늘 밤 외로우니 같이 잠들자고. 거머리처럼 들러붙는 널 떼어내느라 힘을 다 썼어. 널 떼어낼 방법은 집어 던지는 것뿐인데, 죽일 순 없잖아."

"차라리 그때 절 죽이셨으면……."

"네가 죽는 건 상관없는데 내가 살인자가 되는 건 싫거든. 그래서 어쩔 수 없이 산 거야. 그게 아니면 내가 이 좁고 성신없는 방에서 잘 리가 없잖아. 안 그래?"

공현의 결벽증을 누구보다 잘 아는 이준은 허망한 얼굴로 공현의 입만 바라보았다.

사실이구나. 사실이었어. 다시는 술 마시나 봐라. 술 냄새도 맡지 않겠다.

이를 바득바득 갈던 이준은 자리에서 일어나는 공현의 뒷모습을 멍하니 쳐다보았다. 공현은 아직도 뻐근하다는 듯 자신의 팔을 휘휘 돌리며 이준에게 살벌하게 말했다.

"어젯밤 내기 보상과 함께 이 노동의 대가도 받아낼 거니까 그렇게 알아."

쿵. 문이 닫혔다. 이준은 황망한 얼굴로 닫힌 방문을 바라보다가 침대 위에 얼굴을 파묻었다.

"아아, 내가 미쳤지!"

이준의 외침이 오래도록 이어졌다.

이준의 방에서 나온 공현은 닫힌 방문을 물끄러미 바라보았다. 방문 안에서 '내가 미쳤지!'라는 말만 연거푸 들렸다. 공현의 입술이 삐딱하게 휘었다.

어젯밤 설이준은 자신의 간절한 부탁에도 불구하고 눈을 감은 채 잠들었다. 그럴 거라 예상하면서도 공현은 절망이라는 감정과 마주했다. 왜 자신이 설이준 앞에선 이토록 복잡한 마음을 갖게 되는지 알 수 없었다. 그렇게 몇 분이나 설이준의 얼굴만 바라보고 있던 공현은 옆으로 쓰러지려는 설이준을 안아 들어 침대에 눕혔다. 그러던 중 자신의 팔이 설이준의 머리에 깔렸고, 설이준은 베개를 안듯이 공현을 껴안았다.

공현은 순간 눈앞이 아득해지는 것을 느꼈다. 자신도 인지하지 못한 채 마른침을 삼켰고, 주먹엔 힘이 바짝 들어갔다. 코끝으로 설이준의 향기가 부드럽게 스쳤다. 팔에 닿은 설이준의 부드러운 머리카락이 묘한 자극이 되어 퍼졌다.

"놔."

공현은 가까스로 잠든 이준을 바라보며 말했다. 그러나 그 작은 목소리에 설이준이 깨어날 리 만무했다. 설이준은 공현을 놓아주지 않았고, 충분히 뿌리칠 수 있음에도 공현은 그 손을 내치지 못했다. 그저 술에 취해 잠든 사람에게 '놓으라고.' 라는 무의미한 말만 앵무새처럼 반복할 뿐이었다.

"난 너한테 놓으라고 화내는 중이야."

공현은 쌔근쌔근 잠든 설이준을 보며 말했다. 대답은 돌아오지 않았다. 그런 이준을 보며 공현은 혼잣말을 이어갔다.

"분명히 말했어. 날 붙잡은 건 너야. 내일 아침에 내 탓이라고 할 생각 하지 마."

공현은 어쩔 수 없는 상황이라는 것을 거듭 반복하며 이준과 마주 누웠다. 고른 숨소리를 내며 잠든 이준을 바라보던 공현의 눈빛이 복잡해졌다.

왜 자신은 설이준 앞에서 이상 행동을 보이는 걸까.

분명 자신을 속였다는 것에 미치도록 화가 나면서도, 왜 설이준이랑 함께 있고 싶어 하는지 모르겠다.

이런저런 복잡한 생각에 휩싸여 있던 공현은 한참이 지나서야 잠에 빠졌다.

"일단 날 잡긴 잡은 거니까."

왜곡된 곳이 많긴 했으나, 자신은 사실만을 이야기했다. 공현은 거리낌 없이 자신의 방으로 건너갔다.

6. 당하다

주말의 이른 오후, 공현은 운전석에 올라탔다. 뒤이어 조수석에 이준이 앉았다.

"되도록 사람들 보이지 않는 곳에 있어."

핸들을 잡은 공현이 앞을 보며 말했다.

"네."

이준은 그러겠노라 대답했다.

오늘은 그룹 회장의 자서전 출간기념회가 열리는 날로, 일가친척이 모두 모이는 자리였다. 소환으로부터 그 자리에 참석하라는 연락을 받았다. 그 사실을 오늘 오전에야 알게 된 이준은 어떻게 하면 따라갈 수 있을까를 고민하던 차였다.

“뭐 해? 나갈 준비 안 하고.”

공현이 바닥에 앉아 있는 이준을 보며 무심히 물었다.

“저를 데려가실 거예요?”
“그럼 보디가드를 집에 둬서 뭐 해? 준비해.”

공현은 그 한마디를 남긴 후 안방에 들어갔다. 무슨 바람이
불어 심경 변화를 일으켰는지 모르겠으나, 이준은 공현의 마음
이 바뀔세라 재빠르게 준비했다. 자신을 두고 혼자만 내빼는 건
아닌가 하는 우려와 달리 공현은 순순히 이준이 조수석에 앉도
록 내버려 두었다. 이준은 온화해진 윤공현의 태도가 불길했으
나, 협박범을 잡기 위해서라고 생각하며 생각을 고쳤다.
“그런데 말이야.”
운전하던 공현이 불쑥 말을 꺼냈다.
“네.”
“왜 자꾸 다른 욕실을 써?”
“네?”
“다른 욕조엔 찬물밖에 안 나올 텐데.”
공현의 시선은 여전히 앞을 향하고 있었다.
“아……, 찬물로 씻는 걸 좋아해서요. 날도 슬슬 더워지고.”

이준은 중얼거리며 창밖을 보았다. 흐린 날씨를 가로지르는 바람이 제법 세찼다.

"이 날씨가 덥단 말이지."

공현은 말끝을 늘이며 중얼거렸고, 이준은 난처한 표정으로 그를 쳐다보았다. 안방 욕실을 사용하라고 강요할 거라는 예상과 달리 공현은 더 이상 아무 말도 하지 않았다. 이준은 안도의 한숨을 아주 조용히 내쉬었다.

호텔 연회장은 수십 개의 조명으로 환하게 빛났다. 대한민국에서 내로라하는 정재계 사람들이 모여서 인사를 나누며 이번에 출간된 책을 극찬하느라 바빴다. 그러나 극찬하는 그들 중에 누구도 그 책을 완독한 사람이 없을 거라고 공현은 생각했다.

"왔구나."

고개를 돌리자 씩 웃고 있는 소환이 보였다.

"저런 결정은 누가 내린 거야?"

공현은 대뜸 거대한 문 좌우로 길게 늘어선 보디가드를 턱으로 가리키며 물었다.

입장과 동시에 관리인은 보디가드는 출입할 수 없다는 말을 하며 이준을 문 옆에 배치시켰다. 공현은 이준이 자신의 일행임을 강조했으나, 관리인은 어디서 무슨 명령을 받은 것인지 '일행분은 입장 명단에 성함이 없으십니다. 죄송하지만 입장시킬 수 없습니다. 보디가드라고 하시니 문 쪽에 배치하겠습니다.' 라고 단호하게 말했다. 공현은 파티장을 둘러보았고, 그들은 모두 일행을 동반하고 있었다. 공현은 지금 파티장에 입장한 사람들의 명단과 관리자가 들고 있는 명단이 동일한지 확인해 달라고 요청했다. 그러나 관리자로부터 그럴 수 없다는 답이 돌아왔고, 분위기는 날카롭게 변했다. 이건 확실한 차별 대우였다. 싸울 것처럼 날카로운 표정을 짓는 공현을 재빠르게 말린 것은 이준이었다.

"저 자리로 충분합니다, 사장님. 딱 봐도 제 차림이 보디가드 차림이잖아요. 이런 파티장에서 제가 이런 차림으로 다니면 오히려 사장님한테 시선이 집중될 거예요. 그건 저도 원하지 않습니다."

공현은 '그래도 이건 말이 안 돼.' 라며 관리자에게 한 발 다가갔다. 이준은 다시 한 번 공현의 앞을 막아 세우며 '사장님, 감정적으로 나오시면 안 돼요.' 라고 뜯어말렸다. 이준의 거듭된 만류가 아니었다면 공현은 그 자리를 박차고 나갈 생각이었다. 일단 이준이 뜯어말려서 일이 대충 해결되긴 했으나, 공현의 기분은 나아지지 않았다.

"글쎄, 나도 이런 일은 처음이라서. 나도 와보니까 이런 식으로 되어 있더라고. 내가 어떻게 해줄 수 있는 게 아니라서……. 미안하다. 오늘만 넘어가. 다음부터 이런 일 없도록 미리 알아둘 테니까."

소환이 난처한 얼굴로 뺨을 긁적거렸다. 공현은 대답 대신 들고 있던 무알콜 칵테일로 입술을 적셨다.

"그나저나 똑같은 검은 정장인데 이준 씨만 반짝반짝하는구나."

소환의 중얼거림에 공현이 시선을 옮겼다. 건장한 남자들 사이에 자그마한 체구의 이준이 눈에 들어왔다. 그러나 그들 중에 가장 외모가 도드라졌다. 하얀 피부에 깔끔한 이목구비, 맑고 깨끗한 분위기가 눈에 띄었다.

"오랜만에 이준 씨랑 이야기 좀 나눠야겠다. 오늘 사고 치지 말고 조용히 있다가 가."

소환은 손을 살랑살랑 흔들며 이준을 향해 걸어갔다. 소환이 다가서자 이준의 얼굴에 금세 웃음이 피어올랐다. 그것을 지켜보던 공현이 못마땅한 듯 고개를 비스듬히 기울였다.

갑님.

이준의 입술이 그렇게 말하고 있었다. 덩달아 소환도 웃으면서 자연스럽게 이준의 어깨를 토닥거렸다. 이어 소환의 입술이 움직이는 것을 보았다.

을님.

언제부터 저렇게 자연스럽게 스킨십을 했던 걸까. 그러고 보니 윤소환은 설이준이 여자라는 걸 아는 걸까. 갑자기 기분이 상한 공현이 움직이려 할 때였다.

"공현아."

자신을 부르는 소리에 공현은 걸음을 멈췄다. 작은아버지였다. 공현은 가볍게 목례를 건넸다.

"오늘 네가 안 오면 어쩌나 했는데, 와줘서 고맙구나."

작은아버지가 인자하게 웃었다. 공현의 시선이 작은아버지의 옆에 선 여자에게로 향했다. 늘씬한 체형에 서구적인 마스크의 여자는 공현을 향해 미스코리아처럼 웃고 있었다.

"녀석, 소개 안 시켜줄까 봐 벌써부터 쳐다보고 있는 거냐? 여기는 신성물산 장녀 이세은이다. 세은아, 여기는 내가 가장 아끼고 좋아하는 조카인 윤공현이야. 일전에 두 사람 만난 적 있지?"

"반갑습니다. 내실 있는 게임 회사의 CEO라는 말씀 많이 들었습니다. 만나게 되어서 반갑습니다."

작은아버지가 말을 마치자마자 여자가 웃는 얼굴로 말을 이었다. 작은아버지는 여자와 공현을 번갈아 보더니 '잘 어울리는구나. 선남선녀가 따로 없어.'라는 말로 넌지시 이 자리가 선 자리를 대신하는 것임을 알렸다. 공현은 얼굴이 찌푸려지려는 걸 간신히 참으며 작은아버지를 바라보았다.

"작은아버지."

공현이 거절할 내색을 비추자, 작은아버지가 얼른 손을 내저었다.

"녀석, 됐다. 급한 거 아니면 나중에 이야기하자꾸나. 이야기들 나누거라."

작은아버지가 자리를 비키자마자, 가려져 있던 이준과 소환의 모습이 보였다. 두 사람의 모습이 꽤나 다정해 보였다. 생각보다 두 사람은 친한 듯했다. 그리고 보니 곧잘 전화 통화도 하는 것 같던데.

"윤소환 검사님이 사촌 형이시죠?"

세은의 묻는 말에 공현의 시선이 느릿하게 움직였다. 가장 먼저 시원하게 생긴 세은의 이국적인 외모와 함께 가느다란 목에 걸린 커다란 진주 목걸이가 보였다.

"네."

"사촌지간인데 안 닮았네요."

"그런 말 많이 듣습니다."

무뚝뚝한 대답에도 세은은 웃는 얼굴로 공현을 바라보았다.

정제된 분위기에 어딘가 묘하게 끌리는 이국적인 마스크와 단단한 체격. 사진으로 봤을 때보다 훨씬 미남이라 세은은 꽤 놀랐었다. 이런 남자가 아직 애인이 없다는 것이 충격적이기까지 했다.

윤공현에 대해선 이쪽 바닥에서도 이런저런 말이 많았다. 그룹에서 쫓겨나 자그마한 게임 회사를 운영하는 남자라는 것이 가장 큰 뒷소문이었다. 그럼에도 윤공현을 소개해 주겠다는 윤 사장의 제안을 받아들인 것은, 그에 대한 호기심이 있었기 때문이다. 집안에서 쫓겨나다시피 한 남자, 가진 거라곤 자그마한 게임 회사가 전부인데도 온 집안사람들은 윤공현이라는 사람의 행보에 집중했다. 그것은 윤공현이라는 사람에게 힘이 있다는 말이었고, 배척받으면서도 집안행사에 참석하는 윤공현 또한 스스로도 자신의 힘을 알고 있다는 말이기도 했다.

"제 취향은 검사님보다는 윤공현 사장님이세요."

세은이가 눈을 좀 더 접으며 환하게 웃었다. 청순해 보이면서도 야해 보이는 미소라는 걸 세은은 알고 있었다. 이 미소를 흘릴 때면 대부분의 남자가 반응을 했기에, 유혹하고 싶을 때만 사용했다. 그러나 마주 보는 공현의 시선은 덤덤했다. 오히려 희미한 경멸까지 섞여 있었다. 세은은 자신이 잘못 본 것이라 생각했다. 드문 확률로 자신의 미소가 안 먹힐 순 있어도 경멸받을 것까진 없었다.

"제 취향도 고려해 주시죠."

"네?"

세은은 자신이 잘못 들은 게 아닌가 싶어 되물었다. 공현은 손에 들고 있던 칵테일 잔을 지나가던 웨이터에게 내밀었다. 웨이터가 멀어진 것을 본 공현은 세은을 냉담하게 바라보았다.

"제 취향은 그쪽이 아니라는 말을 하고 있는 겁니다."

난생처음 겪는 직접적인 거절에 세은의 얼굴이 새빨개졌다. 모욕감과 부끄러움이 치솟았다. 보기 안쓰러울 만큼 표정 관리를 못하는 세은을 공현은 무심하게 바라보았다. 고작 이 한마디에 저렇게 떨다니. 설이준은 이것보다 더 독한 소리도 능글능글 웃으면서 받아넘겼다. 오히려 '절 좋아하면서 굳이 그렇게까지 말할 필요 있어요?' 라는 말까지 덧붙이며 자신을 따라다녔다.

공현의 시선이 세은의 어깨 너머로 향했다. 이준은 소환이 아닌 다른 남자와 마주 서 있었다. 그 남자가 누군지 확인한 공현의 얼굴은 이전보다 더 딱딱하게 굳었다.

윤수호.

"윤공현 씨."

세은이가 새침하게 공현을 불렀다. 그러나 공현의 시선은 세은을 향하지 않았다.

"작은아버지에겐 제가 거절했다고 말씀드리죠."

공현은 이준에게 시선을 둔 채 서둘러 걸음을 옮겼다.

이준은 경호원들이 서는 맨 끝자리에 서서 사람들을 관찰하고 있었다. 한 번 둘러봤을 뿐인데 뉴스에서 보았던 사람들이 더러 눈에 걸렸다. 간간이 중년의 유명한 배우들도 끼어 있었다. 출간기념회라기에 조촐할 거라는 예상과 달리 연회장의 규

346 유일한적수

모와 초대 손님의 명단이 엄청났다.

"심심하죠?"

돌아보니 소환이 씩 웃으며 서 있었다.

"아, 갑님."

"그래요, 을님. 계속 한자리에 서 있는 거 다리 안 아파요?"

"괜찮습니다. 이게 본업인걸요."

"아, 맞다. 이준 씨의 본업이 보디가드였죠? 어쩐지 각이 딱 잡혀 있더라니."

소환의 말에 이준은 픽 웃었다.

"미안해요. 이런 식으로 경호원을 배치할 거라고 생각 못 했네요. 수호 형이 보디가드를 못 들이게 해놨을 줄이야."

"이유가 있겠죠."

이준이 씩 웃었다. 그러자 입술이 길게 늘어나며 환하게 빛이 났다. 소환은 반사적으로 싱긋 따라 웃었다. 이준의 웃음은 다른 사람에 비해 유난히 환했고 싱그러웠다. 처음엔 그저 밝은 사람이라고만 생각했는데 날이 갈수록 이준의 에너지가 거대하다는 것이 느껴졌다. 공현이 이준을 내치지 않고 아직까지 함께 사는 이유는, 저 웃음 때문일 수도 있겠다는 생각이 들었다.

"요즘 들어 집안행사가 많네요. 저한테는 좋은 일이죠."

이준이 웃으면서 말했다. 뒤이어 소환이 마주 웃으며 답했다.

"그렇죠? 요즘 일은 어떻게……. 아아, 여기서 이야기 나누긴 좀 그러니까 다음에 이야기해요."

소환은 무심결에 협박범에 대해 물으려다가 입을 다물었다. 이곳엔 보는 눈과 듣는 귀가 많다. 두 사람은 이런저런 이야기를 나누었다. 대부분 공현과 관련된 이야기였다. 얼마 후, 멀리서 소환을 알아본 누군가가 손을 흔들었다.

"가보세요."

이준이 손 흔드는 누군가를 쳐다보며 말했다.

"아쉽네요. 나중에 봐요."

"네."

소환은 이준의 어깨를 툭툭 두들겨 주고는 돌아섰다. 홀로 남은 이준은 자신의 옆자리에 선 경호원을 번갈아 보았다. 그들은 앞을 주시하고 있었다. 그들의 삼엄한 기세에 말을 걸 엄두도 나지 않았다.

이준은 무심히 사람들을 살피던 끝에 한 남자를 보았다. 그는 이준과 멀찍이 떨어진 곳에 서 있었는데, 경호원의 옷차림을 하고 있었다.

낯익다.

이준은 남자를 보자마자 그 생각을 떠올렸다. 어디서 보았을까. 한 번 보면 잘 잊지 않는데 남자를 어디서 보았는지 기억이 나지 않았다. 이준은 자신도 모르게 손을 들어 그의 코와 입을 가렸다. 그러자 날이 바짝 선 눈만 보였다. 이준은 그를 어디서 보았는지 단박에 떠올렸다.

경비원.

자신에게 언젠가 소포를 전달해 주던, 그러고선 소리소문없이 사라졌던 그 가짜 경비원이었다. 더불어 결혼식장에서 스치듯이 보았던 그 남자였다. 찾으려고 안간힘을 다했으나 흔적조차 찾을 수 없었던 남자가 이곳에 있었다. 이준은 그 남자에게 다가가려다 걸음을 멈추었다. 지금은 모르는 척해야 한다. 저 남자의 배후가 누구인지 아는 것이 먼저였다. 이준은 그를 보지 않는 척하며 신경을 곤두세웠다.

　그 순간 경호원에게 한 남자가 다가섰다. 이준은 흘리듯이 시선을 돌리다가 멈칫했다. 경호원에게 지시를 내리듯이 무어라 이야기를 하고 있는 남자는 이준도 아는 사람이었다.

　윤수호.

　얼마 전 결혼을 한 남자이자, 윤공현에게 가장 날을 세우던 남자였다. 윤공현을 감시하고 협박하는 사람이 윤수호란 말인가. 충분히 그럴 수도 있었다. 윤수호는 집안행사에 윤공현이 참석하는 것을 가장 싫어하면서, 가장 적대감을 드러내던 사람이었다. 더욱이 이 집안에서 작은아버지 다음으로 가장 큰 권력을 행사하는 사람이었다. 그러면 충분히 윤공현을 핍박할 수 있었다.

　그 순간 고개를 돌리던 윤수호와 눈이 마주쳤다. 그는 이준을 알아본 듯 눈을 가늘게 뜨더니 경호원을 물렸다. 마치 숨기라도 하는 것처럼. 경호원은 흘깃 이준을 보더니 소리 없이 문밖으로 사라졌다. 눈앞에서 경호원을 놓칠 수 없었던 이준이 빠르게 걸음을 옮기려 할 때였다.

"이런, 여기 있었네."

정장 차림의 윤수호가 샴페인 잔을 든 채 이준을 보며 픽 웃고 있었다. 줄지어 서 있던 경호원들이 수호를 알아보곤 고개를 숙였다. 뒤따라 이준은 가볍게 고개를 숙였다. 윤수호는 손에 쥐고 있던 잔을 빙글빙글 돌리며 웃었다.

"윤공현이 개를 한 마리 데려왔다던데 어디 있나 했더니, 여기 세워뒀을 줄이야."

윤수호의 웃음기 섞인 목소리에 가시가 가득 박혀 있었다. 이준은 고개를 들어 윤수호를 마주 보았다. 윤수호의 입술에 비릿한 미소가 그려졌다.

"꼭 못 배우고 없는 티를 이렇게 내지. 낄 자리 못 낄 자리 구분 못 하고, 개를 데려와야 할 자리인지, 데려오지 않아야 할 자리인지도 구분 못 하고 말이야. 이러니 개도 주제 파악 못 하고 목을 빳빳하게 치켜세우잖아. 안 그래?"

일부러 성질을 돋우려고 말을 잇던 윤수호는 이준에게서 어떠한 반응도 돌아오지 않자 얼굴을 찌푸렸다. 오히려 개라는 말을 들은 이준의 얼굴은 평온해 보였다.

"내 말을 못 알아듣는 건가?"

"알아듣고 있습니다."

이준이 차분하게 대답했다. 그러자 수호의 미간이 좁아졌다.

"뇌가 없는 거야? 아니면 무시당하는 게 익숙한 거야? 자존

감이 없어서 상대방이 무시해도 인지를 못 하는 거야?"

"잠시 생각하고 있었습니다. 어떻게 반응을 해야 하나 하고요."

"뭐?"

"노골적으로 저를 무시하려고 애쓰시는 성의를 봐서라도 화내는 척해야 할 것 같은데, 화가 안 나서요. 주먹이라도 부르르 떨어야 하나, 눈이라도 치켜떠야 하나. 그런데 그 어떤 것도 되질 않네요. 성격상 진짜 화나는 게 아니면 화를 내질 못하거든요."

이준의 말이 끝남과 동시에 분위기가 싸하게 가라앉았다. 샴페인 잔을 쥔 수호의 손가락이 희게 질렸다. 무시하려고 한 대상으로부터 되레 무시를 당한 수호의 얼굴이 삽시간에 굳었다. 좌우에 서서 이야기를 듣고 있던 경호원들이 수호의 눈치를 살피기 시작했다.

"그래? 그럼 내가 진짜로 화나게 해주지."

한쪽 입꼬리를 비틀어 올리던 수호가 샴페인이 든 잔을 치켜들었다. 이준은 자신의 머리로 향해 느릿하게 다가오는 샴페인 잔을 보며 얼굴을 찌푸렸다.

이건 좀 화가 날 것 같다. 정장은 드라이를 맡겨야 하는데 세탁 비용이 만만치 않으니까. 드라이 맡기기에 저렴한 세탁소가 어디일까 고민할 때였다.

수호의 손목을 누군가가 낚아채듯이 잡았다.

"그만둬."

서늘한 목소리에 수호의 미간이 확 좁아졌다.

"지금 어딜 잡고 있는 거야?"

수호가 공현의 손을 탁 소리 나게 쳐내며 돌아섰다. 공현이 싸늘한 얼굴을 한 채 수호를 마주 보았다.

"내 일행한테 손댈 생각 하지 마."

공현의 말에 수호의 입술이 비스듬히 휘어졌다.

"일행이라……. 꽤나 아끼는 녀석인가 봐? 네가 개 단속을 제대로 했으면 이런 일이 있었을까?"

"그만하라고 했어."

공현이 낮은 목소리로 경고했다. 그의 무표정이 평소보다 날카로웠다.

"그러니까 더 하고 싶어지네."

수호가 차갑게 웃었다. 공현의 얼굴이 굳는 걸 보며 수호는 즐거웠다. 수호는 어렸을 적부터 공현이 싫었다. 자신보다 어린데도 불구하고 공현은 재능을 타고났다. 무언가를 가리키면 알아서 척척 해냈다. 자신이 아등바등해서 얻은 것들을 공현은 별노력 없이 충족시켰다. 그럴 때마다 수호는 배알이 꼬였다. 그렇게 수년간 자신은 윤공현에게 가려졌다. 그러나 사람이 죽으라는 법은 없다고, '그 일'이 터진 후 기적적으로 자신에게 기회가 돌아왔고, 자신은 힘겹게 이 자리를 차지했다.

수호는 이런 자신을 보고 공현이 화내길 바랐다. 자신이 느꼈딘 열등감의 일부분이라도 느끼길 바랐다. 그러나 그는 자신의 자리가 빼앗긴 것에 대해 어떠한 관심도 없었다. 오히려 '그런 자리가 갖고 싶었냐. 말하지 그랬냐. 그랬으면 줬을 텐데.' 라는 듯한 공현의 표정을 본 순간 수호는 이를 악물었다.

이겼음에도 진 기분. 공현을 볼 때마다 수호는 그날의 패배감이 되살아나 끊임없이 자신을 괴롭혔다. 한데 그 무엇에도 무반응할 것 같은 공현이 최초로 자신에게 이를 드러내고 있었다. 자신이 데려온 개 때문에.

수호의 웃음기 섞인 반질반질한 눈동자가 이준을 향했다.

"참 재미있는 일이야. 네가 그런 표정을 짓다니. 그런데 어쩌지? 넌 나한테 그런 표정을 들키면 안 되는 거였어."

수호가 말하며 샴페인 잔을 들어 올렸다. 착 소리와 함께 순식간에 이준의 옷이 흠뻑 젖었다. 이준의 얼굴에서 샴페인이 뚝뚝 떨어졌고, 하얀 셔츠는 점차 젖어들어 갔다. 자연스럽게 하얀 셔츠 안에 가려진 이준의 속옷이 보이려 했다. 공현의 얼굴이 차갑게 굳었다. 그는 일단 자신의 정장을 벗어 이준에게 던지다시피 내밀었다.

"입어."

이준은 엉겁결에 그의 재킷을 받아 들었다.

"윤수호."

공현이 차갑게 그의 이름을 부르며 무섭게 한 발자국 다가섰다. 수호의 입술이 비틀어졌다. 생각해 보니 윤공현은 자신을 형이라고 단 한 번도 부른 적 없음이 떠오른 탓이었다. 자신을 형이라고 생각하지 않는 게 분명했다. 수호는 감정 제어력을 잃은 공현이 주먹을 휘두르길 바랐다. 다시는 가족 모임에 발 들일 수 없도록.

"사장님, 잠시만요."

살얼음판처럼 아슬아슬한 분위기 가운데 이준이 공현의 팔을 붙잡았다.

"놔, 설이준."

"잠시만요. 1분만요."

공현이 팔을 뿌리치기도 전에, 이준이 수호와 공현의 사이에 섰다. 정확히 이준은 수호와 마주 섰다. 이준은 수호에게 샴페인에 축축하게 젖은 손바닥을 내밀었다.

"명함 주세요."

"뭐?"

"제 옷을 이 꼴로 만드셨으니 드라이비 배상하셔야죠. 지금 현금 있으세요? 현금 있으시면 지금 당장 배상하시고요."

이준의 말에 수호의 표정이 구겨졌다.

"넌 빠져."

공현이 이준의 어깨를 잡았다.

"제가 왜 빠집니까? 개 소리도 제가 듣고, 샴페인도 제가 맞았는데, 제 일이죠. 윤수호 부사장님, 얼른 선택하시죠? 지금 드라이비를 주실 건지, 아니면 후불 지급을 위해 명함을 주시던지요."

"제정신이야? 지금 네가 여기에 낄 상황이라고 생각해?"

수호가 기가 차다는 듯이 웃으며 말했다.

"아까도 말씀드렸지만, 개 소리 들은 것도 저고, 샴페인도 제가 맞았는데 왜 제 일이 아닌가요? 그리고 얼른 해결하시는 게 좋을 거예요. 안 그러면 여기서 소리 지를 겁니다. 대단한 대기업의 부사장이 일개 경호원에게 분풀이 삼아 샴페인을 끼얹었다고요. 왜요? 제가 못 할 것 같아요?"

"너!"

윤수호가 어금니를 깨문 채 이준을 노려보았다.

"예. 부르셨으니 대답해야죠."

태연하게 대답하는 이준을 수호가 무섭게 쏘아보았다.

"네가 여기서 소리 지르면 윤공현은 무사할 줄 알아? 네 담당이 윤공현인 이상, 윤공현도 이 일의 책임에서 자유로울 수 없어."

"아아, 그래요?"

이준은 태연하게 대답하더니 홱 돌아서서 공현을 마주 보았다. 공현은 수호에게 드라이비를 청구하는 이준을 기가 막히다는 표정으로 쳐다보고 있었다.

"사장님. 저, 사장님의 보디가드 관둡니다. 여태껏 감사했습니다."

정중하게 공현에게 인사를 한 이준은 돌아서서 수호를 쳐다보았다.

"방금 보셨죠? 갑과 을의 관계가 이 자리에서 깨졌습니다. 그리고 이 자리에서 소리 지르면 누가 더 손해겠어요? 일개 게임 회사 CEO가 문제겠어요? 아니면 부사장님이 문제겠어요? 언론은 대체로 권력 높은 사람의 스캔들에 민감하죠. 보아하니 출간기념회라 기자들도 많이 자리한 것 같던데. 이 수많은 기자들 입막음하는 비용을 대느니 차라리 저한테 드라이비를 주시는 게 낫지 않아요?"

이준의 말에 성질을 못 이긴 수호가 험한 소리를 낼 것처럼 입을 열 때였다.

"너, 이런······!"

"사장님, 보는 눈이 많습니다."

조용히 다가온 수호의 비서가 욱해서 소리치려는 그를 만류했다. 수호가 숨을 크게 내쉬며 주변을 둘러보았다. 이미 몇몇 사람이 힐긋힐긋 이곳을 쳐다보고 있었다. 그중에는 샴페인에 젖은 채 서 있는 이준을 바라보는 사람들도 있었다.

수호는 어금니를 꽉 깨문 채 자신의 재킷에서 명함을 꺼내 던지듯이 이준에게 날렸다. 팔랑팔랑 날아간 명함을 이준이 용케 잡아챘다.

"이름이, 뭐지?"

수호가 이준에게 물었다. 공현은 위험을 감지했다. 윤수호가 설이준에게 관심을 갖는 건 위험하다.

"실이준입니다."

그러나 말리기도 전에 이준은 웃는 얼굴로 제 이름을 밝혔다. 공현의 얼굴이 구겨졌다.

"이 일, 꼭 기억해 두도록 하지."

수호의 살얼음 같은 말에 이준은 명함을 들어 보이며 씩 웃었다.

"기대하겠습니다."

사람들의 눈을 의식한 수호가 비서와 함께 사라지기가 무섭게 공현은 이준의 손목을 낚아챘다. 연회장을 벗어난 공현은 곧장 지하주차장으로 향했다. 사람들의 의아한 시선이 뒤따랐으나, 공현은 신경 쓰지 않았다. 엘리베이터 문이 열리자마자 공현은 이준을 집어 던지듯이 안으로 밀어 넣었다. 엘리베이터 벽에 쿵 하고 등을 들이박은 이준은 얼굴을 찌푸린 채 공현을 쳐다보았다.

"사장님, 아파요. 아무리 그래도 사람을 던지시면 안 되잖아요."

이준이 볼멘소리를 냈으나 공현은 전혀 안 들린다는 듯 앞만 응시하고 있었다. 엘리베이터 안이 금세 조용해졌다. 무겁게 느껴지는 공기를 느낀 이준은 목을 빼 흘깃 공현의 얼굴을 보았다. 공현의 얼굴은 여태껏 봤던 표정 중 가장 살벌했다.

샴페인에 얻어맞은 것도, 개 소리를 들은 것도 자신인데 왜 이 남자가 화내는 걸까.

한숨이 훅 쏟아져 나왔으나 일단 사건을 수습하고자 이준은 공현의 눈치를 살피며 조심스럽게 말을 건넸다.

"사장님, 화 많이 났어요? 제가 멋대로 나서서 그런 거예요? 아까 말씀드렸잖아요. 개 소리를 들은 것도 저고, 샴페인에 젖은 것도 저잖아요. 당연히 제가 나서는 게 맞잖아요. 그리고 전⋯⋯."

이준의 말이 마치기도 전에 딩동 소리와 함께 엘리베이터 문이 열렸다. 성큼성큼 지하주차장을 가로질러 가는 공현의 등을 보며 이준은 머리를 긁적이다 얼굴을 찌푸렸다. 샴페인 탓에 머리가 끈적끈적해졌다.

이준은 재빠르게 공현의 뒤를 따르며 소리쳤다.

"사장님!"

이준의 부름에도 공현은 돌아보지 않았다.

"옷이랑 머리 다 젖었는데, 화장실에 가서 간단히 씻고 오면 안 돼요?"

"타."

말도 안 되는 소리 말라는 듯 공현이 턱짓으로 조수석을 가리켰다.

"시트가 끈적끈적해질 텐데요. 이 비싼 차에다가⋯⋯."

"그건 내가 알아서 할 테니까, 타. 미리부터 쑤셔 넣어야 탈래?"

공현의 입에서 한마디가 흘러나올 때마다 냉기가 흘러넘쳤다. 이준의 얼굴이 구겨졌다.

"사장님, 대체 왜 화내는 거예요? 제가 일을 크게 만들어서 그래요? 사장님한테 피해 안 가도록 할게요. 그리고 전 제 나름 사장님을 생각해서 행동한 거라고요. 거기서 윤수호 씨랑 싸우면 사장님만 손해잖아요. 일전에 고모님도 도끼눈을 한 채 사장님만 노려보고 있던데."

말을 할수록 이준은 억울해졌다. 자신이 샴페인을 얻어맞고도 화를 내지 못했던 것은 그의 명함을 얻기 위한 것도 있었지만, 가장 큰 이유는 공현이 염려스러웠기 때문이다. 혹여 자신 때문에 공현의 입장이 난처해질까 봐. 그런데 자신의 속도 모르고 윤공현은 아까 전부터 냉기를 풀풀 풍기며 화만 내고 있었다.

"아, 진짜 생각할수록 억울하네. 사장님, 뭐 때문에 저한테 화가 난 거예요? 제가 다 책임질게요!"

"관둬?"

뜬금없는 말에 이준은 눈만 들어 올려 공현을 보았다. 공현은 어금니를 꽉 깨문 채 이준을 노려보고 있었다.

"누구 마음대로 관둬?"

"……."

"누구 마음대로 수고했다는, 관둔다는 말을 하냐고."

생각지 못한 말에 이준은 어안이 벙벙했다.

"그, 그거야 그냥 한 말이죠. 거기서 '제 계약자는 윤소환 씨입니다.' 라고 할 수도 없는 노릇이고, 그러다 보니 그냥 윤수호 씨 들으라고 막 꺼낸 말이었는데······. 그 말에 화가 난 거예요? 대체 왜요?"

눈만 동그랗게 뜬 채 자신을 바라보고 있는 이준을 보며 공현은 이를 사리물었다.

이준이 자신을 위해 나선 거라는 건 처음부터 알고 있었다. 이준의 눈매가 예리한 걸로 봐선 자신의 협박범의 후보로 윤수호를 염두에 둔 것 또한 알아챌 수 있었다. 그래서 그의 명함을 얻기 위해 이준은 기꺼이 성질을 죽이며 빙긋 웃었다는 것도 알 수 있었다. 머리는 이준의 행동이 현명했음을 알고 있었다.

다 알면서도 화가 난 것은,

"사장님 저, 사장님의 보디가드 관둡니다. 여태껏 감사했습니다."

조금의 고민도 할 것 없다는 듯 던지는 그 말 때문이었다. 가볍게 던지는 그 말을 듣는 순간, 공현은 눈앞이 캄캄해졌다. 처음으로 자신에겐 설이준을 잡을 명분이 없다는 것을 깨달았다. 이 일이 끝난 후, 이준이 '수고하셨습니다.' 라고 인사하고 돌아서도 자신은 보내줄 수밖에 없었나. 세약사는 윤소환이고, 세약된 일은 협박범을 찾는 것이니까. 지금 가슴을 꽉 채운 분노는 설이준을 향한 것이라기보단 자신을 향한 것이었다.

"책임진다고 했지?"

공현이 턱을 살짝 치켜들며 물었다. 황당해진 이준은 대답도 못 한 채 눈만 끔뻑거렸다. 그런 이준을 냉랭하게 바라보며 공현은 입을 열었다.

"나랑 계약해."

공현은 무슨 뜻이냐는 듯 쳐다보고 있는 이준에게 다시 한 번 쐐기를 박듯이 말했다.

"내가 필요한 만큼, 내가 됐다 싶을 만큼, 옆에 있어."

"……"

"그게 네가 책임질 수 있는 유일한 길이니까."

욕실에서 씻고 나온 공현은 일부러 반쯤 열어둔 문 너머를 보았다. 부엌에서 바쁘게 오가고 있는 임 씨 아줌마와 이준의 모습이 보였다. 언젠가부터 이준은 임 씨 아줌마가 출근하면 그 곁에서 떠나질 않았다. 임 씨 아줌마와 이야기를 나누며 반찬을 담고 있는 이준의 등을 보던 공현의 눈빛이 묘해졌다.

"사장님, 제가 필요하세요? 그러니까 사장님한테 도움이 되는 사람이냐고요."

호텔 주차장에 서 있던 이준은 한참 만에 공현에게 물었다.

"어."

공현의 대답에 이준은 묘한 표정을 짓더니 눈을 굴렸다. 그리고는 멋쩍게 웃으며 말했다.

"아, 생각 외네요. 누군가에게 필요하다는 말을 듣는 건 참 기분 좋은 일이네요. 그럼 이 일이 끝나면 사장님과 계약할게요. 약속!"

이준은 조금 들뜬 얼굴로 엄지손가락과 새끼손가락을 세운 손을 내밀었다. 공현은 그런 이준에게 휴대폰을 들이밀었다.

"그런 유치한 손장난 안 해. 녹음해."
"꼭 이렇게 제 감상을 깨셔야겠어요?"
"확실한 게 좋으니까."

공현을 슬쩍 노려보듯 쳐다보던 이준은 공현의 휴대폰에 대고 기써이 밀했다.

"나 설이준은 윤소환과의 계약이 끝남과 동시에 윤공현과 협의하에 계약을 체결할 의사가 있음을 이 자리에서 밝힌다."

공현은 집에 돌아오자마자 녹음 파일을 컴퓨터에 업로드해 두었다. 공현이 휴대폰을 꺼내 다시 한 번 녹음된 메시지를 들으려고 할 때였다.

─작은아버지

액정에 이름이 떠올랐다. 잠시 고민하던 공현은 휴대폰을 귀에 가져다 댔다.
"네."
[이른 아침인데 일어나 있구나.]
"네."
[녀석, 단답형으로 대답하는 건 여전하구나.]
"무슨 일이세요?"
공현은 젖은 머리를 수건으로 털며 물었다.
[보디가드 두 명 새로 보냈다.]
머리를 털던 공현의 손이 허공에서 딱 멈췄다.
"무슨 말씀이십니까?"

[어제 있었던 불미스러운 일을 들었다. 수호한테 들으니 네 보디가드가 엉망진창이라고 하더구나. 네 안전을 맡기는 사람인데 그런 허접한 사람을 쓰면 안 되지.]

"제가 알아서 하겠습니다."

딱 잘라 거절하는 공현의 말에 작은아버지의 목소리가 엄해졌다.

[내 성의를 무시하는 게냐? 보디가드가 별것 아닌 것처럼 보여도 정말 중요하다. 특히 너처럼 목숨을 위협받는 상황이라면, 더더욱 보디가드를 선별해야지. 이름도 없는 그런 허접한 소속 보디가드를······.]

"제 보디가드 소속까지 알아보셨습니까?"

공현이 불편한 목소리로 물었다.

[네 안전이 걱정되어서 한 번 알아봤다.]

"그러실 거 없습니다. 충분히 잘하고 있는 사람입니다. 다음에 또 연락드리겠습니다."

제 할 말을 마친 공현은 휴대폰을 끊었다. 동시에 벨이 울렸다. 공현이 안방 문을 밀고 나섰다. 인터폰을 켜자 정장을 빼입은 남자 두 사람이 서 있었다.

[안녕하십니까.]

작은아버지가 보낸 보디가드였다. 분명 거절 의사를 밝혔음에도 막무가내로 사람을 보내는 것은 핏줄 탓인가. 윤소환과 하는 짓이 똑같았다.

"누구예요?"

한 손에 주걱을 든 이준이 인터폰을 갸웃거리며 물었다.

"알 거 없어. 돌아가세요. 필요 없습니다."

[문 앞을 지키고 있겠습니다.]

"필요 없다고 말했습니다."

[필요하실 때 말씀하십시오. 이곳에 있겠습니다.]

벽을 보고 이야기하는 기분이었다. 보디가드들은 죄다 이런 성격인 건가. 피로감을 느낀 공현은 대답 대신 인터폰을 뽑았다. 돌아서자 이준이 심각한 얼굴로 공현을 쳐다보고 있었다.

"보디가드 새로 뽑았어요? 저보고 새로 계약하자더니⋯⋯. 이렇게 사람 뒤통수를 치려고 어제 그런 말을 한 거예요?"

"쓸데없는 생각 하지 마. 작은아버지가 보낸 사람들이야."

"저는 어떻게 되는 건가요?"

"방금 봤잖아, 거절하는 거. 넌 그냥 여기 있으면 돼."

이준은 눈을 깜빡거리며 공현을 보았다. 공현의 얼굴이 평소보다 훨씬 누그러져 있었다. 조금 부드러워 보이기까지 했다. 기분 탓인가.

"뭘 그렇게 빤히 쳐다봐?"

금세 공현의 눈썹이 한곳에 모이는 것을 보며, 이준은 자신이 잘못 봤구나, 생각했다.

"아닙니다. 3분 있다가 부엌으로 오세요. 아침상 차려놓을 테니까요."

"같이 먹어."

"네."

이준은 이제 함께 밥 먹는 것이 익숙한 듯 고개를 끄덕이며 부엌으로 들어갔다. 그런 이준의 뒷모습을 공현은 물끄러미 바라보았다. 금세 이준의 모습이 부엌문에 가려졌다.

공현은 이준이 자신을 속인 이유가 있을 거라 생각했다. 어쩌면 다른 사람의 사주를 받아 자신의 곁에 있을 거라는 생각도 했었다. 그러나 어제부로 공현은 그 마음을 접었다.

더 이상 화를 낼 수 없었다. 자신을 위해서 기꺼이 윤수호 앞에서 성질을 죽이는 설이준에게 화가 나질 않았다. 더욱이 자신과 계약하자는 말에 멋쩍게 웃던 설이준의 풋풋한 얼굴을, 장난스럽게 내밀던 손가락 약속을, 휴대폰에 대고 또박또박 말하던 그 목소리를 모두 믿어보고 싶어졌다.

단지 여자라는 것을 숨긴 것은 속인 것이 아니라 어떠한 이유가 있을 거라고, 시간이 훌쩍 지나 때가 되면 스스로 말해줄 거라고, 그렇게 믿어보기로 했다.

아침 식사를 마친 후, 공현은 베타 서비스 업데이트를 하겠다며 방으로 들어갔다.

"누구 명함을 그렇게 빤히 쳐다보고 있어?"

임 씨 아줌마가 10분 전부터 식탁에 앉아 곰곰히 생각에 잠긴 이준을 보며 물었다.

"윤수호 씨요."

"윤수호 씨? 아, 사장님 사촌 형?"

잠시 고민하는가 싶더니 임 씨 아줌마가 안다는 듯이 대답했다.

"네."

"그 명함이 어디서 났어?"

"받았어요."

"그래?"

임 씨 아줌마는 그 이후로 별달리 묻지 않았다. 이준은 눈만 움직여 슬쩍 임 씨 아줌마의 등을 바라보았다. 임 씨는 더 이상 명함에 관심을 두지 않았다.

일부러 더는 묻지 않는 것일까, 아니면 물을 필요가 없는 것일까.

일부러 임 씨 아줌마 앞에서 윤수호의 명함을 보여주었다. 만약 협박범이 수호가 맞다면 임 씨 아줌마와 연결되어 있을 가능성이 컸기 때문에. 그런데 예상외로 임 씨 아줌마의 반응은 무덤덤했다. 어쩌면 무덤덤한 것이 연기일지도 모른다. 예민한 윤공현마저도 몇 년째 속인 사람이니까.

이준은 며칠 동안 임 씨 아줌마의 곁에서 맴돌았다. 수많은 대화를 나누었고, 증거를 포착하려고 애썼으나 마땅히 나오는 바가 없었다. 임 씨 아줌마는 대부분 모르쇠로 일관했다. 윤씨 집안 사람들에 대해 입도 벙긋하지 않았다. 이준이 손끝으로 식탁을 두드리며 고민에 빠질 때였다.

드르륵. 드르륵.

싱크대에 놓은 임 씨 아줌마의 휴대폰이 울었다. 휴대폰을 힐끗 본 임 씨 아줌마가 앞치마를 벗었다.

"어디 가시게요?"

임 씨 아줌마를 주시하고 있던 이준이 아무렇지 않은 듯 물었다.

"응. 생각해 보니까 오늘 소포 오는 날이잖아."

"소포를 되게 열심히 챙기시네요."

"기억날 때 챙겨야지. 안 그럼 깜빡깜빡해서 안 돼. 나이도 있는데 말이야. 국 좀 봐줘. 잠시 다녀올게."

"네, 다녀오세요. 저는 시리얼에 우유 좀 말아먹고 있을게요."

"그래."

자리에서 일어난 이준은 빈 그릇에 시리얼을 부었다. 이준이 우유를 말아 숟가락으로 한입 퍼먹는 것을 흘깃 본 임 씨 아줌마가 걸음을 옮겼다. 쿵 하고 문이 닫히는 소리와 동시에 이준은 그릇을 내려놓고 뛰었다. 신발을 꿰어신은 이준은 비상계단을 향해 전력 질주했다. 계단을 거의 세 칸씩 뛰어 내려간 이준은 비상문을 열려다가 들리는 말소리에 멈췄다.

"여기 있습니다."

이준은 최대한 소리를 죽여 문을 조금 열었다. 미세한 문틈으로 택배기사와 마주 선 임 씨 아줌마가 보였다. 그 곁에 단지를 지키는 경호원이 서 있었다.

"등기라서 직접 전달해야 합니다."

택배기사가 경호원에게 설명했고, 경호원은 한두 번 있는 일이 아니라는 듯 귀찮은 얼굴로 손을 휘휘 내저었다. 이준은 택배기사의 얼굴을 보려 했으나 뒤통수만 보일 뿐이었다.

이준은 택배기사의 옷차림을 살폈다. 말끔한 옷차림에 택배기사들이 착용하는 조끼를 입었지만, 그 어디에도 어느 업체인지가 밝혀져 있지 않았다. 헬맷은 깨끗했고, 손 또한 박스를 만지는 일을 하는 것답지 않게 말끔했다.

임 씨 아줌마에게 우편물을 전달한 택배기사가 돌아섰다. 남자의 얼굴을 스치듯이 본 이준의 눈이 커졌다.

그 남자다!

임 씨 아줌마가 때마침 열린 엘리베이터 문 사이로 사라졌다. 경호원과 함께 멀어지는 택배기사의 등을 유심히 지켜보던 이준은 입술을 깨물었다.

어쩌지.

지금 당장 따라가기엔 상태가 좋지 않았다. 열쇠를 집에 두고 나온 데다 있는 거라곤 주머니 안에 있는 만 원짜리 두 장이 전부였다. 잠시 갈등하던 이준은 택배기사가 나간 곳으로 뛰어나갔다. 지금 저 남자를 놓치면 또 언제 보게 될지 모른다. 이준은 건물 밖으로 나가며 소장에게 메시지를 보냈다.

남자의 움직임은 치밀해서 따라가는 내내 이준은 몇 번이나 심장이 내려앉는 경험을 했다. 경계심이 많은 남자는 주변을 몇 번이나 확인한 후 공중화장실에 들어가 옷을 갈아입었다. 그사이 이준은 도착한 소장의 자동차에 올라탔다.

"대체 무슨 일인데 급하게 사람을 불러? 그것도 며칠 만에 연락해서 대뜸 오라니. 너, 설마 나를 콜택시로 알고 있는 건 아니지?"

소장은 이준을 보자마자 볼멘소리를 냈다. 그러나 이준은 뒷자리에 앉아 몸을 숨긴 채 공중화장실의 입구만 바라보았다. 그 모습이 꼭 몸 사리는 고양이 같았다.

"이게 미쳤나……."

소장이 답답한지 소리쳐 물었다. 그러나 이준에겐 어떤 답도 돌아오지 않았다.

"야, 너! 무슨 일인지 설명을 하라고!"

"쉿. 소장님, 지금 중요한 순간이에요. 사건의 실마리를 잡을 수 있어요."

"뭐?"

"소장님! 지금 저 차 보이죠? 검은 차!"

이준이 갑자기 소리쳤다. 깜짝 놀란 소장이 고개를 돌렸다. 남자가 주변을 살피며 자동차에 짐을 싣고 있었다.

"어. 왜?"

"저 차를 아주 조심스럽게 미행해 주세요."

"뭐?"

"자동차 미행은 소장님 전매특허잖아요. 제가 왜 소장님을 불렀겠어요?"

각종 불륜의 현장을 급습한 이력이 있는 소장이 가장 잘하는 일은 자동차 미행이었다. 어떤 자동차도 눈치채지 못하게 뒤를 잘 따랐다.

"야, 넌 왜 과거 일을 입에 담고 그래?"

"한 번만 도와주세요. 일 빨리 끝내고 맛있는 거 사드릴게요. 일이 빨리 끝나야 사무실 수수료도 내죠!"

"허, 참나. 알았다. 나중에 자세히 설명해 주는 거다! 후우, 꽉 잡아라. 내가 왕년의 실력을 보여줄 테니까."

소장은 이준의 말에 따라 핸들을 쥐었다. 검은 자동차가 출발한 후 몇 초 후 소장의 자동차가 조용히 뒤를 따랐다.

남자는 경계심이 많았다. 그만큼 운전도 조심스러웠고, 몇 번

이나 멈춰 섰다가 가기를 반복했다. 갑작스럽게 속도를 높이기도 했고, 급작스럽게 길을 바꾸기도 했다.

"저 새끼가, 진짜!"

소장이 울컥해서 소리쳤다.

"미행당하는 걸 알아챈 거 아닐까요?"

"아냐. 그럼 벌써 우리를 따돌리려고 밟았어야지. 저건 습관이야. 다른 사람이 자신을 미행할지도 모른다는 가정하에 움직이는 거라고."

이준은 자동차 창문 너머 옆 차선에 자리한 남자의 차를 흘깃 보았다. 창문이 짙게 선팅되어 있어서 운전자를 확인할 수 없었다.

"갑자기 속도를 높였다가 낮췄다가 하는 이유는 뭐예요?"

이준은 도저히 이유를 모르겠다는 듯 물었다.

"자기 차를 따라 속도를 높이는 차가 있는지 확인하는 거지."

"아아."

이준은 짧게 소리를 내며 감탄했다. 미행하는 차가 있는지 속도를 냄으로써 수시로 확인한다니. 평소에 이런 식으로 미행당하는지 확인하는 남자라니. 저 남자는 어떤 일을 맡을 걸까? 어쩌면 단순히 사람을 협박하는 일만 하진 않을 거라는 생각이 들었다. 수행비서가 아니라, 수행비서가 할 수 없는 일들을 하는 남자일지도. 이준은 조금 걱정스러웠다.

윤공현은 어째서 이런 협박을 당하는 걸까. 왜 이 일을 묵과

하는 걸까. 예의없고 못되게 말하긴 했으나 나쁜 사람은 아닌데.

윤공현에 대한 이런저런 고민을 하는 사이, 남자의 차가 갑작스럽게 속도를 높였다.

"그래, 이 새끼야. 어디 한번 해보자."

소장이 이를 사리문 채 핸들을 꽉 쥐었다. 이준은 반사적으로 차 문을 꽉 쥐었다.

남자의 자동차는 30분간 인근을 뱅뱅 돈 끝에 명성동으로 향했다. 고급 주택이 줄지어 서 있는 곳으로, 대한민국에서 내로라하는 정재계 인사들이 거주하는 부촌으로 유명했다. 남자의 자동차가 한 저택 안으로 들어가는 것을 확인한 후, 소장은 일부러 그 집에서 한참이나 멀리 떨어진 곳에 자동차를 세웠다.

"너, 정말 괜찮겠냐?"

소장이 걱정스러운 얼굴로 물었다. 살해 위협도 무서운 일이고, 소포 협박도 무서운 일이다. 한데 그 배후에 이런 고위급 간부가 연결되어 있다면 더욱 무서운 일이다.

"네, 괜찮아요."

이준은 걱정 말라는 듯 씩 웃었다.

"내가 뭐 도울 일은?"

"소장님, 스케줄 없으세요?"

"한 10분 정도 시간 있다."

"그럼 잠시만 기다려 주세요. 그 집 사진만 찍고 올게요."

"사진은 왜?"

"누구의 집인지 확인해야죠. 증거가 될 만한 게 있나 확인도 한 번 해보고요."

"나도 따라가마."

"됐어요. 자동차나 지키고 있으세요. 금방 다녀올 거예요."

이준은 따라오겠다는 소장을 말렸다.

"안 위험하겠냐?"

소장이 걱정스러운 표정으로 물었다.

"괜찮아요. 혹시나 제가 10분 후에도 오지 않으면 찾으러 와 주세요."

"후우. 그래, 알았다."

소장은 물가에 아이를 내놓은 부모처럼 불안한 표정으로 고개를 끄덕였다.

휴대폰을 챙겨 길을 따라 내려오던 이준은 입을 다물 줄 몰랐다. 집 한 채가 고래등처럼 거대했다. 거대한 벽에 가려져 있었으나, 그 너머로 여러 색깔의 지붕이 보였다. 지붕과 벽의 거리를 가늠해 보았을 때 마당의 규모 또한 엄청날 거라는 생각이 들었다.

드라마에서나 볼 법한 집이 이렇게 줄줄이 늘어서 있는 부촌

유일한적수

이리니.

이준은 점점 수호가 범인일 거라는 확신이 들었다. 그러면 충분히 이 정도의 집에서 살 수 있을 테니까. 이준은 걸음을 재촉해 남자의 자동차가 들어갔던 집을 찾았다. 이준은 남자의 자동차가 들어간 집 앞에 섰다.

주소만 있을 뿐, 명패가 없었다. 대문 앞에는 CCTV가 달려 있어서 가까이 다가갈 수 없었다. 설령 다가간다고 해도 우편함이 우편물을 넣을 수 있을 뿐, 다시 뺄 수 없는 구조로 되어 있는 탓에 확인할 것도 없었다.

"모자라도 챙겨올걸."

이준은 어쩔 수 없이 후드를 뒤집어썼다. 휴대폰 카메라로 집을 촬영했다. 몇 컷 촬영하던 이준의 얼굴이 구겼다.

담쟁이넝쿨, 검붉은 벽돌, 주차장 셔터에 그려진 기묘한 무늬.

집의 이모저모를 촬영하던 이준의 손이 멈칫했다.

"이 집……."

처음 봤을 때부터 묘하게 낯익다고 생각했다. 그러다 주차장의 셔터에 그려진 기묘한 무늬를 보고서야 인터넷에서 보았던 것이 퍼뜩 떠올랐다. 이 집이 누구 소유의 집인지도 동시에 떠올랐다. 기억이 확실하다면 이 집의 소유자는 윤수호가 아니었다.

이준이 섬뜩한 기분을 느끼며 천천히 고개를 들었다. 누군가가 자신을 쳐다보고 있는 듯한 기분이 들었다. 방금 전까지 좌우로 느릿하게 움직이던 CCTV가 정확히 자신을 바라보고 있었다.

그제야 이준은 깨달았다.

자신이 당했다는 것을.

〈2권에서 계속……〉